徳間文庫

梶龍雄 驚愕ミステリ大発掘コレクション1

龍神池の小さな死体

梶　龍雄

徳間書店

contents

イラスト　やまがみ彩
デザイン　鈴木大輔（ソウルデザイン）

龍神池の小さな死体

第一章

飢えた群れ

智一《ともいち》の母がそれをいったのは、死期が迫ったのを知っての上での、つきつめた正気からだったろうか？

それとも死を直前にした者がよく陥《おちい》る、混濁《こんだく》の幻想のためだったろうか？

その時、彼の母はいったのだ。

「智一、おまえの弟は殺されたのだよ。秀二は殺されたのだよ……」

1

昭和四十三年九月二日（月曜日）

建築工学科主任教授の灰谷《はいたに》教授と、研究室助手の友倉とが、窓《まど》から半身を出して騒いでいた。仲城智一《なかじょうともいち》が研究室に入って来た時である。窓枠《わく》のすぐ下に、ハチが巣を作っているというのだ。

「先生、これはフタモンアシナガバチという種類ですよ」

友倉助手はそんな学を披露し、その方面にはまったく無知らしい灰谷教授の方は、ひたすらに感心していた。

「私たちが夏休みを過ごしている間に、ハチたちはこんなにせっせと働いていたわけか。しかしそれにしては、妙に細長い不格好な巣だね」

「絵に描かれるハチの巣は、半球型のものが多いようですが、事実は必ずしもそうではないのです。種《しゅ》によって、実にさまざまの形を作るのです。それよりふしぎなのは、こんな低い所にハチが巣を作ったことです」

「ハチの巣としては、これは低いのかね？」

「ええ。ぼくの故郷の方では、ハチが低い所に巣を作る年はいいことがあるといいます。もともとは洪水《こうずい》に関係したことから始まった迷信のようです。つまり虫には人間にない予知能力があるので、その年は洪水がないと感じると、洪水で水があがってくるような低い所にも、巣を作るという理屈です。その意味がひろがって、その年はすべてに吉《きち》となったのでしょう」

「そういえば、友倉君の故郷《くに》は確か千葉の水郷《すいごう》のあたりだったね」

「ええ」

「そのハチの巣の話を信じるとして……この大学に今年は吉があるとしたら……そう、学園騒動がここに関する限り、起こらないとでもいうところかな?」

「あるいは、そういったところでしょうか。ともかく今にいたるも、そんな気配は、ひとかけらもないようですから……」

四十近い教授と、二十半《はたちなかば》の研究室助手とが、そんな他愛もない会話を交わしているのも、あるいは学期の始まりの興奮のせいだったかも知れない。

特に長い夏休みを終った二学期の始まりは、いいかげん学校ずれした者にも、そこはかとない新鮮な興奮をおぼえさせるものだ。そこには多分に、子供じみたはずむ感覚がある。

それは智一もまた同じだった。だから彼は部屋に入って来ても、しばらくは無言でいたずらっぽくたたずみ、二人の会話に耳を傾けていたのだ。

その時、ドアの向こうでノックの音がした。その音で、二人はふりかえり、初めて智一の存在に気づいた。

「やあ」とか「ああ」とかの軽いあいさつの中で、二人のどちらかが、外のノックの音にもこたえていた。

そんなていねいな入室のしかたは、学校外部からの訪問者にちがいない。

そのとおりだった。入って来たのは、三沢ダムの技師相原房夫だった。

「仲城先生、途中で見かけて声をかけたのですが、なかなか足がおはやくて……」

智一にかけた彼の声には、なるほど微《かす》かに息切れがあった。

「こっちへ」

智一は部屋の隅《すみ》に置かれたテーブルに案内して坐った。

「ようやく全部揃《そろ》いました。中に書類の明細のリストが入っているので、一応お調べください」

相原は素速《すばや》い手つきで大型封筒の糸の口を、くるくるまわしてほどいた。馬山建設と印刷がある。

中から一枚の紙を取り出して、智一の前に押し進める。

きれいな線と図面用のかっちりした楷書の字で構成されたリストを、智一は指で上から追って行った。

「ありがとう。これだけ揃えば充分です。どうもいろいろ御面倒をかけました」

「それで……テストの方のキ裂は、……まだ大丈夫でしょうか？」

相原は一段、低く、重たい声でたずねた。

「ええ、まだです」

「テストの打ち切り日は、十日と聞きましたが……？」

「きのうからキ裂の予定期間に入って、誤差を含めてあさっての四日までにキ裂が出なければ大丈夫と話しましたね。しかし万が一のために、追加念認テストとして、あと四日は実験を続けるつもりです」

「結果はぼくにも直接、報《しら》せていただけるでしょうか？」

「いいですとも」

「もしそれ以前にキ裂が出た時も、おねがいします」

「もちろんです」

「ぼくの方も、今は以前と違った厳密な点検を毎日しているのですが……」

智一は急に照れをまじえたような、困り顔になった。

「理論に対してはある程度の自信はあっても、テスト・プログラム製作の段階で、何かのまちがいをしていないとは、断言できなくて……。しかし少しでも何かがあったら、もちろん連絡しますよ」

智一は相原には、どんな協力でもしてやりたいきもちだった。現場技師には珍しい、相原の学究的で真摯《しんし》な態度が好きだったのだ。

年はまだ三十前にちがいない。独身であろう。

智一は彼を自分の研究室に誘いたいとも思った。頼るにたる助手を持っていないのが、彼の悩みだったからである。

だがやめた。この青年は、自分の今の仕事に熱心すぎるのだ。だから研究室入りを申し出ても、おそらくはぴたりと断わられるだろうというカンがあったのだ。

「それでは、ぼくはこれで失礼します」

そうそうに立ちあがる相原を、智一はとめた。

「そういそがなくてもいいでしょう。食堂に行ってコーヒーでも。もっともこの大学のはあまりうまくないんだが……」

「いや、この足で上野に行って、まっすぐ三沢に帰る予定なので……。列車の時間にぎりぎりなのです」

「それなのにわざわざこれを届けてくれたのですか？　それだったら、郵送ででもよかったのに」

「いや、社外秘の書類なので、そういうわけにも……」

部屋から出て行こうとした相原は、ドアの所で、入ってくる人間とすれ違った。

庶務課の女子事務員の佐川美緒《みお》だった。付け加えれば、工学部部長の佐川雄助《ゆうすけ》博士の秘書だった。そしてもう一つ付け加えれば、博士の娘でもあった。

ミニのスカートからの白い脚も、目に新鮮である。

そういえば、夏休みの学校で会う人間は数少なかった。それも守衛とか、掃除夫とか宿直職員と、色気のない人間ばかりである。

それだけに、美緒の姿は、よりいっそう新鮮に、智一の目に映じたのかも知れない。

彼女の手には、かなりの厚さの、郵便物の束《たば》があった。夏休み中は、郵便物は当然、学務課に滞ることが多いのだ。

美緒はテーブルに郵便物を置くと、智一に彼の母の死亡の悔《くや》みをいった。

灰谷教授と友倉助手も、美緒に続いて悔みをいい、智一は三人に葬儀の参列の礼を返す。

こんなあいさつをあの日以来、もう何度いったろう？　途中からは、いささかうんざりした気持ちだった。

だがそれと同時に、智一は発見した。こうした虚礼のくりかえしが、胸をえぐる悲しい死というものも、日常化させていく効用があることを……。

あいさつのやりとりを終った智一は、それから黒岩教授の所在を尋ねた。この部屋に訪ねて来た、第一の目的だったのだ。

灰谷教授が、かなりあらわに皮肉めかして答えた。

「隣の部屋で、何か急ぎの原稿を書いているようですよ。売れっ児は御多忙らしいです」

部屋のまん中あたりにある、テーブルの電話が鳴った。

佐川美緒が受話器をとりあげる。いつものように、爽《さわ》やかにきまりのいい動きだった。

電話は黒岩教授へのものだった。美緒は内線ボタンを押して、隣の部屋の黒岩教授を呼び出すと、受話器を置く。

智一は、用件をまず佐川美緒に話すことにした。

「黒岩先生とも相談して、あとから正式に届けを出すつもりだが、五日から九日くらいまで休ませてもらいたいんだ」

「その間に、担当の講義がおありですか？」

「ああ、木曜日の午後一時から、教養学課目の〝建築大意〟がある。今学期から三ヵ月はぼくの担当でね……」

関東大学工学部の教養課目の〝建築大意〟は、三つに細分されていた。〝建築構造学〟〝建築材料学〟〝建築設計学〟である。この三つを各専門教師が三ヵ月間ずつ講義し、一年で四単位となる。

仲城智一は四月から七月の〝建築設計学〟のあとを受けて、二学期から〝建築材料学〟の講義を始める予定だったのだ。

「……このままだと五日の木曜も休講になるし、ほんとうは次の十二日の木曜日も、できれば休みたいんだ。今やっている実験が八日には終るんだが……」

「あのコンクリートの欠陥か何かの実験ですか?」

「知っているのかい?」

「ええ、父からちらりと。もう二ヵ月以上になりますか?」

「三ヵ月だ。そこで八日の終了のあと、四、五日は最後の計測、点検、報告書の作成に打ち込みたい。すると、その次の十二日の木曜日もまたひっかかる……。としたら、まだ講義の始まる前だから、次の三学期の黒岩先生の〝建築構造学〟と、ぼくの〝建築材料学〟の講義を、いっそのことすっぽり入れかえてもらえないかと気がついてね……」

「黒岩先生とお話し合いがつけば、かまわないと思いますが……」

隣の部屋で、その黒岩教授が電話で話している声が、いやに大きく聞こえた。言葉まではわからない。だが、興奮した感情的な声である。珍しいことであった。

智一は佐川美緒と、ちらりと目を見交わして、話を続けた。

「ともかく話がきまったら、すぐ学務室に届けに行くよ」

「でも……八日から忙がしくなるというのに、その前の五日からも用があるというのは……やはり亡くなったお母様か何かの用で……？」

「実は……」

智一はちょっとためらった。説明がいささかむずかしいように思えた。それにけっきょくは子供じみたバカげたことのようにも思えたからだ。

だが、美緒が前にいると、話してもいい気がした。いや、正しくいえば、話したかった。

「実は……母が死ぬ時……ちょっとしたことを言い残していってね。そのことで、四、五日、調べたいんだ」

智一はできるだけ、さりげなくいった。

「言い残していったというのは……御遺言《ごゆいごん》？」

「そんな大げさなものじゃない。あるいは母は病気で頭が混乱していたのかも知れないが、弟は殺されたといったのだ」

「弟さんが……殺された!?　弟さんが先生にいらっしゃったのですか!?」

「ああ、もう二十年以上……正確にいえば二十三年前の戦争中だ……」

「そのかたが殺された!?」

「ああ、ぼくにもまったく初耳のことだ。弟は秀二という名でね。その時には、小学三年生だった。その年……というのは、昭和二十年だが……弟は学童疎開で、千葉の山奥の田舎に行っていた。あとで知ったのだが、昭和二十年の集団疎開は、第二次疎開といわれるものらしい。第一次が六年生から四年生までで、昭和十九年の夏の初めの頃、そして昭和二十年の春から、三年生までに枠がひろがったのだそうだ。三年生といえば、まだ幼稚園生徒からやっと脱《ぬ》け出たばかりだ。ずいぶん酷な話だと思うよ」

「私はその頃、三つか四つだったから、まるで知らないんですけれど、疎開には縁故疎開と集団疎開というものがあったんですって?」

「ああ、親戚知人を頼って、子供が個人的に田舎に行くのが縁故疎開だ。この方は何かと子供と連絡がつくし、親の方から好きな時会いに行ける。また一番心配な食事や衛生管理の面でも、親の意志が伝わりやすい。だから本音をいえば、どの親だって、子供たちを縁故疎開にさせたかったにちがいなかった。特に母親の方は、そういう気持ちが強かったろう。しかし、田舎に頼るべき親戚知人のいない者も、都会人には少なくなかった。あっても、その食糧物資難の時代に、子供を一人世話してくださいと、そうあっさり頼めるものでもなかった。また多くの人の頭の中には、国策に沿って、集団規律と困苦に耐える逞《たくま》しい少国民を育てなければならないという気持ちもあった。けっきょく学童の七、八割がこの集団疎開の方に参加したのではないだろうか。ぼくの家は母の実家が仙台の方の田舎にあった。だが、事情があってそこには行けなかった。経済的に余裕があれば、いろいろのつてを求めて、縁故疎開地を見つける方法もあったらしいが、その頃にはもう父もいなかったので、生活も苦しくなっていた。だから弟は初めから集団疎開組だった……」

「そういえば、確か仲城先生のお父様は、もうその頃は亡くなっていたのですね？」

「ああ、死んでから、五年か六年はたっていたかな……」

「やはりああいうことで体を悪くされて……？」

美緒の声は低く湿《し》めっていた。

「ああ。ぼくの知っている父は、骨と皮の、すでに生ける者としての姿でなかった印象が強い……」

智一の父は、科学史の権威として名があった。だがその社会主義的思想は、日本の軍国化が進むにつれて、政府や軍部からの、はげしい糾弾の的になった。やがてその著書は発行停止処分を受けたり、押収されたりした。

ついには危険思想の持ち主として何度か逮捕された。長い間未決拘置所の人となることも多くなった。ある時はスパイの名も着せられたり、拷問も受けたという。

まだ幼かったその頃の智一は、そういったものを現実的な印象としてはあまり記憶していない。戦後発表された当時の記録や、追憶記、秘史などの本から、初めて父の大人としての生きざまを知ったのだ。父は偉かったのである。

だが幼い智一の目には、父は陰気な影をせおった、いつも追われている人間であった。そういう父のまわりに、また家のまわりに、いささか亡霊めいた無気味さを持つ背の高い男が出没するのを、智一は子供なりに感づいていた。

カラス……それが智一の抱いた感じだ。

何かよくはわからぬが、男がトッコーといわれることも知っていた。その人の名か、職業の名か、その時はまるでわからなかったが……。

そして昭和十五年の春、智一の父は何度目かの出獄のあと、数ヵ月で死んだ。

次から次へと本を畳の上に撒《ま》き散らし始めた時の光景は、特に印象に鮮やかだ。

なだれこむようにして玄関から土足で飛び込んで来た数人の男が、父の書斎に入るなり、

「……世間の目には節《せつ》を屈しない、偉い学者かも知れないが、裏返せばおよそ世間知らずの偏屈《へんくつ》人さ。もし父がそのあと、生きていたとしても、どれほど生活の上で助かったかわからない。ともかく戦争も押し迫った極端な食糧物資の不足の中で、女ひとりが二人の子

供を抱えてやっていくことは並たいていのことではなかったと思うよ。母としては弟の秀二をまた手放すのは、つらいきもちだったと思うが……」

「またというと、その前にも手放したことがあるのですか？」

「さっき、母の里が仙台にあったといったね。実は弟は父が死んですぐ、そこにあずけられたんだ。四歳の頃だ。父の死でますます生活が苦しくなったからだ。弟は小学一年生の終り頃までそこにいて、それから東京のぼくたちの家にもどって来た。ぼくもまだ小学六年生だったので、その間《かん》の詳《くわ》しい事情には興味を持たなかった。だがどうやら弟の教育という問題で、もどって来たらしい。学齢に入ったこどもの教育を、祖父母では見きれないということだ。だがそのへんの母と実家のやりとりには、かなり微妙にこじれた感情問題もあったらしい。だからこんどは縁故疎開ということで、もう一度弟が母の実家にもどることはできなかった。そこで秀二は学童集団疎開で、千葉の君津郡の鶴舞という所に行った……」

「仲城先生の方はどうしていらっしゃったのです？」

佐川美緒の白く広い額には、知りたがり屋の色が輝やいていた。誉《ほ》め言葉でいえば、知的好奇心の輝やきである。そのかわり、いささか利《き》かん気も漂っている。

灰谷教授も、友倉助手も、手近の椅子に坐って耳をかたむけ始めていた。

「ぼくはその時、中学二年だった。といっても、その年の三月に、小学校……いや、あの時は国民学校といったのか……国民学校以外は勉学停止で、勤労動員だった。しかし、ぼくたちは工場には動員されずに、強制取り壊し命令を受けた家屋の、破壊とかたづけ作業をやっていた。区役所を根拠地にしてあちこちに出かけ、空襲のサイレンが鳴るたびに、手近の防空壕《ごう》に飛び込むんだ……」

灰谷教授が懐古した。二十数年は思い出となるのに、充分なのだ。

「話を聞くと私は仲城先生より二つくらい年上ということになりますか。中学四年で、立川の中嶋飛行機の工場に勤労動員に行っていて、アメリカ機の爆撃を受けたりしているんです」

友倉助手も懐古した。

「ぼくはようやく物心ついたという頃……四歳くらいでした。サイレンが鳴ると、おふくろに防空頭巾《ずきん》をかぶせられて、半分興奮ぎみの嬉《うれ》しいきもちで、庭の防空壕に飛び込んでいたのをおぼえていますね。子供ですね。そういう生活が異常なことではなく、あたりまえのことと思っていたようですから」

智一がそのあとに続けた。

「いや、それなら中学二年のぼくでも同じことでしたよ。その頃の世の中の異常を異常とも思わず、けっこうそれなりに中学生活を送っていたのですから。ですから、弟が疎開に行った日も、ぼくは勤労動員に出かけて、帰って来たら弟はいなかった……と、ただそれだけの思い出です。それ以後、弟に思いをはせるとか、心配するとか、そんなこともたいしてありませんでした。ひとつには弟とはなればなれになっていた期間が長くて、どちらかといえば縁の薄い兄弟だったせいもあるかも知れません」

灰谷教授が同感の声でいった。

「そうかも知れませんね。さっきの話だと、いっしょに長い間いたというのは、弟さんが四歳の頃までということになりますか?」

「そうです。だがむこうは赤ん坊ですし、こっちもようやく物心ついたというだけで……。二人とも物心ついてからの兄弟のつきあいということになると、いま思い返してみれば、弟が小学二年生の間の一年間だけということになります」

「というと……弟さんは三年生の時、集団疎開して……そのあと、何かあったのですか?」

「ええ、疎開して三ヵ月ばかりたった頃、突然、学校から弟が疎開先で死んだと連絡が来たのです。といっても、ぼくはその日も動員に行っていたので、夕方、帰って来て、隣のおばさんからの伝言で話を聞いただけです。母は現地に飛んで行ったので、もういませんでした。母が帰って来たのは翌日の夜遅くでした。弟の骨が入っているという壺を箱に入れて、いたいたしく目に映ずる白い布で包んでいました。だがぼくは何かあっけにとられた思いで……実際のところバカバカしいような思いさえして……。せめて考えられることは、何か弟が消えたような……それも一時的に消えたような……そんな感じしか抱けませんでした。いや実際のところ、今だって弟が死んだという感じはないといったらいいかも……」

隣の部屋とのドアの境《さかい》を、かなりあらあらしく開いて、黒岩徳雄教授が入って来た。怒っていた。

「バカバカしいも何も……」

黒岩教授は部屋の者たちが、かなり熱心に智一の話に聞き入っているのを見てとると、いそいで口を閉じた。バツの悪そうな顔になった。

佐川美緒が救いの口を入れた。

「お電話で……何かあったのですか？」

黒岩教授は瞬間ためらい、美緒の好意に甘えて自分の話を始めた。

「ぼくの名を騙《かた》ってバーやクラブで飲み歩いているらしい男がいるんだ。そんな一軒からつけを払ってほしいといって来てね……」

灰谷教授は微笑しながらいった。多分に皮肉めいていた。

「有名税かも知れませんな」

黒岩教授のマスコミ関係での活躍ぶりは、目ざましいものがあった。もちろん主力分野は、建築構造学だった。

しかし筆がたつことから、活躍の範囲は建築一般……住の問題……生活科学と拡がり、座談会、ラジオ相談や対談、さまざまな市民講座なども手がけるようになっていた。

砕《くだ》いた比喩《ひゆ》や具体的な引例から話を始める独特の方法が、大いに受けているのだ。

ゴリッパなことには、テレビ出演だけは、いっさい拒否していた。

この関東大学にも、数人の学者タレントがいた。中にはテレビのクイズ番組や、素人芸能番組に出て、せっせと一般大衆の御機嫌をとりむすぶ者もいた。けっこうそれが学生の人気にもなる、ふしぎな世の中なのだ。

だが、黒岩教授はあえてそれをしなかった。その態度には、知的人間としての自分のイメージをたいせつにしようとするところがあった。そしてそれはそれで、また別の人気を、学生から獲得しているようだった。

あるいは賢明な黒岩教授は、その辺のところも、計算ずみなのかも知れなかった。皮肉な目で見るならば、なりふりかまわぬテレビ学者タレントよりは、学究としてのスマートな雰囲気で、ファンをつけようとしているのかも知れない。

だが今日は、その知的存在も、スマートさの特徴のひとつである平衡《へいこう》をいささか欠いていた。灰谷教授の発言に軽くつっかかる調子であった。

「有名税というほど有名ではありませんよ。どうしてそんなバカげたことをするのか……あるいは大学内の者か、大学関係者かが……半分はいたずらのつもりでやっているのかも知れませんが……」

「黒岩先生」灰谷教授は、突然、かなり厳しい声になった。「そういう根拠のない推論で、大学関係の人間を持ち出すことは、つつしまれたほうがいいと思います」

「はあ」

建築学科主任教授として、ともかくも灰谷教授は、黒岩教授の上にある形なのだ。

「妙な評判にならぬように、よくお調べになって、善処したほうがいいでしょう」

「はい、了解しています」

「もし学校がどこかで関係するようなものがあったら、ともかくもすぐに私におしらせねがえませんか?」

「そうしましょう」

「相談の上、内部の問題として処置したいと思います」

「わかりました……」

そしてそのあと、黒岩教授は話の流れを智一の方にふりむけて、このどこまでも学者的に慇懃《いんぎん》な会話を終結させた。

「……何か仲城先生のお話が、はずんでいたようですが？」

佐川美緒が素直にその誘導に乗った。そして智一のこれまでの話を黒岩教授に説明した。

それから智一に話の先をうながす。

「仲城先生、それで弟さんは何が原因で亡くなったのです？」

「溺死ということなんだが……。〝お呼ばれ〟に行った先の家の近くの池で、足を滑《すべ》らせて落ちたとか……」

「〝お呼ばれ〟って……？」

「近在の大、中の農家や、素封家《そほうか》などが、疎開児童を数名ずつ招待してくれる行事だったそうだ。飢えている児童たちに、その日ばかりはたっぷり食べさせてやろうという好意だ。家を離れて、淋しさいっぱいの子供たちに、家庭の感じも味わわせるという意味もあったらしい」

佐川美緒が黒岩教授の方にふりむいていった。

「黒岩先生も、ちょうどその頃、疎開児童のお年頃だったのじゃありません」

手近の椅子に坐った黒岩教授は、まだ電話の怒りがおさまらないところがあったらしい。

気持ちを落着けようとするように、煙草に火をつけていた。だがその手元が少し怪しかった。

「そうなんだが……ぼくは群馬県の田舎の方の育ちでね。疎開という経験はしていないんだ。むしろかなりのんびりしたほうで、戦争などよそごとの感じで、学校に通っていたような記憶しかない」

「戦争も、環境やその人の年齢などで、ずいぶん受け取り方が違うんですね……」

そして美緒は質問をまた智一にむけた。

この目元の涼しい、やや面長《おもなが》の娘は、かなりに積極的知りたがり屋である。だが別段それが気にさわらないのが、彼女のまたひとつの魅力というべきかも知れなかった。

「……弟さんの亡くなられた時の、詳《くわ》しいようすはどうだったのです?」

「それがぼくもほんとうはよく知らないんだ。母から聞かされたことは、弟がそのお呼ばれに行った先の村の池に、事故で落ちて溺死したというくらいだ。母は詳しく話したがらないようすだった。ぼくもその歳《とし》なりに気をまわして今さらそんなことをたずねて、母の悲しみをあらたにしたくなかった。それにさっきも話したとおり、ぼくには弟が死んだという実感がなかった。弟の死が実感として少しわかって来たのは、むしろ戦争が終って、少しずつ年がたってからだった。弟の残して行った本や学用品が出て来たりすると、『ああ、ぼくには弟がいたんだな』という感慨に、不意に襲われたりした。だがおもしろいことに、弟の存在の認識が高まれば高まるほど、弟のイメージは抽象的色彩を強くしていった……」

このかなり形而上《けいじじょう》的説明も、さすがにこの大学研究室では、簡単に受け入れられた。

美緒が横から口をそえた。

「それはさっきおっしゃった、物心ついてからの兄弟のつきあいが、ごくわずかだったせいですね」

「そう。それから弟の写真らしい写真が一枚も残っていないせいもあるかも知れない。戦災で焼いてしまい、親戚にもそれらしいものは一枚も残っていなかったんだ。写真があると、ふつうなら忘れてしまうものも、それによって記憶を再持続させることができる。時にはまるでおぼえていないものを、写真を見た時点から以後、おぼえ続けていると錯覚してしまうこともある。だが弟の秀二に関する限り、そういう写真がない。だから正直のところ、ぼくの記憶の中で、弟の姿や顔は空白になって……つまりは抽象的存在になってしまった。だから時に死んだ弟を思い出すといっても、正直にいって、それは悲しみというようなものではなかった。過去への懐古といったていどのものだった……」

「お母さんはその間、一度も弟さんが殺されたというようなことはおっしゃらなかったのですか？」

「ああ。そんなことを感じさせることも、一度としていったことはない。また気配を見せたこともない」

「それではやはり亡くなる前には、だいぶ頭が混乱なさっていて……」

「急性肺炎で、熱もひどく高かったからな。しかし、こうも考えられる。弟は事故死にちがいなかった。ただまわりの者の過度の不注意とか、怠慢が大きな原因だった。母はその不満を長い間、胸の中に溜《た》めておいた。それが死を前にして、爆発したのだと……。もしそうならそうで、ぼくはその過失なり怠慢をもう一度調べなおしたいと決心したのだ」

「でも、もしそうだったら……それが誰かの不注意か怠慢だとわかったら、今さらとがめだてすることは……」

「もちろんできるはずもない。だが調べたということで、死者への供養《くよう》になるんじゃないだろうか？　弟はほとんど母と生活をともにしなかった不幸な境遇だった。しかも幼くして死んだ。その悲しい弟の運命と、思いを残して死んで行った母への供養に、ともかくやれるだけのことはやってみたいんだ……」

智一はかなり感傷的になっている自分を感じた。そしてことのついでに、いまひとつの感慨を吐露した。かなり告白ムードになっていたというべきである。

「……それに、こんなことをしようと考えた気持ちには、罪滅《つみほろぼ》しという気もある……」

「どんな罪なのです?」

「罪というより〝申し訳なさ〟ともいうべきかな。長男であったために、ぼくは母のもとからはなれることもなく、ぬくぬくと育った。それが申し訳なさのひとつだ。いまひとつは、ぼくよりはるかに有能だった彼の方が死に、ぼくの方が生き残って、昭和元禄のぬるま湯の中で、好きな研究をやっていられるという思いだ。もし弟が生きていたら、ぼくなんか問題にならないほど、学問的にすばらしいことをやっていたにちがいない。生き甲斐《がい》を感じながら……」

「そんなに頭がよかったのですか?」

「ああ、小学二年生だった時に、ぼくのお古の国語の教科書などを、六年生までほぼ読めていた。といって、別に神経質で、ひ弱な感じの子ではなかった。精悍《せいかん》というのか……まだ八つか九つというのに、逞《たくま》しい……大人顔負けの要領よさもあった。弟の顔かたちはろくに思い出さないというのに、ぼくたちのやったことで、ひとつ鮮明に思い出すことがある。ひところぼくたち二人は、連合して、いたずらをすることに夢中になっていた。ある時秀二はこんな不敵な遊びを思いついた。門や玄関に呼び鈴《りん》のボタンのある近所の家に行って、そこのボタンを押し、そのままそこに立っていようというのだ。呼び鈴のボタンを押すというたずらは、少しも目新しいものではなかった。当時は呼び鈴のある家というのは、そんなに多くなかった。それだけに子供たちの好奇心をそそるものがあって、いたずらにちょっと押して、パーッと駈《か》けて逃げて行ってしまういたずらはよくみんながやっていた。

「だがぼくたちのいたずらは、それからだった。そのままそこに立っていて、家人が出て来るのを待っている。そして出てくると、あっけにとられたようすで、道のむこうの方を見るという芝居をうつのだ。つまりいたずらっ子は別にいて、ぼくたちは通りがかりにたまたまそれを見たというようすを作るわけだ。ぼくたちは何度かそれを試み、ことごとく成功した。内心、ぼくは戦々恐々で、おそらくはそのようすがかなり外に出ていたかも知れない。だが弟の秀二の堂々たる落ち着きぶりが、充分それをカバーしてくれた。『ぼくよりちょっと大きい子が、今、ここから走ってったよ』。出て来た大人にたずねられて、弟は平然とそんなことを答えた。

「中にはあるいは犯人はぼくたちではないかと、疑いのようすを見せる大人もいた。だがすぐにまさかというようすになった。問い質《ただ》してみようかというようすを見せた人も、何人かいた。だがその人たちも、けっきょくは何もいわなかった。へたにたずねることで、子供に対する自分の観念の汚さ、愚かさをあらわしたくなかったからだろう。ところが弟の方は、そのへんのこともちゃんと心得ているようすもあった。そういうことでは、かなり歳のはなれた兄貴のぼくよりも、はるかに賢こかったかも知れない。賢こいといっても、いささか悪賢こいというところだが……」

「今、そうして、弟さんの話をしている仲城先生って、いかにも弟さんを懐しんでいるみたいですわ」

「正直にいえば、今ほど弟に対して、はげしい感情を持ったことは一度もなかったかも知れない。母がへんな言葉を残し、弟の死をもう一度調べなおしてみようかと思うまでは、ぼくの意識の中から、弟の存在などもうほとんど消えかかっていたといっていい。だがいったん弟の思い出がよみがえると、懐しさや、罪の感じなどが交錯してあらわれて、今は何か弟の死を調べなければならないのが、義務感のように思えて来たのだ。今とりかかっている研究のカタを完全につけてから、調査を始めようかとも思ったのだが、何かそれまでのばしていてはいけないような気がしてね……」

「黒岩先生、そういうわけで、今学期からの〝建築大意〟の講義の時間のことで、仲城先生が相談したいとおっしゃっているのです……」

佐川美緒はビジネスライクな調子よさで、話を黒岩教授にバトン・タッチした。

智一は黒岩教授に、講義の順序の入れ替えを提案した。

相談は予想外にあっさりまとまった。どうやら黒岩教授の方は、今年中はスケジュールがさほどいっぱいではなく、むしろ年が明けてからが、忙がしくなるようすだったのである。あるいは校外での講座か何か……ともかくマスコミ関係のレギュラーの仕事があるのかも知れなかった。

「……五日から、弟が疎開していた千葉の方に調査に出かけたいと思っています。八日の夜には帰ってくる予定ですから、その間の実験監視の方もよろしくおねがいします。あさっての四日までがクラックの予定日で、それ以後でしたら可能性は、もうほとんどないと思うのですが……。しかし万が一、それがおこったら至急しらせてください」

智一は付け加えた。

彼の今度の実験は、黒岩教授の協力を仰いでいたのだ。実験現場も、黒岩教授管轄《かんかつ》の、建築工学科実験別館内の変温度室を借りていたのである。

「わかりました。友倉君といっしょによく見ておきましょう。それで今のところ、形勢はどうです?」

答える智一の声はいささか重かった。

「明日までにクラックが出なければ、だんだん絶望的になるのですが……。ともかくこれからまた実験室に出かけます」

智一は廊下に出た。

佐川美緒があとを追って来た。手にはまだ郵便物の束《たば》があった。ほかの研究室に届けるものだろう。

「仲城先生、弟さんの事件のこと、もし私に何かできることがあったら、手伝わせて。推理小説ファンの私としては、何かしたくてうずうずなの……」

佐川美緒のことばつきには、前よりはずみがついて、活発になった。いささかあった他人行儀もとれている。

智一が佐川教授の家に出入りし始めた大学三年の頃からの知り合いだから、もう十年以上のつきあいになるのだ。

大学内で他人がいあわせる時は、一応折り目をつけて接する。だが、二人だけになれば、親しい友達になる。いや、それだけでは不満足と……少なくとも美緒の方は思っているのだが……。

「そういえば、君は相当の推理小説マニアだったね」

「『そういえば』はないでしょう?」美緒は恨《うら》んだ。推理小説マニアであることに気づかなかったこと自体を、恨んだのではない。智一の自分というものに対する興味の稀薄《きはく》さを嘆《なげ》いたのだ。「学校の行き帰りにも、手に推理小説の本を忘れない女であることは知ってるはずよ。この頃は暇な時は、事務所でも盗み読みをしているの」

「うらやましい身分だね。大学に遊びに来ているのかい？」

「告白すれば、多少、そういう傾向がないでもないわ。でも、忙しい時は忙しいのよ。それで、仲城先生、現地に行かれる五日まで、二日間の間があるみたいだけど、その間も、弟さんの死について何か調べる予定なの？」

意気込んでいるのは、何か佐川美緒の方のようでさえある。

「当時の弟の同級生というのを一人知っているので、その人に会ってみようと思っている。それから小学校をたずねて、そのほかの同級生や……それに当時の担任の先生などもたずねあてられないか調べてみようとも考えている」

廊下を突きあたったドアを押し、外に出る。

爽やかな晴天である。

つい一週間前までは、うんざりする暑さの連続だった。このぶんでは九月まで猛暑はのめりこんで行くかと思われた。それが数日前、夕立ちまがいの大雨が二日続きで降ってから、急に涼しくなった。自然の意志は、思いのほかきっぱりしているのだ。

外に出ると、吹き通しの渡り廊下が三十メートルばかりまっすぐのびている。その先に、天にむかって長い、長方形のコンクリートの建物がある。それがいま智一が実験をおこなっている現場の、建築工学科の実験別館だった。

智一は夏休みの一ヵ月と少しの間も、ほとんど毎日のように、その建物に通っていたことになる。

その間に、建物はいつの間にか丈《たけ》高い夏草にかこまれてしまっていた。だが今はその草にも、わずかに秋色が忍び込んで来ていた。黄ばみが、目に微かに感じられるのだ。

五十メートルばかり東の先に、工学部事務室のある、茶褐《かっしょく》色タイルの大きな五階建て建築が見える。美緒はその正面玄関に歩み寄る人影を認めていった。

「あら、横川さん……。父の所へ行くんだわ。じゃあ、行かなくては」

美緒は智一を離れ、男の方にむかって行った。

建物に入って行く男は、紺の背広をかっちりと着込み、今どき珍しく帽子を被《かぶ》っていた。四十少し前か……。しゃれこんでいるという意識の塊《かたま》りに、足がはえて歩いている感じだ。

智一はその男が、必ずしも自分に無関係でないことに気づいていた。だが彼は知らぬふりをしていた。たとえ関係あろうとなかろうと、自分は自分の研究をやるまでなのだ……。

2

九月三日（火曜日）

「えっ、お母様がお亡くなりになった!?」

智一が不器用にいきなり切り出した言葉に、麻川マキ子は驚いた。ポットの中の紅茶の葉に湯を注ぎかける手が、ちょっととまった。

それでも、智一が仲城秀二の兄と名乗って、入口から入って来た時の驚きよりは、まだ落着いていた。その時には、何か秀二の亡霊でも見ているようなようすでさえあったのだ。

だが、智一の方も、いささか逆上気味だった。接《つ》ぎ穂なしに、次の話に飛躍していたものである。

「麻川さんのことは、前まえから母から聞いていました。何か母が家の門から出て来たところで、声をかけられたとか……」

「もう、四、五年前ですわ。何時《いつ》かお家《うち》の前を通って、〝仲城〟という表札を見て、もとのうちから近いことからも、もしやと思っていたのです。そんな時、お母さんが門から出ていらっしゃって、まちがいなく昔の面影があるのを見つけたものですから……。もし町でただすれ違ったというだけなら、絶対気がつかなかったかも知れません。もちろんお母様のほうが、私に気づかれることなんかまずありませんわ。だって最後に会ったというのが、あの疎開の時でしょうから……。その時までで、もう十七、八年前ということになっているんですもの。それにその頃は私もまだ小学生も低学年で、幼児でした。それから少女期や娘時代を通過して来たのですから、すっかり変わってるのがあたりまえなんです」

「その時、母から弟の昔の同級生で、麻川マキ子さんという人に会った、御殿山《ごてんやま》に今度できた、マンションとかいう所に引っ越してこられたそうだ……と、そんな話を聞かされました。そういわれて、ぼくもおぼろにあなたのことを思い出したのですが……二度か三度くらい、ぼくの家にも遊びに来られたのではありませんか?」

「ええ、二度くらいでしょうか……。極《ご》く近くに住んでいる遊び友達というのではありませんでしたから、ちょっとお客様という形で秀二さんの所に遊びに行ったんです……」

「母から聞いた話では、今は絵を描いていられるとか……?」

麻川マキ子は照れたようすを見せた。というより困っているというふうであった。それがマキ子には魅力的に似合った。丸顔の、少女っぽいようすを多分に残した顔立ちなのである。死んだ秀二の同級生なのだから、三十二か三にはなるはずなのだが……。

「絵といっても、雑誌や印刷物に描いているんです……」

「ああ、この頃、よくいわれる……イラス……イラストレーター……?」

工学博士は、精いっぱいの社会知識をふりしぼった。

「そんな大袈裟《おおげさ》なものではなくて……カットなんです。少女っぽい、図案的な……」

麻川マキ子は、小さなグラスから、紅茶の中にブランデーを注ぎわけた。芳香がしだいに立ちのぼる。

応接間は家具から壁紙にいたるまで、女性的な軽やかさと色どりの曲線装飾に溢《あふ》れている。もちろんこのコンクリートが専門の工学博士先生が、それがロココ・タッチというものだとは、知るはずもない。喫茶店のようだというのが、内心の印象である。

「おひとりでお暮しなのですか?」

智一がそんなことに興味を持つのは、珍しいことであった。相手に対して、普通でない感情を持ち始めたともいえるだろう。

「ええ、何だか好きなことをして……絵なんかを描いているうちに、オバアさんになってしまって……」

「いや、そんな別に……」

こうなると智一は不器用なものであった。

「近くなのですから、ひょっとすると、仲城さんともう何度か品川駅あたりでお逢いしているのかも知れませんわね」

「いや、逢っていません。でしたら、一度でおぼえてしまうはずで……」

あっぱれな発言は、内心のほとばしりだからいえたのだ。

これでは、マキ子もまた智一の真意を理解しないわけにはいかなかった。彼女は前にも増して羞恥《しゅうち》のようすになった。

そして智一のほうときたら、自分でいったことに対してこれは羞恥を通り越して、ほとんど困惑《こんわく》のようすであった。

智一は持って来た用件を持ち出すことで、血路を切り開いた。

「……母から、あなたは疎開当時、秀二ともとても親しかったと聞いていまして……。それを思い出して、実は今日、うかがったのですが、実は母が死ぬ前に、ちょっとへんなことをいいまして……」

「……？」

「弟は殺されたといったのです」

「殺された？　でも秀二さんは、山蔵《やまくら》の龍神池という所で溺れたのでは……」

「そういえばあの部落は山蔵という名でした。今、思い出しました。ぼくはそこに行ったこともありませんし、その頃、あまりそういうことにまでは興味を持っていなかったので、何も知らないも同然なのです」

「でも、秀二さんが殺されたなんて！　何かのまちがいでは？　ひょっとしたらお母様は熱に浮かされて、頭が混乱なさっていたのではありませんか？　あの時、みんなが秀二さんは過《あやま》って池に落ちて、溺死したといっていたのですし、先生からもそう聞かされました」

「ともかくその辺の事情を、もう少し具体的に詳しく聞きたいと思って、今日、うかがったのですが……」

「でも、ずいぶん昔のことですし、その上小学校三年の頃ですから……今、思い出してみようとすると、ある部分、ある部分はおぼろで……」

「それでもけっこうです。話してください。弟が〝お呼ばれ〟に行ったというその家は、何という名の家なのですか？」

「それはよく知っています。妙見《たえみ》という家です。だって初めの二度の、お呼ばれは、私と秀二さんと、いっしょにそこに行ったのですから。私と秀二さんとは、とても仲良しだったことを先生も知っていて、気をきかしてくれたのだと思います」

「すると秀二が死んだのは、あなたといっしょのお呼ばれの時ではなくて」

「ええ、三度目の〝お呼ばれ〟の時で、その時はほかの女の子といっしょでした」

「どうしてあなたといっしょではなかったのです？」

「さあ……」マキ子は声を曇らせた。困ったようすになると、鼻から口元にかけて、悲しい表情が浮かぶ。智一はひどく申し訳なさを感じる。

「……何か理由があったのかも知れませんが、私にはわかりませんわ。でも、たいしたことではないかも知れません。例えばいつも同じ組み合わせで偏《かたよ》った交友関係を作ってはいけないとか、いつも同じ家にお呼ばれに行って、そこと特殊な継《つな》がりができてはいけないとか……」

「じゃあ、ほかの児童たちにも、そういう組み換えがおこなわれたのですか？」

「さあ……。まだ小さい子供でしたから、そんなことまでは気づいていませんでした。ひょっとしたら、妙見さんの家の〝お呼ばれ〟だけ、そういう組み換えをしたのかも知れません。妙見さんの家は近在きっての大金持ちで、特にもてなしがすごくて、たくさんの御《ご》馳走《ちそう》や御土産《おみやげ》が出たりするのです。ですから先生はなるべく多くの子に、そういういい目を味わわせたいと考えたのかも……」

「でしたら秀二もほかの児童と変えるべきでは？」

「ええ、それはそうですけど……」

「第一、それだったら、二度目に全部メンバーを変えてしまってもよかったはずです」

つい理屈っぽくなって、我を忘れての学者のお里が出る。マキ子はますます困った顔になった。

「わかりませんわ。これは今になってそうかも知れないと考えたことで……。その頃は幼なくて、そんなことは何ひとつ気づかなかったのですから……」

智一は自省の苦笑をした。

「すみません。確かにあなたにきいても、むりな話でした。すると弟が死んだというのは、三度目の〝お呼ばれ〟で、妙見という人の家に行った時なのですね?」

「ええ」

「その時は何という子が弟といっしょだったのです?」

「青田京子さんという子でした。この人はわりあい今でもよくおぼえているんです。したしかったほうなんです。色の白い、ゆったりとした感じの人で……でも、それだけにどこかぼんやりした所があって、ボン子という渾名《あだな》で呼ばれていたことも、いま思い出しましたわ。きっと、ぼんやりの〝ぼん〟をとったんじゃないでしょうか?」

「その子は弟が溺死した所にいたのですか? ごぞんじの範囲で、できるだけ詳しく話してください。母はよほど悲しかったのか……それとももっとほかのはげしい感情を抱いていたのか……ともかく極端に何も語りたがらなかったのです。ですからぼくが母から聞いたことといえば、弟が〝お呼ばれ〟に行った部落で、近くの池に遊びに行って、そこに落ちて溺死したということだけなんです」

「青田さんは秀二さんが溺れた時には、近くにいなかったのです。そうですわ、いま思い出したんですが、青田さんは帰って来て、私に話してくれたんです。秀二さんといっしょに、邸《やしき》の大広間で昼寝をしていたら、突然、妙見の家のおばさんに起こされて、秀二さんが池で溺れ死んだといわれたと……。どうやら秀二さんは昼寝の途中で起き出て、ひとりで池の方に遊びに行ったらしいんです。すぐ鶴舞の私たちのいる疎開宿舎に事故を報せなければいけないというので、妙見さんの家の男衆が使いに出て、その時、青田さんもいっしょにつれられて帰って来ました。ですから、青田さんもそれ以上のことは知らなかったはずです」

「学校の先生からはそのことについて、話はなかったのですか？」

「それがほんの少しで……。さすがにあの時の私でも、何か物たりない感じだったことを、おぼえています。児童たちを動揺させたくないという先生の気持ちだったんでしょう。もうその頃には、生徒のほとんどみんながひどいノスタルジアにかかって……突然、泣き出したり、家へ訴えの手紙をひそかに出そうとしたり、東京まで脱走をはかろうとしたりした子も何人かいました。こんな集団精神不安定の状態のところに、秀二さんの死を詳しく話して、その上にショックを与えることを、先生は恐れたのだと思います」

「じゃあ、弟の葬儀というようなことは……」

「私たちのいた疎開宿舎ではぜんぜんありませんでした。そういえば……誰かが、秀二さんのお母さんが白い布に包んだお骨の箱を持って、バスに乗って帰って行ったのを見たといっていたのを、聞いた記憶があります。ただそれだけなので、私も何かあっけにとられた思いでした。それに小さくもあったので、悲しさというようなものは、あまり感じませんでした……」

智一とほとんど同じ印象である。骨の箱を包む布のいたいたしい白……秀二の死はただそれだけのように思える。

「疎開中のあなたたちの担任の先生は、何という人でした?」

「植木先生です……確か植木博先生とおっしゃったと思います。あの時、四十くらいだったのでは……」

「どこにいるか……」

「知りません」

「弟はほかに親友は……」

「人気者で、たくさん友達がいたようで……ああ、本庄君とは特に親しかったようです。

できる子で、級長をしていました」

「どこにいるか……」

「やはり知りませんわ」

「ほかにその頃の同級生で知っているというような人は……」

「ぜんぜんないんです。私は終戦後は杉並の小学校の方に転校して、ずっとそこで暮らしていたものですから。小学校低学年の頃を過ごした、この品川方面にこうしてもどって来たのも、まったく偶然のようなものなのです」

たずねるべきことは、もうあまりないようだった。

あとの質問は、これからの調べのための下準備のようなものだった。

「山蔵のその妙見という家には、どんな人がいたのです？」

「私の父と同じくらいの……ですからその頃四十少し前だったのでしょうか……細面《ほそおもて》のちょっとこわい顔の御主人と、同じような感じの奥さんと、それからみんなが番頭さんと呼んでいる、そのわりには若い人と、それから吉《きち》さんといわれる四十過ぎの……男衆、それに女中さんが二人くらいいたでしょうか……私のおぼえているのはそれくらいです。子供心におもしろいと思ったのは、御主人は皆から、『殿様、殿様』って、呼ばれていることでした……」

「戦前はまだそういう所がたくさんあったようですね」

「それに家の構えも、ほんとうにそんな感じがあったのです。大きくなってから、地方の素封家や豪農の家などもいくつか見ましたが、妙見さんの家は、その中でも変わっていたようです。砦《とりで》……というのでしょうか、そんな感じがありました。柱や壁の作りは、すごく武骨で、でもそれだけにがっしりしていました。窓が全体に高い所にあって、しかも小さいので、建物のどこも薄暗い感じでした。一番砦らしい感じだったのは〝やぐら〟という部屋でした……」

「〝やぐら〟というと、あの物見櫓《やぐら》の?」

「ええ、まさにその物見櫓のようなものなんです。本屋《ほんおく》のうしろは山になっているんですが、その山腹にそって渡り廊下がずっと斜めにあがっていて、急な所は階段になっているのです。そんな廊下が三十メートルばかり続いた先に、八畳ばかりの部屋があって、そこから下を見おろすと、すごくいい眺《なが》めなんです。龍神池の方にある山もそこから見えました……」

「龍神池は弟が溺れた所ですね?」

「ええ」

「距離はどのくらいあるのです?」

「三百メートルくらいでしょうか」

「あなたはそこに行かれたことは？」

「二度目の〝お呼ばれ〟の時に、男衆の吉さんという人につれられて行きました。秀二さんも私と同じで、その時が初めてで、そこがとても気に入ったようすでした。岸を走りまわったりしてはしゃいでいました。そういえば、またここに来るんだといっていたことも思い出しました。それで三度目のお呼ばれの時、昼寝の途中で脱け出て……」

麻川マキ子の声は消え入った。うつむきかげんに自分の指先を見つめた。赤や緑の色で微かに染まっている。どうやら絵の具らしい。

「その池は概略、どんな所なのです？」

「小さい頃で……しかも一度きりしか行っていないので、何だか夢のような感じなのですが、とてもきれいな水の池でした。むこう岸は山がせまっていて、のしかかるような高い崖《がけ》になっていたことはよくおぼえています。きっと秀二さんは前の時と同じように、はしゃぎすぎて、岸から落ちて……」

「岸からすぐに、そんなふうに溺れるような深い所になっているのですか？」

「さあ……そんなことまでは私、気をつけてもいなかったので……」

「ともかくあなたも、弟は過失で死んだとお考えなのですね？」

「それは……私には何とも……。けれど殺されたなんて……。いったい誰が殺したというのです。それに何のために？」

「あるいは誰かの重大な過失があって、そのために弟が死んだので、母はそのことを〝殺された〟という表現でいったのかも知れません」

「ええ、そうかも知れませんわ。ひょっとしたら、秀二さんへの注意が行き届かなくて、ひとりで池に行かせてしまった妙見のうちの人びとを、そういういいかたでとがめられたのでは？」

「だがそのくらいなら、〝殺された〟といえるほど、重大な過失とは思われないんですが……」

「過失が重大なものなのか、軽微なものなのかは知りませんが、それならやはり秀二さんは事故で死んだことになりますわ」

得《う》ること多しとはいえなかった。

だが、二度の〝お呼ばれ〟までは、秀二の相手は麻川マキ子だった。それが三度目はマキ子だけがはずされたのには、意味があるような気もする。そしてまた弟の死が何か秘密めかして、こそこそと処理されたように感じられないでもない……。

だが、智一は今はそのくらいの収穫で満足した。

彼はそれよりも、もう一つの大きな収穫の方を、しっかりと手元に引き寄せておきたいとあせった。

そこで、この三十六歳まで独身の、はずかしがり屋の学者は、麻川マキ子に大胆な要求をした。自分の名刺をさし出して、彼女の名刺との交換をねがったのだ。これで、彼女の電話番号が知れた。

だがそれだけでは、まだ不安だった。そのあと智一は大胆にもいったのである。

「あるいはあと、一、二度お話をうかがいにくるかも知れませんが……」


青田京子と麻川マキ子を分かった物は何だったのだろう？

青田京子を前にして、智一は考えないわけにはいかなかった。ともかくも二人は同級生の、同じ歳なのだ……。

鉄骨プレハブ式二階建ての簡易アパートの南側は、広い砂地の空地になっている。そこに西に傾むいた日光が果敢に降り注いでいる。九月といっても三日では、まだ夏の陽射しなのだ。

その明かるい光の中に立っているだけに、青田京子の肉体に刻まれた生活の疲れは隠しようもない。

不健康な灰白色の肌、ぱさついた髪、小皺《こじわ》、目の色も鈍《にぶ》い。

だが智一が小学校時代の話を持ち出すと、奇蹟のように目に生気がよみがえった。

智一ははっと胸をつかれた思いだった。

彼女にとっては、小学生時代が、人生の一番のハイライトだったのかも知れない。

「……さっき小学校に行って、秀二の疎開当時の先生や友人の名を調べて来たんです。鶴舞の疎開について行かれたのは、工藤先生、植木先生、それに遠井という女の先生だったそうですが、植木先生は数年前に亡くなったそうです。遠井先生は結婚でどこか遠くに行かれたそうで、学校も現住所は知りませんでした。工藤先生は教頭先生がいまも年賀状をもらっているとかで、あとで教えてもらうことにしました。それから生徒の人で、秀二をよく知っていて、今も近くに住んでいる人として、あなたと本庄明という人の住所を教えてもらったのですが……」

青田京子の茫漠《ぼうばく》とした反応を見ていると、智一は不安になって来た。子供の頃と変わらぬボン子だというのか……。

「疎開の時、弟の秀二とお呼ばれに行ったのはおぼえていますか？」

これにはわりあい元気のいい答が返って来た。

「ええ、おぼえてます。あんな大きな家に行ったのは、初めてで……夢みたいで……。……仲城さんの死んだことも、やっぱり夢みたいで……」

「その辺の所を、詳しく話してください」

「詳しくといっても……」

それだけで、ことばは滅入《めい》ってしまう。

「弟が死んだ時は、昼寝をしていたとか？」

智一は誘い水を入れた。

「ええ」

それだけだった。

「昼寝を始めた時は、弟もいっしょだったのですか？」

「ええ」

「弟が途中で起きて、池の方に行ったことは知らなかったのですか？」

「ええ」

「弟が死んだと、いつしらされたのです？」

「さあ、もうよくおぼえていなくて……」

「麻川マキ子さんの話だと、昼寝のさいちゅうに起こされたとか……」

「麻川さんに会ったのですか？」

彼女の顔がそれなりに輝やいた。

「ええ、今日の午前ですが。いまは画家です。あとで住所を教えます。その麻川さんの話だと、あなたは昼寝している時、いきなり起こされて、事件のことをしらされたとか……」

ようやくはっきりと思い出したように、青田京子は元気づいた声でいった。

「ええ、そうでした」

「しらせてくれたのは誰です？」

「あそこの家のおばさんが……」

「弟が死んだ池には行かなかったのですか？」

「ええ」

「しらされてから、どうしました？」

「そこのうちの男の人につれられて、すぐに宿舎に帰って……たった一日のことだけで……夢みたいで……それくらいしか……」

麻川マキ子も当時のことを〝おぼろだ〟といっている。むりもない小学三年生の頃なのだ。青田京子からも得る所はあまり多くないようだ。

だが、智一はいま少しねばった。

「〝お呼ばれ〟に行っている間に、何かへんなことはありませんでしたか？」

「へんなことって……あんなお金持ちの家《うち》は初めてで……でも、麻川さんがその前に二度もお呼ばれしていて……いろいろのことを聞いていたので、びっくりはしませんでしたけど……」

あいかわらずことばはきれぎれで、まとまりがない。雑草育ちで開花している、かたわらのコスモスの葉をちぎって、指の間でもみ潰《つぶ》しながらしゃべる。

顔に陽射しが暑い。智一はポケットからハンケチを取り出して、顔の汗を拭《ぬぐ》った。

青田京子は申し訳なさそうにいう。

「すみません、こんな所で……。うちの人が昨日は仕事の徹夜で……寝ていて……」

アパートの部屋のドアが内側から開けられた時、智一は彼女の肩越しに寝具が敷かれているのを見た。

「かまいません。それで、どんなことにびっくりしました？」

「どんなことって……とてもごちそうが出たり、もとにもどれなくなるような広い家だったり、へんな子がいたり……」

「へんな子？」

「麻川さんが教えてくれて……裏の庭の森みたいなとこのそばに、蔵みたいなのがあって、そこの二階の窓に、白い顔の子供が見えるって……」

「あなたも見たんですか?」

「ええ。仲城さんにそのことをいったら、ぼくも麻川君と見たんだといって、そこの窓の下につれて行ってくれたんです。一度だけ、ちらっとその子の顔が見えて……その時、仲城さんが『おばけだっ!』といってふざけてたんで、……私、こわくって、キャーッといって逃げ出しました……」

智一はふと〝座敷わらし〟の話を思い出した。

話してくれたのは誰かも、今もはっきりと思い出す。仙台にあった母の実家のくめという女中だった。いや、ばあやというのだろうか。ともかくもう五十を過ぎていたことは確かだ。くめというのが姓なのか、それとも名なのかも、今もって知らない。

彼女は夏休みに遊びにくる智一や秀二をつかまえて、伝説や怪談をよく話してくれた。たいていはかまどの焚口《たきぐち》にしゃがみこんで、火をたきながらの話であった。

その中に〝座敷わらし〟の話もあった。旧家の天井裏や古い土蔵にひっそりと住んでいる、子供の姿をした魂《たましい》なのだそうだ。

これが住みついていると家が繁昌《はんじょう》する。火事の時は、いつの間にか荷物さえ運んでくれる。だが大人の目には見えず、子供だけが見ることができるという。

後年聞いた話では、この〝座敷わらし〟は、東北地方に多い伝説だそうである。

青田京子はそんな話をどこかで聞いて、幼い思い出の中に混入しているのではないだろうか？　それでなくても、昔ボン子といわれたこの女性には、暗示を受けやすそうな茫漠《ぼうばく》としたところがある。

「その窓に見えたという子は、いくつくらいの子でした？」

智一の追及に、彼女は曖昧《あいまい》に答えた。

「さあ……ちょっと見ただけで……すぐ逃げ出したんで……。私たちと同じくらいだったかも……」

「男の子でしたか？　それとも女の子？」

「さあ、少し遠くからだったので、はっきりしたことはわかりません」

先入観でしゃべられては困ると、ひかえていたことを、智一はここで突き出した。

「弟は殺されたのではないかという話があるのですが、何か心当りはありませんか？」

だがやはりこれはむりな質問であった。

「殺されたって……いつ？　誰がです？」

「弟がです。あの池で事故で溺死したのではなく、殺されたのだと……」

「そんな……」

　青田京子にいえるのはそれだけだった。

「あなたはその龍神池には行きましたか?」

「いいえ」

　智一はこのへんでやめることにした。


「……鶴舞というのは、農業の人たちの湯治《とうじ》用の小さな温泉でした。宿が三軒ばかりあって、私たち生徒は、そのうちの二つの旅館にわかれて分宿しました。私たちの宿の担任は植木先生で、もうひとつのほうが工藤先生でした。工藤先生の方がずっと年配だったので、疎開学童団の団長でした。ひどくいばっていました。それから遠井先生という若い女の先生がいて、この先生は宿のおばさんたちといっしょに、全生徒の炊事《すいじ》、洗濯といったものの責任者のようでした。しかしあの頃の思い出というのは、あまり楽しくありませんね。何しろ飢えていましたからね。いわば慢性飢餓症という病気にかかっていたようなものです。ですから仲城君とはコンビで、さかんに食べ物の盗みをしました。それもかなり知能的な方法でです。今思い出すと、罪の意識で背筋に寒さを感じます……」

本庄明はたまたまテーブルの上にあった、脂光りして、古風でごつい算盤《そろばん》を、立てたり倒したりしながら回想した。

中背のがっちりした体格である。当然三十一、二歳のはずだ。だが、齢よりは老けて見えるのは、その商人風の重厚さのためかも知れない。

しかし物言いははっきりしていて、かなり鋭く、知的である。そういえば疎開時の三年生の時は級長だったのだ。

間口四間《けん》はある、そうとうに大きい問屋だ。たてまわされた幅広のガラス戸には古風で太い金箔《きんぱく》文字で、〝株式会社本庄総業〟とあり、上に丸に〝本〟の字の商標、肩に〝各種ポンプ販売・施行工事〟とあった。

どうやら親の代から受け継いだ家業らしい。

ガラス戸を開けて入ると、五十平方メートルはあると思われる三和土《たたき》の事務所になり、机にむかって五、六人の事務員が働いていた。

左がわの壁には背の高いガラス戸つきのケースがあって、大小のポンプ部品が展示されている。右がわの壁の下には、白いレースがかけられたテーブルをはさんで、ソファーがむきあっている。

いま、智一と本庄明はそこに対座していた。二人の前には、麦茶のコップが、汗をかいて置かれている。空色の事務服を着た、女の子が出してくれたものである。

「……今考えてみると、あの頃の私と仲城君は、盗みを盗みとして喜ぶ、かなりプロ的な盗賊になっていたのじゃないかと疑うことがありますよ……。つまり盗みに対する自分の知恵のまわりぐあいや、行動の敏速さにいい気分になっていたところがあるのです。考えてみれば、それが小学三年生ですから、恐ろしい話です……」

もともと能弁らしく見える本庄明だった。それが疎開時代の思い出ということになると、ますます饒舌《じょうぜつ》を刺戟《しげき》されるらしい。

「……初めのうちは私も仲城君も、みんなと同じように山で見つかる正体不明の木の実をかじってみたり、雑草の根をしゃぶったり、ツツジの花をなめたりしていたんですがね……」

「ツツジの花？」

「ええ、ツツジの花をひっぱりとって、めしべやおしべのある下の方を……よくは知らないんですが子房《しぼう》っていうんですか……あのあたりをなめると甘いんですよ。一度、この話が皆に伝わると、村のツツジの花は一、二日のうちに消えてしまいましたよ。近くのお寺の庭のツツジも、村長さんだったか町長さんだったかの家の、門から玄関の間の自慢のツツジの植え込みも丸坊主で、そこの家の人が先生の所にねじこんで来たという話です。クレヨンも甘いのを知っていますか?」

「クレヨン?」

「絵を描くクレヨンです。さすがに今はもう忘れてしまいましたが、赤だったか黄だったか、そうとう甘さが舌にくるものがあるんですよ。つまり味は色によって違うんです。中にはまったくひどい味で、ちょっとなめただけでもムカッとくるものもあるんですが……」

東京にいた中学生の智一も、かなりひどいものを食べた。アク抜きのドングリの粉、サツマ芋《いも》の蔓《つる》、腐った大根のような冠水芋《かんすい》……。

だが、いま話を聞いてみれば、ともかく彼が口に入れた物は、食べ物といわれる周辺のものだったことになる。

「おはじきも食べてみましたよ……」本庄はにがにがしく微笑していた。「……ほら、昔よくあった、桜の花びらの形をして、赤、青、黄、白などのきれいな色が塗《ぬ》られたおはじきがあったでしょう?」

「ああ、中心に丸い穴があいている……」

「そうです。あれはメリケン粉《こ》でできているから、食べられるというのです。おそらく女子生徒が、遊び道具に家から持って来たものを、口淋《くちざみ》しさから口に入れているうちに発見したものなのでしょう」

「本庄さんもためしてみたのですか?」

「ええ、ためしてみました。でも一粒でこりごりでした。確かに口の中に長く入れていると唾と暖かみで、クニャーッと形が崩れて行って、メリケン粉のような……食べものめいた味がするのですが、それはほんのわずかのことです。そのあと無機質のべったりした感覚が舌に拡がって、それが少しでも咽《のど》の方に入ると、とたんに吐きそうに胸が悪くなるのです。その実感からいって、材料は粘土のようなものが主体で、それにつなぎ……というか、粘り気を与えるために、穀類《こくるい》の粉のようなものが加えてあったのかも知れません。またこのほかにも、マーキュロだの、目薬だのをなめたりもしました。甘かったり、刺戟的な味がしたりしたのです。飢えた群れの一人一人が、それぞれにこれと思うものをためしてみて、少しでもいけるものは、たちまちのうちに情報としてひろがるのです。けれど私たちだけは……つまり私と仲城君だけは、すぐにそんなことをやめてしまいました。〝盗む〟という、もっとも簡潔で、効果的な方法にとりつかれてしまったからです……」

「畑か何かから盗んだのですか?」

「それはほとんどしませんでした。私たちの疎開は第二次といわれるもので、昭和二十年の春先でした。ですから夏近くまでは、畑に作物といわれるようなものはあまり育っていませんでした。それにそんな遠出をしなくても、食物は目の前にあったのですから……」

「というと……？」

「宿舎の台所ですよ。そこに忍びこめば、米だって味噌《みそ》だって、豆、野菜……何でもあるんですから。極度の食糧不足とはいえ、そこは田舎でした。それに小学生がそんな盗みをするとは、宿の係の人も、先生も考えていなかったのでしょう。宿舎の台所の貯蔵管理はいたってルーズなものでした。というより普通の家庭の台所のようにただ置いてあるというだけでした。ですから盗むのはいたって簡単でした。だから何度やっても成功します。そのうち私たちは、さっきもいったようにその行為自体に喜びを持つようになって、腹をへらしてへんな物をかじったり、なめたりしているほかの友達がバカのように見えてきさえしました。もうこれは骨の髄《ずい》からの犯罪人の心ですよ。もしあのままの状態で来たのなら、今頃は私はこんな所でこんなことをしていずに、刑務所と娑婆《しゃば》の間を往復している前科何犯という、したたかの人間になっていたかも知れませんよ」

　本庄明は苦笑した。

「しかし台所に食糧を盗みに行くといっても……いつするのです？　昼間はだめでしょう？」

「もちろんそうです。ですから、夜、みんなが寝しずまってからです。しかし度重《たびかさ》なるうちに、食糧の目減《めべ》りも目に見えてきます。台所の方でも、これはおかしいと気づき始めたらしいんです。外からか、または内部からかはわかりませんが、台所泥棒が入るらしいという噂が出はじめたのを、ぼくたちはいちはやくキャッチしました。そこで仲城君はすごいことを考えました。親分に罪をきせちまおうというんです」

「親分？」

「つまり今でいえばボスですよ。勉強はできないが、腕力と悪賢こい立ちまわりで、組の大半の生徒を自分の手下にしてしまう奴です。疎開中のどこの学校のどこの組にもいたらしいです。だが、疎開となると、生活もいっしょにしなければならないので、まったく我慢できない存在でした。私たちの組のボスは、石黒っていう奴でした。奴はもっぱら急襲という手段で、仲間を屈伏《くっぷく》させるのです。つまりいきなり毛布や布団《ふとん》をうしろからかぶせて押し倒し、降参《こうさん》というまでおさえつけるとか、十銭銅貨を使って髪の毛をひっこ抜くとか……」

智一は思い出して、にやりとした。

「ああ、あの銅貨を三枚使って、相手の頭をカチャッと叩《たた》く……」

「そうです」

当時の男子学生は、大学生にいたるまで丸坊主だった。

この頭に、三枚重ねにした硬貨をいきおいよくぶつけるのである。重ねたまん中の一枚だけはぶつける前に、半分くらい突き出しておく。

頭にぶつかると、突き出した硬貨もカチャッと音をたてて引っ込み、両側の二枚とぴったり重なる。

この時、なぜかほとんど確実に、いが栗頭の短かい髪の毛が、銅貨の間に挟まれて引っこ抜かれるのである。髪の毛には必ず白い毛根がくっついている。

その引っこぬかれた時の痛さときたら、そうとうなものである。

智一が小学生時代にも、ある時、これが大流行した。校庭で遊んでいても、廊下《ろうか》で歩いていても、この〝ひっこ抜き〟が、いつ通り魔のように現われて、カチャッとやるかわからない。智一は一日に、四回もの被害にあったこともある。

気弱な智一は、いささかノイローゼ気味になった。しばらく学校をサボろうかとさえ思ったことがある。

これを疎開先でやられたのでは、たまらないだろう。寝ても起きても、一日中注意の神経を配っていなければならないのだから……。

「……石黒はそういった方法で、みんなを自分の強圧下におき、食事の時には、子分から飯やおかずをくすねる、水汲《く》みや掃除《そうじ》はほかの奴にやらせるという、しほうだいのことをしていました。仲城君はこの石黒に、食糧どろぼうの罪をかぶせてやることにしたのです。といっても、やったことは簡単です。夜中に、砂糖の入っている棚の下に、石黒の名の入った小さながま口を落しておいたのです。がま口は彼が押入れにしまっている、所持品入れの大型の防空カバンから取り出したものです。そしてそのかわりに、そのカバンの中には、小さな紙に包んだ砂糖を入れておきました。砂糖は以前に私たちが盗んで隠しておいたものです。私たちは結果を期待して、ひそかに石黒や先生を監視していました。すべては表沙汰になりませんでしたが、計画は成功したことは確かでした。先生が押入れの石黒の所持品を調べて、そのまま奥に持って行くところを目撃したのは、仲城君でした。石黒がみんなに気づかれないようにして先生の所に呼ばれ、ずいぶん長い間もどってこないことを見ていたのは私でした。そんなぐあいですから、私たちは陰謀《いんぼう》の結果を、はっきりつかんだわけではありません。しかし石黒がその日からこれまでの乱暴をやめ、気抜けした子供になって、自らボスの座をおりたことが、すべてを物語っていました……」

「しかし話を聞くと、〝悪い〟ということでは、その石黒という子供より、弟の方がはるかに上だったのじゃありませんか？」

「あるいはそういえるかも……。ともかく私と仲城君は親友でしたが、こんなぐあいですから、どうやらドロボー同士の篤《あつ》い友情というので結ばれていたのかも知れません」本庄明はかなりまじめな顔でいっていた。「つまり〝盗み〟というスリルに培《つちか》われた友情とでもいうのですか……」

「だが、そういう友情のほうが、かえってつながりは固いともいえるのでは？」

「ええ、確かにそうかも知れません」

「では、弟が死んだと聞かされた時には、ショックでしたか？」

「ええ、すごいショックでした。私の人生で最初の、死に対するショックといっていいでしょう。いいかたは平凡ですが、文字どおり〝信じられないきもち〟でした。その日、私も〝お呼ばれ〟で別の村に行っていて、帰って来たのは夕方でした。そこでほかの友達に事故を聞かされたのです。担任の植木先生は山蔵に駈《か》けつけて行って、もういませんでしたが……」

「弟の死んだ当時のようすを、どのくらいごぞんじですか？」

「それが……まるで知らないといっていいくらいなのです。仲城君といっしょに、その部落に行った女の子がいるんですが……名前はもうよくおぼえていませんが、その子は仲城君が死んだその場にいなかったようで、何をきいてもしらないというだけでしたし、先生もろくに話してくれないのです。私はその時には、仲城君が死んだことには何かがあって、きっと私たちに嘘をいっているのではないかと、気をまわしたくらいです。ともかく私はその頃は、先生は大嘘つきの、ひどい人間ばかりだと、ひどい先生不信に陥《おちい》っていたのです」

本庄明のことばは、智一を緊張させた。

「弟の死んだことに何かがあったというのは、どういうことですか？　先生が嘘をいっているとは？」

だが、その返事は、智一にとっては、いささか不満足のものだった。

「いやあ、すべては今もいった先生への不信から始まったのですよ。仲城君の死について嘘をいっているといっても、具体的にどうと考えたわけではありません。そういうことを教える事実が、何かあったわけでもないんです。嘘つきを教える先生だから、きっと仲城君の死んだことだって、どこかに嘘があるにちがいない。だから、あまり詳しい話をぼくたちにしないんだと……子供らしい飛躍した考えを抱いたにすぎません」

「嘘つきを教える先生……というのは、どういう意味です？」

「先生の強圧的な愛国教育の中に、子供心に……いや子供だからこそまっ正直に、たくさんの嘘を感じ取っていたというところでしょうか。特に家に出す手紙を検閲《けんえつ》されて、削《けず》られたり、書きかえさせられたりする時は、先生の嘘つきをどなりちらしたいきもちになりました。そういっては何ですが、私はどちらかといえば三年生にしては字もたくさんおぼえていたので、手紙の文もかなり筋の通った、しっかりしたものを書いていたようです。それだけに家に出す手紙が、検閲で変更や削除《さくじょ》を命じられることが多くて、今流にいえば〝アタマにくる〟ことばかりでした。けずったり、書きなおしをさせられる所は、はやく家へ帰りたいというようなノスタルジアを訴える所や、お腹《なか》がすくとか、ノミやシラミに悩まされているというような疎開先の環境の悪さを述べるような所でした。『大日本帝国の少国民が、そんな弱音を吐いていいのか？』『日本の勝利のために戦っている大人たちに心配をかけないように、おまえたちは疎開して来ているのだ。それなのに女々《めめ》しい手紙を書いて、大人たちを心配させてはならない』先生はそんな理屈をいうのですが、私にはどうも納得できないいきもちでした。特にひどくうるさくてガリガリしているのは工藤先生の方で、いま、先生の顔を思い出しても、不愉快な気分になります……」

「工藤先生というと、担任の方ではなくて……」

「もう一人の先生です。さっきもいったように、工藤先生がすべての統轄《とうかつ》責任者だったようですが、これが当時よくいた、軍人ふうにえらぶって、自己満足をしている人でした。ですから私たち子供も、本気で兵士として従えようとしていました……」

ポンプ機械問屋の社長にしては、本庄明はかなりに思想的であり、急進的でもある。家業の職のために、彼は所を誤ったのかも知れない。

「麻川マキ子さんという人をごぞんじですか?」

「麻川……ああ、同級生の? 女の子で一番できる子でした」

「昼前にその麻川さんに会ったのですが、先生が一番気を使っていたのは、生徒の精神的動揺ではなかったかというのです。そのために手紙を検閲したり、弟の死についてもあまり多くを語らなかったのでは?」

「確かにそういう所もあったのでしょう。だがそれだったら、なぜ日記まで毎日検閲したのでしょう? そして自分自身のきもちを正直に書いた所ばかりを、書きなおしを命じたのでしょう? そのうち私もだんだん先生の文句のつけ所がわかって来て、もう何もいわれないように、さっさときまったことばを書きつけるようになっていましたよ。何のことはない。先生が自分の心を偽《いつ》わることを、生徒に教えてくれたのです。これでは、人間が悪くなるばかりですよ。だが、いっぽうでは私たちは、家に出す手紙については、ちゃんとした脱《ぬ》け道を見つけていたのです。おことづけ手紙というやつです……」

「おことづけ手紙?」

勤労動員の中学生と、集団疎開の小学生というだけで、同じ時代に生きながら、住む世界も、そこに使われていたことばも、ずいぶん違っていたのだ。

「時たま生徒の父兄が、面会に疎開地に来ることがあるんです。正式には父兄の面会は許されていないのですが、家族が死んだとか、家人が召集されたとか、家が焼かれたとか。……どうしてもやむをえない事情があると、面会が許されました。それからもぐり面会というのが……これのほうがずっと数も多くて盛んでした……」

「もぐり面会？」

「さっきもいったように鶴舞には宿が三軒あって、そのうち一軒は疎開児童を受け入れていませんでした。父兄がそこに泊って、それとなく自分の子に会ったり、遠目に見たりするぶんには、先生たちも何とももんくはいえなかったわけです。そう、仲城さんのお母さんも何度か見えたはずですよ……」

智一は思い出す。確かに母が何度か面会に行ったことを。すでに遠出の旅行は、旅行証明書がなければできないことになっていた。そこで母はそれを手に入れるために、町会事務所に行ったり、区役所に行ったりして苦心していた。

母子家庭で、その上死んだ父が敵性思想の持ち主というので、ただでさえ手に入れにくい旅行証明が、ますます入手困難だと、母はこぼしていた……。

「……おことづけ手紙というのは、正式の面会でも、もぐり面会でもいいのですが、ともかく面会しに来たそういう大人たちに、そっと自分の手紙を家に届けてくれと頼むのです。鬼工藤の検閲がないのですから、その時には私は思いのたけを書きました。おことづけがいつできるかあてもないままにです。しかしこれもやがて悲劇的な破局が来ました。姓は忘れましたが男の子で、そのおことづけ手紙を書いて、持ち物の中に入れているのが見つかったんです。鬼工藤のことだから、そっと私たちの持ち物なども調べているかも知れないと、みんなも子供なりに〝おことづけ手紙〟の隠し場所には気をつけていました。だが、九つか十の子供のことです。やることだって知れています。いつかは誰かが見つかるにきまっていたのです。しかもこともあろうに、工藤は見せしめのためと思ったのでしょう、その子にその手紙をみんなの前で朗読させたのです。

「今ではもちろん、くわしい文面をおぼえていません。淋しいこと、おなかがすいていること、はやく迎えに来てほしいことが、せつせつと書いてあったことは確かです。かなりオーバーな部分もあり、嘘めいた感じになっている所もありました。子供のことですから、ほんとうと嘘とごちゃついているのもむりはないと思うんです。だが、そばに立っていた鬼工藤は、少しでもオーバーな部分がくると、朗読をやめさせて、みんなにこれはほんとうかどうかきくんです。鬼工藤にそうきかれて、ほんとうですと答える者なんかいやしません。すると鬼工藤はそのたびに、その子の頭をげんこつでゴツンとやるのです。その子の目はだんだん涙でいっぱいになり、朗読の声も震《ふる》えて、小さく消え入って行って……見ていられない光景でした……」

本庄の工藤教師に対する憎しみは、かなりのようである。幼く素直な心だっただけに、受けた傷も深かったかも知れない。

ほめことばはすぐに種が切れる。悪口はいくら話しても種がつきないものだ。とすれば、このへんで話の主導権を奪ったほうがいいと智一はみてとった。

「弟もその〝おことづけ手紙〟を書いたようですか？」

「いや、書かなかったようですね。仲城君は気の強いしっかりした子でしたし、お母さんもたびたび面会……といっても、もぐり面会に来ていたので、淋しくなかったんでしょう。植木先生は鬼工藤と違って人情味のある先生でしたから、もぐり面会にも寛大な所があったのです。私も植木先生にひそかに教えられて二回ばかり、短かい時間ですが、母と非公式に面会しました。これは疎開から帰って来て、ずっとあとで母の口から聞いたのですが、植木先生は仲城君の家が母子家庭で苦労していることを知っていて、特別、気を配っていたらしいということです。そうだ、確か仲城君のお父さんの本も読んでいて、尊敬していたとか……」

「とすれば工藤という先生とは、考え方も違うはずですし、あまり合わなかったのでは……？」

「おそらくそうでしょう。確かにそんな感じは受けました。しかし何しろ小さかったので、あまり詳しいことは観察していなかったというのがほんとうです」

「弟の死のことを生徒のみんなに話したのは、工藤先生の方ですか？」

「そうです。二つの宿の間に、ちょうど氷川《ひかわ》神社があって、朝礼はいつもその境内《けいだい》でおこなわれていたんです。仲城君が死んだ翌々日の朝も、そこで朝礼があって、工藤先生から、『おととい、たいへん不幸なことがあった……』と、簡単に話があり、みんなは黙禱《もくとう》をささげました」

「植木先生からは弟の死のことは、何も聞かなかったのですか？」

「ええ、ぜんぜん……。何だか故意に避けているようすもありました。ですから仲城君が死んだんだなという実感がまるでなくて……。日がたつにつれて、しだいにわかってくるきもちでした。ぼんやりしながら、仲城君からもらったガラスの船を出して撫《な》でたりしているうちに、ぐんぐんと体の中にひろがる淋しさから、仲城君の死というものが、しだいに実感できてきたりしました……」

「ガラスの船というのは、もしかすると、型の中にガラスを流しこんで作った、文鎮《ぶんちん》にもなるようなものでは？」

「そうですよ、待ってください。今もちゃんと持っていますよ……」

本庄はソファーから立ちあがった。事務所の一番奥にある自分のデスクの前に行くと、袖の抽斗《ひきだし》の下の方を開いて、もどって来た。

本庄の手に持たれたものは、紛《まぎ》れもなく新田丸《にったまる》のモデルの文鎮だった。

小学校三、四年の頃である。智一は教師に引率《いんそつ》されて、東京港に新田丸を見学しに行った。当時、日本が世界に誇る、新造大型客船だったのだ。その時、みやげに持たされたのが、その文鎮である。

長さ十七、八センチ、高さ三センチたらずのその模型は、今のような時代になってみれば、たいしたものではない。だがその頃の小学生にとっては、やはり宝物だった。

智一はそれを疎開に行く直前に、秀二にやった。餞別《せんべつ》のつもりだった。そしてその存在をしだいに忘れて行った。

それが今、ここにある。そう思うと、船の隅の方の少し欠けた部分も、プレゼントした時にもあった記憶があるような気さえしてくる。

本庄も感慨深げだった。

「今こうやってこれを見ていると……もうずいぶん前のことで、どうして仲城君がこんなものをくれることになったかも、すっかり忘れてしまっています。しかし何だか仲城君は自分が死ぬことを予感して、私にくれたみたいに思えてきます。くれたのはどのくらい前だったか……何だか死ぬほんの少し前のようだったような気もするんですが……」

智一はそもそもは、それが自分がやったものであることを話した。

「そうですか。それじゃ、これはあなたにお返ししなければ……」

「いや、ぼくは弟にやったのですから、弟の意志を尊重すれば、やはり本庄さんに保存してもらうべきです……」

そして智一は、もう話を切りだすべきだと決心した。

「実は先日、母が死にました……」

「あのお母さんが！　そういっては何ですが、子供心にもきれいなお母さんだなと思っていましたが……」

「もうかなりお婆さんになっていましたが……」

「しかしまだ六十には……」

「なっていませんでした。五十九です。早死にでした。その母が死ぬまぎわに、ちょっとへんなことをいったのです。弟は殺されたというのです」

「殺された？」

「そうです」

本庄はあっけにとられたように、しばらく黙っていた。それからやや口早にいった。どこかいらだたしげな感じさえした。

「わからない……どういうことだか、わかりませんね……」

「確か本庄さんはさっき弟の死については、嘘があるとおっしゃったようですが……？」

「あれはまったく別の意味でいったのです」

「わかっています。だが何かそこにはやはり何等《なんら》かのことがあったからこそ、そう思ったのではありませんか？　子供の感覚というのは、ある意味で動物的に敏感です」

「といっても、仲城君が〝お呼ばれ〟の先の部落で、池に落ちて溺死したと聞かされただけなのですから……。感じ取るにたるような何かさえなかったというのが、ほんとうです」

　これ以上聞き出せることもなさそうだった。

　智一は礼をいって立ちあがった。

「……私はのんびり屋なのでしょうか？　それとも環境に順応しやすいたちなのでしょうか？　本庄さんほど工藤先生に対しても、いやな感じを持たなかったようです……」

　麻川マキ子はワインのグラスのステムを指の間にはさんで、中空に持ちあげたまま いった。レストラン内部は、暗いといっていいほどの間接照明である。その中にマキ子の顔はほの白い。

横手の広い窓の下の高速道路では、車のライトが列を作って、のろのろ進んでいる。新しくできたこの竹橋の立体交差附近は、いつでも混み合う。

そんな景色を窓の下に見ながら、仲城智一工学博士は、かなりあがり気味だった。このいささか学問に熱中しすぎた学者先生は、考えてみれば、女性と二人で、高級レストランで食事をしたことなどは、一度もなかったのだ。

だから麻川マキ子と神田で待ち合わせようという話がきまった時も、さて落ち合う場所となって、ひと難航した。

智一の神田に行く用件は、本の購入に限られているといっていい。それも本屋以外のどこにも立ち寄らずという愛敬《あいきょう》のなさだった。だから落ち合うべき、適当な場所も知らなかったのである。

しいて思い出すなら、さる高名な書店の片隅にある喫茶店兼レストランと、大正の昔からの有名なビヤ・ホールくらいか……。

しかし前者は待ち合わせの七時半にはおそらく閉まっているだろう。後者のビヤ・ホールは、麻川マキ子のような女性一人を待たせるのにはどうかと思われた。

けっきょく二人は、マキ子のよく知っているコーヒー店で、落ち合うことになった。智一はその所在を、マキ子から懇切《こんせつ》に教わった。マキ子はそこで会ってから、近くのレストランに案内するとつけくわえた。それがこの新聞社の名のつくビルの、最上階のレストランだったのだ。

智一が東五反田の自宅に帰って来た時には、すでに六時近かった。帰るなりマキ子からの電話が鳴った。もう三度も電話したという。これから神田の出版社に絵を届けなければいけないので、終ってから、会って食事をしないかという誘いだった。

智一は朴念仁ではない。ただ三十六になっても、第一人称に〝ぼく〟を使うこの学者先生は、かなり子供っぽい照れ屋といえた。

そんな男が、女性の方からのこの積極的な誘いかけに、当惑もせずに乗ったのは、相手が麻川マキ子だったからだ。

そしてまたいま、あがり気味ながらも、ともかくこんなにおしゃべりになっているのも、同じ理由からだったといえる。

しかしつけ加えれば、それにはテーブル上のバケットの氷に冷やされたワインの酔いも、少しは手伝っていたかも知れない……。もっともこれもマキ子の方から註文したものである。工学博士先生にはそんな気のきいたことはできない。

マキ子は智一が今日の調査の話をする間、ほとんど口を入れなかった。疎開中の話には、時に懐しげに顔がやわらぎ、時に口元が微笑にゆるんだ。

だが、時に悲しげに眉から額のあたりがすぼめられた。疎開当時のみじめな状況に話が触れる時である。

だが麻川マキ子は悲しげな顔をする時に、よりいっそう魅力的であることを、智一はけっこう貪欲《どんよく》に見てとっていた。

丸顔の童顔のせいだろうか？　やや大造りの目や口のせいだろうか？　大きい口は不美人というのが通俗の鑑賞規準である。だが、智一はそれが誤りであり、むしろ美人の要素になりうると気づいた。

智一は生まれて初めてそんな美人学の研究をしていた。だがこれはもちろんひそかにである。

外面はいっしんに、今までの自分の調査を語り続けた。

そしてそれが終った時、マキ子は疎開当時の状況の受け取り方の違いを、本庄明と対比させて、自分はのんびり屋だといったのである。

「のんびり屋というより、おっとりしていらっしゃるんでしょう」

智一の精いっぱいのほめことばなのである。

マキ子は智一のグラスにワインをつぎたした。

「それで、今日の調べで、何かお考えになったことがありますの？」

「具体的に得ることは少なかったようです。しかし考えさせられることはありました。一番考えさせられたことは、弟の死があまりに単純すぎるのではないかということです」

「単純すぎる？」

学究らしい、飛躍ぎみの抽象説明に、マキ子はいささかとまどいのようすだった。

「ええ。弟は事故で死んだ。そして母が駈けつけて、骨を持って帰って行った。ただそれだけなのです。何かひどく故意に単純化されたような、そんな作為を感じないでもないのです」

「こんなことをいってはいけないかも知れませんが……あの頃は……あの戦争中は、身のまわりに死が多すぎて、秀二さんばかりでなくて、誰でもの死がそんな感じだったのではないでしょうか？」

「そうかも知れません。しかしもし故意に単純化されたものなら、その背後の真実は複雑なのですから、もっと詳しく調べれば、必ず真実が顕《あら》われるものと信じています。そのために、明日もう一日だけ、東京での調べをしたら、あさってには、鶴舞や山蔵に行こうと思っています。妙見家に行けば、曖昧な弟の死もかなりはっきりするでしょう。二十三年はかなり長い時の経過です。しかし忘れられた歴史になるほど、遠い過去のことではありません。事件のことを直接に、また間接に、見たり聞いたりした人が残っているはずです。妙見家の主人とか奥さんとか、それから吉とかいった男衆とか……。そういえば妙見の家には、弟やあなたと同じくらいの子供がいたとか……。麻川さんの話にはなかったようですが……？」

「知りませんわ」

「しかし青田京子さんの話によると、裏手の土蔵の窓にそういう子供の顔を見たとか……？」

「まあ……」

「彼女の錯覚かも知れません。あるいは小さい頃のことなので、何か話に聞いたことと混同しているのかも知れません。状況的に、何か〝座敷わらし〟の話とよく似ているのです」

「座敷わらし？」

智一はマキ子に解説した。そのあとですぐにおかしなことに気づいた。

「いや、待ってくださいよ。青田京子さんは、へんな子がいると教えてくれたのは、あなただといっていましたが……？」

「私が？」

「そうです」

「記憶がありませんけど……ひょっとしたら、座敷わらしのことをどこかで聞いていて、青田さんにいたずらをするつもりで、そんなことをいったかも……」

「しかし、今、あなたは座敷わらしの話は、初めて聞くというようすでしたが？」

「ええ、でもひょっとしたら子供の時に聞いていて、今はすっかり忘れていたのかも……」

「すると、青田京子さんはあなたのいたずらの話を信じて、そこに行ったら、ほんとうに白い顔の子供の顔を見たと……」

「青田さんはかなりぼんやりした欺《だま》されやすい人で、すっかり信じこんで、見ないものを見たと思ったのでは？」

「なるほど」

いささかしつっこく、理詰めで追っていた科学者が、ここで撤退《てったい》したのは、探偵としては、はなはだ好意的偏見にみちていたからにちがいない。

「料理、かなり、時間がかかりますね」

真摯《しんし》なる恋人は、話題を変えていた……。

3

九月四日（水曜日）

手狭《てぜま》で、古びた、貧しいたたずまいの家だった。だが、工藤武次の正坐する前の、黒檀《こくたん》の机だけは、重おもしく威風《いふう》をはなっていた。

「……そうですか。教頭先生からここを聞かれて……」

工藤老人は右手をあげて、禿《は》げた頭のうしろを軽く撫でながらいった。和服の袖が下にずり落ちて、老いさらばえた手があらわれる。

もともと痩《や》せた長身の体つきなのだろう。それにしても細い。立枯れの古木を思わせる。もう七十に近いようすだ。それにしては張りつめた元気さがある。

「けさ、学校の教頭先生に電話して、年賀状に書かれた住所を教えてもらったのです」

「なるほど」

工藤老人は机の上の、智一の名刺にもう一度目を落した。

「これはこれは、大学の先生で……。恐れ入ります……」

何が恐れ入るのかわからないでもないが、ともかく智一はそういう考えは好まない。といって、この元小学校教員の、大学教授に持つ劣等感らしきものを、打破してやろうという元気はなかった。第一、そんな暇はない。

智一はすぐに用件にとりかかった。

「あるいは思い出していただけるかも知れませんが、ぼくは千葉で疎開中に事故で死んだ、仲城秀二という生徒の兄なのです」

「おぼえてます、おぼえてます！　あの生徒さんのお兄さんで……。いや、あれは不幸な事件でした。疎開中の最大の汚点でした……」

汚点というのは、何に対して汚点というのだろう？

智一はちょっと嫌な気分になった。だがともかく、気にしないことにする。

「ずいぶん遠い昔の話になるので、ご記憶も曖昧な所もおありでしょうが、その弟の死んだ当時のことについて、思い出される範囲で、できるだけ詳しくお話しねがいたいのですが？」

「また何で今頃になって？」

理由をむこうの方からきかれたのは、これが最初だった。

智一はいささか慌て、いそいで考えをめぐらした。それから、とりつくろった理由を述べた。

「先月の末、母が他界しまして……。そのあとで気づいたのは、戦中、戦後のごたごたにまぎれて、何となく弟の死の模様を詳しく聞いておかなかったことです。二人兄弟なので、もはや弟を追憶する者もぼく以外にはないのかと思うと、どうもそれでは申し訳ない気がして……。自分のわかる範囲で、いろいろの人から話を聞いておこうと決心したのです」

工藤教師は、また右手をあげて、禿げた頭のうしろがわを撫でた。いささか当惑のようすである。

「弟さんの死を知っているといっても、私はその場に居合わせたわけではなく、ただほかの人から話を聞いただけですからな……」

うしろの障子のむこうで、あらあらしく畳を踏んで駈け抜ける足音がする。幼児らしい。そのうしろから、母親らしい声が、叱りながら追う。

工藤老人はまるで聞こえないようすである。日常の音として馴れているのだろう。

「最初その話を聞かれたのは、いつです?」

「当日の昼すぎ……それもかなり遅く……三時頃のことでしょうか? 弟さんといっしょに〝お呼ばれ〟に行っていた女子生徒が、呼ばれ先の家の男衆につれられて、宿舎に帰って来て知ったのです。すぐに東京のあなたのお母さんに電報をうち、植木先生がとりあえず山蔵に駈けつけました。ですから、私は事故のようすを、おもにその植木先生から聞いただけなのです」

「どんな話でした？」

「何でも昼寝していると思ったのが、そこの呼ばれ先の家人も気づかないうちに脱け出て、部落の奥にある池の方に遊びに行ったらしいのです。たまたまその呼ばれ先の男衆が池のそばを通りかかり、弟さんが浮いているのを発見して、あわててひきあげたそうですが、もう手遅れだったとか……。死体のようすから見て、弟さんは池の岸で遊んでいるうちに、足を滑らせて転落したらしいのです。衣服はつけたままだったということですから」

「弟の死体を発見したのは、吉《きち》さんという男衆ですか？」

「さあ……名前は……。女子生徒をつれて鶴舞に事件をしらせに来た男衆と同じです」

「それでは吉という人です。その男から直接話は聞かれなかったのですか？」

「聞きません」

「すると植木先生以外には、どんな人から事件の話を聞かれたのです？　例えば妙見の御主人とか、奥さんとか、係の巡査とか……そういう人からは話は聞かれなかったのですか？」

「妙見の奥さんという人は旅行中とかでいませんでした。御主人も事件現場に行ったわけではないので、詳しいことは知りません。だからただもう申し訳ないとおっしゃるだけで……。植木先生以外には、村の駐在の巡査という人から、主に話を聞きました。といっても、事故を聞いて池に駈けつけたというだけで、あまり詳しいことはやはり知りませんでした」

「駐在の巡査の名は何といったでしょう?」

「さあ……ずいぶん昔のことなので、まるでおぼえていません。ともかく生徒の里心を少しでも軽くしようと始めたことが、かえってとんでもない結果を生んだのです。皮肉な話です。仲城君は生徒の中でも一番しっかりした手紙や日記を書く子で、疎開児童としての自分の本分《ほんぶん》をわきまえていました。ですから、書きなおしを命ずることもありませんでした」

「手紙や日記を検閲なさったそうですね?」

「ええ」工藤老人はさらりと答えた。「生徒たちの里心はひどいもので、その精神的動揺をおさえるために、通信の検閲と面会の禁止は、絶対必要事項でした。疎開はその頃の大国策だったのです。これを瓦解《がかい》させることは、国家千年の大計を無に帰する恐れがあったのです……」

紋切型のことばはいささか智一をうんざりさせた。だが、同時にまた妙に懐しくもあった。小学校時代は、一週間に三、四回は、校長先生や教頭先生から、こういった調子の訓話を聞かされたものである。

「弟の手紙や日記を検閲されたというような話ですが……担任は植木先生だったのでは？」

「ええ、そうですが、どうも植木先生は若くて……まだ生徒の心理がよくわからなかったのか、そういうことを嫌われましてね。検閲するのは、事実を隠そうというのではありません。戦争です。すべてにおいて困窮していたのです。それを親元に誇大に報告されて、父兄の誤解を招きたくなかったのです……」

どこかおかしいと、智一に頭をひねらせるものがあった。科学的に論理には厳しいのだ。つい自分の本来の用件を忘れて、口が滑る。

「しかし誤解されても、それは父兄側の問題で、生徒側の精神動揺の問題ではないのでは？　でしたら、むしろ父兄がわからの手紙を検閲したらよかったのではありませんか？」

「おっしゃるとおりです。親から手紙をもらった生徒が、それから数日はむやみにしずみこんだり、反対にはしゃいだり……多かれ少かれ奇嬌な言動に出て、団体行動を乱す現象が観察されました……」

こうけろりといわれると、返す言葉もない。どうやら論理の思考の次元が違うようだ。

工藤老人はまたうしろ頭に手をやって述懐した。

「……いやあ、それは今は万事民主的自由主義の世の中ですから、やりかたを変えねばならないでしょう。だがあの時はあの時で、それが正しい方法だったと思います」

智一はここに、今も多くいる、時世型教師をまた一人見つけた。時世には敏感でも、真理には鈍感で、父兄の誤解を招かず、その経歴に汚点を残さないという、無意識の信条を身につけているのだ。

本庄明の手紙の検閲の話に、もっともだと思いながらも、どこかでまた教師の立場にも同情していた智一であった。

だがいまはそれにも疑いが湧く。

心を開いて真実にぶつかる。手紙にも、日記にも、思いのありったけを書く。苦しければ不満を訴え、悲しければ泣き、おかしければ笑う。真実に忠実なものが、真実に勝つのだ。

工藤教師の態度には、生徒の心に飛びこんでいくものがなかったように思える。非情に断定すれば、愛がなかったのだ。

精神分析の上でも、カタルシスという療法がある。心の痛手やコンプレックスを、言葉、行為、感情として吐き出させて、心を楽にするというのだ。

植木という教師が、それを知っていたかどうかは疑問だ。また必ずしもそれに積極的だったようすもない。だが少なくとも、工藤教師とは立場を逆にして、何かを考えていたふしはうかがわれる。智一の父の著作も読んでいたという話もある。あるいは、その時代の小学校教師には珍しい、進歩性もあったのかも知れない……。

「すると〝お呼ばれ〟で、誰と誰がどこに行くというような組み合わせも、先生がおひとりでやっておられたのですか？」

「いや、それは私は私の担任の一組、植木先生は担任の二組と分担していました。生徒数も多いことですから、そこまで私も全生徒のことを知るわけにはいきませんから……」

「弟の〝お呼ばれ〟が、前の二回は同じ女の子だったのに、最後の時だけは違った女の子だったのは、どういうわけなのでしょうか」

「そうなのですか？　それは初耳で、知りませんでした」

「〝お呼ばれ〟は組み合わせを変えたり、行先を変えるというようなことは、原則としてなかったのですか？」

工藤老人は当惑したようすだった。考えてもいなかったというようすである。

「そういうことは別に……。もしもっと詳しくお知りになりたいのなら、植木先生にたずねられたほうがいいと思いますが」

「亡くなられたそうです」

「亡くなられた……？　いつ頃です？」

「さあ、そこまでは……」

「私よりずっと年下だったのに……」

「弟が死んだことを聞いて、先生が山蔵の部落に行かれたのは、いつだったのです？」

「翌日です。午前にあなたのお母さんが見えて、同行したのです。お母さんは東京を前日に出たのですが、途中で汽車が終ってしまって、その日は久留里に一泊されたのです。何しろすべてに非常事態で、久留里線も一日に三往復というような状態でしたからな」

「先生は弟が溺れたという龍神池は、ごらんになりましたか？」

「いや、全然。何しろ山蔵の妙見家についたら、もう裏山で荼毘《だび》が始まっているというので、慌ててそこに行って……。そのあとすぐに鶴舞にもどればバスに間に合い、乗りついで行けば今日中に東京にもどれそうだというので、私たちはバタバタと大慌てでした」

智一は当惑した。しだいにそれは驚きに変わった。確かめなおさないわけにはいかなかった。

「母は先生といっしょに山蔵に行ったのですね」

「そうです」

「そして現地についた時は、もう火葬が始まっていたというんですね？」

「はい」

この時世押し流され型教師は、別に不審も抱いていないようすだった。

「つまりぼくの母の承諾もなく、もう火葬になっていたというのですか？」

「そういうわけになりますが……」

そういわれれば、少しおかしいかという調子である。

「正確には火葬はどのくらい進んでいたのですか？」

「裏山の斜面の空地に、その地方独特の方法らしい井桁《いげた》の組み方をして、荼毘に付していましたが、もうほとんど燃えつきて、すぐにでも骨が拾える状態になっていました」

「母は怒らなかったのですか？　自分が来る前にそんなふうに勝手に自分の息子が火葬されたことを……？」

会話はどこかで微妙に食い違う。

「気丈なりっぱな方でしたから、悲しみをぐっと押し殺すように、唇を嚙み、両手を握られて……。そして私に、このことで残った児童に無用の動揺を与えたくないから、もし息子の死を話すにしても、簡単にしてくれとおっしゃいました」

『秀二は殺されたのだよ』……そのことばの出発点は、ここから始まったのではないか？

母は悲しみをおさえていたのではなく、怒りをおさえていたのではないか？

智一はようやく、母の死の際《きわ》の言葉を理解し始めた。

秀二が事故死か他殺かは、まだ不明である。

だが、母親が駆けつけるそれ以前に火葬された……その事実だけで、母親は『殺された』といい得るのだ……。


呼びかける声にふりかえると、とまった車の中から、友倉助手が顔を出していた。

智一はあともどりしながら声をかけた。

「これは……君の車じゃないね？」

「ええ、ぼくの車は故障中で……黒岩先生のを借りているんです。この前の日曜日、千葉の方に釣に行った途中で故障してしまいましてね。そのままそこの修理工場に入れて、あとは列車で帰って来てしまったんですよ」

「じゃあ、乗せてもらうか」

智一は友倉の横に乗り込んだ。

工藤老人の住居のあった上板橋と、智一の大学のある駅とは、同じ東武東上線沿線である。

だから、老人の家を辞してから三十分もしないうちに、大学の駅に来た。

だが駅から大学の門までの道が長いのだ。

速足に歩いて七、八分はかかる。それから門を入ってから工学部の建物までが、だだっ広い駐車場を抜けて、また五、六分かかる。

この頃はスーパー、レストラン、遊戯場から大学にいたるまで、何でもドライバーむけに作られている。智一のように車を運転できないものは損である。

「広い車内だね」

智一は中を見まわした。

「プレジデントというんです。オーナーは後の座席でふんぞり返っているのが原則で、黒岩先生も運転をめんどくさがって、ふだんはもっときれのいい、アルファ・ロメオというバリッとしたスポーツカーを運転しているんです」

「ああ、知ってるよ。銀色の、映画に出てくるようなすごいかっこうの？」

「ええ、そうです」

「ときどき大学構内にとまっているのを見受けたが、あれは黒岩先生の車だったのか」

「独身貴族ですから、優雅なものですよ」

黒岩教授はいまだに独身であった。世田谷《せたがや》方面のかなりの邸《やしき》で、母親との二人暮しだと聞く……。

「独身というなら、ぼくだってそうだが、あまり車も持てそうもない」

「やあー、これは……」

友倉は智一の冗談を、どう受け取っていいかわからないような返事をした。

車は校門に走りこみ、両側の広い学生用駐車場の間を抜ける。

「仲城先生、きのう、先生の実験の方も、一応点検させてもらいましたが、見るべき変化はなかったようです」

「ああ、ありがとう。どうも話は暗くなるようだ。ぼくの計算では、きょうが最終日でね。あしたの念認テストからは、ぼくは不在になるので、よろしく頼むよ」

「それが申し訳ないんですが、明日から黒岩先生の研究のことで、ちょっと京都の方の大学に行かなくてはならないので。しかし黒岩先生がちゃんとやっておくという話でした」

「いつ頃帰るんだい?」

「九日には帰る予定です」

「ちょうどいい。ぼくもその日に帰ってくる予定だから、終ったあとの最後の総点検や計測、レポート作成もよろしく手伝ってくれよ」

「はい」

友倉は智一の研究室の助手ではない。建築工学科の助手だった。しかし智一が黒岩教授の研究室内にある変温室を長期間借用することから、友倉も協力することになったのだ。友倉はその変温室の取り扱い責任者だったのである。

優秀な学究だ。建築構造学に関しての博士論文を、やがて提出することになっている。審査をパスすることは、まずまちがいない。そしてその時には、彼は助教授になるだろう。

校門正面から中にむかってまっすぐのびる道は、百四、五十メートル行った所で、〝職員車、作業車以外は乗り入れ禁止〟となる。

その掲示板の横を通ってなおもまっすぐに進むと、工学部の本部事務所と主要教室のある、茶褐色の建物にぶつかる。車の道は建物をつらぬくアーチ型のトンネルをくぐって、裏手のグラウンドの方に抜ける。そこに工学部の研究室、実験室、機械室などが点在する。アーチ近くの建物の前に、さっき話題に出た黒岩教授の、銀色のアルファ・ロメオがとまっていた。

友倉はその横に並べて車をとめた。

「これが黒岩先生の車だね？」

「ええ、そうです」

車をおりた二人は、そこで別れた。智一は事務室にむかう。

事務室では心臓移植の話題に、花が咲いていた。この頃はどこに行っても、この話がよく聞かれる。

今日の新聞では、心臓を移植されたMという少年は、初めての日光浴をしたという。同じ学者として、智一は多分に感想を持っている。だが、ともかく何より当惑するのは、執刀者のW医師の学者タレントぶりである。これはもう黒岩教授なども足元にもおよばないものがある。

智一は何とないうさん臭さを感じ始めていた。心臓提供者の死について黒い噂もたち始めている。これも何かそういうことと無関係でない気がする……。

智一は教務室の事務員に会って、講義期間変更の打ち合わせと、届け出とをした。そのあと、事務員に、佐川工学部長の部屋に、電話で連絡してもらう。在室との返事だった。

工学部長室は、建物正面の二階にあった。

入口のドアに近寄ると、一人の人影が出て来た。おととい見た、あのきざに服を着こんだ、帽子の男である。

男は智一の顔を見ると、慌《あわ》てて視線をそらせた。それがかえって彼が智一を知っていることを物語っているようなものだった。

智一は前の控え室に入った。

デスクのむこうで本を開いていた佐川美緒が、顔をあげた。読んでいるのは推理小説あたりか……。

「いま出て行ったのは、おととい同じ男だね？」

あえて詮索《せんさく》をしまいと思っていた智一だった。だが、やはりきいてみないわけにはいかなかった。

「ええ、そうよ。大泉組の横川という人」

「へえー」

智一はいささか故意に軽く返事をすると、部長室のドアをノックした。

中から応答があった。

佐川部長はデスクのうしろの窓にむかい、半身《はんみ》に構えて外を見ていた。

四日も晴天が続くと、また夏の暑さがぶりかえす。窓の外の陽射しはまばゆい。部屋はクーラーの冷気でみたされていた。

グラウンドの遠くむこうで、ラグビー選手たちのユニフォームのはでな色が動いている。

部長の目は、それを追うともなく追っていた。だがすぐに身をまわすと、智一を見て、部屋の一角の応接用テーブルを指さした。そこに自分も歩み寄りながらいう。

「美緒から話は聞きました……」

いつもに変わらぬ温厚篤実《とくじつ》さが、言動にあふれている。だから土木建築学界での人望も厚い。

政治的手腕といえば、そこには何がしかのうさん臭さが漂《ただよ》う。佐川雄助博士にも、政治的手腕の持ち主の声が高い。だが、うさん臭さはまるでない。人望から自然と人が集まり、おのずから優秀な組織ができあがった観がある。

しかもこの組織は若い。灰谷建築学科主任教授は五十にならない。そして黒岩も、そして智一も、ともかくまだ三十代なのである。

「勝手をいってすみませんが、少し休ませてもらいます。気にかかることは、先にすませておいたほうがいいと思って……」

智一は詫《わ》びながら、応接用の低いティー・テーブルをはさんで、佐川部長と対座した。

「その辺の心境も、娘から聞きました。よくわかります。正直の所、いっさいの雑音なしに、テストを続けてもらいたかったのですが……まあ、雑音といってもこれは研究とは無関係のことですし……。ともかく来週早そうには帰って来て、結論を出してもらえますか」

「もちろんです」

「九日にテストを終るとして、公団にはいつ頃報告が出せますか？　この前もいいましたが一日も早くとの再三の催促《さいそく》でね」

「三日間でしあげて、十三日頃には提出できると思います」

「けっこうです。では、そう返事しておきましょう。ともかく池に投げた石の波紋は大きかったのです。だが、仲城君の研究がそんなことで乱されてはいけないと思って、なるべくよぶんなことは、耳にも目にも入れないようにして来たのですが……」

「知っています。感謝しています」

「……しかしここまでくると、そうもいかなくなりましてね……」

「ただこの調子では、どうもぼくの理論もだいぶ怪しい感じがして来ました」

「そうですかね。理論上は、仲城君の説は正しいと、……私は考えているのですが……」

美緒がティーバッグのラベル紙を外にぶらさげた、湯気のたつ紅茶茶碗を持って入って来た。

佐川部長は話題を変えた。軽い冗談調になった。

「それで……探偵の方はどうです？　もう始めているそうじゃありませんか？」

「ええ、まあいろいろと……」

美緒が横から口を入れた。

「それで、お母様のおっしゃったこと、どうでした？　少しは何かわかったのかしら？」

部長が横から口をそえた。

「探偵のことなら、少しは私にも協力させてほしいと、この子は不平をいっているんですがね」

「名探偵の御登場にはまだ早いようなのです。時機が来たらぜひとも、御協力をおねがいします。ともかくこの二日の調査ではっきりしたのは、弟の死には何かの動きが……いや、はっきりいえば、誰かの意志というようなものが動いているということです。何とかそれを探り出してみます」

智一の声には、かなり固い意志が感じられた……。

第二章

龍の生贄《いけにえ》

1

九月五日（木曜日）

広場にむかった駅舎のガラス引き戸が開いた。人影が出てくる。同時にガラスいっぱいにはりついた白い点のほとんどが、空中に舞いあがった。それでその白い点が、大発生した小さな蛾だとわかった。それまでは智一は、その白い点を目に入れていながら、まったく気にもしていなかったのだが……。

智一はバス停の標識の下のベンチに坐っていた。視界のほとんどを、空虚な駅前の広場がむなしく占めていた。

広場を挟んだ、駅舎のまむきあいに、万屋《よろずや》ふうの雑貨店と魚屋兼八百屋ふうの店があるのが、目に入るすべての店だった。だが店には人影はなく、また訪れる客もなかった。第一、広場に入ってくる人間もない。

だから駅舎から出て来た人影は、二十分ぶりくらいに出あわした人間ということになるか……。

智一はいささかほっとした。

坐ったベンチの下には、もうかなりの数のケントの吸殻が散らばっていた。智一はそうとうのチェイン・スモーカーである。その上に、落着かないきもちだったのだから、当然のことである。

バス停の時刻表でも、一日に四便はあるはずの第二便が、もう十分もすれば出るはずになっていた。それなのに集まる人の気配も、あらわれるバスの姿もなかったのだ。

東京を出る前に大型の時刻表で、上総亀山《かずさかめやま》からのバスの路線の存在と時刻は確かめて来たのだ。だが智一は今はそれさえも疑い始めていたのである。人影は広場を横切り始めた。バス停の方にむかっている。せかせかした足取りであるのは、小背のために受ける感じなのだろうか……。

歳の頃は三十前後。色白なのは陽にあたらぬためというより、体質的にそうであるらしかった。丸い顔で、広い額や、薄い眉には、どこか神経質そうな感じが漂う。

白ワイシャツの腕まくりに、茶褐色のズボン姿だった。

手に持たれた大型の黒カバンに、智一はある予見を抱いた。だが、その職業の人にしては、何か小心《しょうしん》のような感じがしないでもない……。

男は腕時計に目を落しながら、智一の横のベンチに坐った。

こういう田舎の、こういう雰囲気の中では、当然、始まらなければいけないことがある。

もちろんそれを始めるのは、土地の人からである。

「どちらへ？」

「鶴舞です。もしできたらそこから山蔵に行きたいと思っているのですが、やはりあとは歩かなければいけないでしょうか？」

「そりゃあよかった。私も山蔵にいるんです。山蔵の医者なんです。なあに、歩かなければいけないといっても、二十分強の距離ですし、その間の景色もなかなかのものなんです」

黒カバンから考えた、その男の職業はやはりあたっていたわけだ。

「四年前まではバスも山蔵のもっと奥まで行っていたのですがね、車の発達がかえって、バスの利用者を少なくしてしまったんです。もし温泉が鶴舞になかったら、全路線廃止ということになっていたかも知れませんよ。それで山蔵のどなたの所に？」

医者は煙草に火をつけた。そんな動作にも、何か自意識がへんに出ているような感じがある。

智一もまたどちらかといえばその仲間なのに、今はそれを横目で、面白く見ている。

「妙見さんという家を訪ねたいのですが……」

「妙見さん？」妙な反問と間《ま》を置いて、医者は続けた。

「妙見さんは……それはまた……しかしそれなら……今は誰ももういませんよ。何といったらいいか……家が絶えたというか……いや、最後まで一人だけ残っている方がいたとかいう話は聞きましたが、その人ももう村から消えてしまって……。いや、私も詳しいことは知らないんです。私も山蔵には五年前に来たんです。すでにその時には妙見という家は、なくなっていたのですから」

二十三年という月日が、もはや小さな歴史さえ作り始めているのだ。

「家がなくなったというと……どんなふうになくなったのでしょう？」

「何か悲劇的な、なくなりかただったようです」

「悲劇的？」

「私も詳しいことは知らないのですがね、戦後は地方の金持ちというのは、どこも没落のいっぽうで、妙見家もそうだったようです。そこにもって来て、何でも当主が自殺するという事件が起きて、最後にひとり残された母親という人も、さっきもいったように逃げるように村を出て行方不明になったとか……」

「母親というのは……当主のですか？」

「じゃあないですか？」

「すると自殺した当主というのは、まだ若い人だったのですか？」

「そうでしょう……。いや、母親でなくて奥さんかな？　私も詳しいことは知らないんですよ」答えてから、医者はおやという顔をした。「するとあなたも妙見という人の家のことは、詳しくは知らないのですか？」

「そうなのです」

「そうだ。それだったら、私のところにいる苗場という看護婦が、かなり知っているはずですよ。父親が昔、妙見家の番頭をしていたということですから……。よかったら、彼女にきいてください」

「おねがいします」

「申し遅れましたが、私は花島といいます」

「仲城といいます」

「しかしあまり詳しく妙見さんをお知りにならないのに、なぜわざわざこんな所までたずねにいらっしゃったのです？」

　智一はおおよそを説明した。だが母の死の際の言葉はいわなかった。弟の死も〝事故死〟ということばだけでかたづけた。そして弟の追憶と、旅の楽しみとの二つのねらいで、ふらりと来たという調子に見せた。

　弟が殺されたかも知れないなどという話は、あまりに刺戟的すぎる。そんなことで村人を警戒させ、口を重たくさせたくない。

智一の話が終る頃に、広場にくだるだらだら坂をおりてくるバスが見えて来た。時計まわりに広場のふちをまわって駅舎の前でとまる。
七、八人の人影がおりた。二人ばかりを除いては、すべて駅舎の中に消えて行った。バスはまた動き出すと、智一たちのいるベンチの前に近づいた。
こんなのんびりしたところでも、降車場と乗車場を区別しているのを、智一はおかしく思った。

とまったバスに乗りこむ。花島医師は女車掌と運転手に「よう」とあいさつする。智一に接するような、おどおどしたところがないのが面白い。

「もし泊る所ということになると、山蔵からは鶴舞にもどったほうがいいでしょうか？」

バスの一番奥の座席に、花島医師と並んで坐りながら智一はきいた。

「そりゃあ、旅館がありますから……。しかし、温泉といっても鉱泉で、おまけに農村の連中の湯治客相手のぼろ旅館が一軒だけですよ……」

「旅館は三軒くらいあるのでは？」

「昔はそうだったようですがね。今は農村の人も団体バスで、熱海だ水上《みなかみ》だと、有名観光地に行きますからね、鶴舞みたいな所はもうだめですよ。そうだ、それなら、私の所にお泊りなさい。広いんです。住宅の方も。そこに私ひとりが寝起きしていて、退屈ですから、こちらとしても大歓迎ですよ……」

「すると先生は……独身で……？」

「ええ。病院といっても、近隣一帯の無医村が五つばかり寄り集まって作った公立診療所です。私は三年契約でそこに赴任して来て、今は二期目なんですが、すっかりのんびりムードに中毒してしまいましてね。その上、そんな淋しい片田舎では、喜んで嫁に来る女性なんかいませんし……」

無医村が医療設備をじゅうぶんに用意し、住宅も完備して好条件で医師を捜している所があちこちにある。それなのになかなかなりてがないとは聞いていた。すると、花島医師は自らそれを買って出た、奇特な医師というところか……。

なるほど、そういう感じはある。

都会地の商売じょうずの医者になるには、かなり気が弱そうである。青年ぽくもある。

バスは動き出した。けっきょく智一たち二人を乗せただけの発車だった。

「……ともかく泊ってください。渓谷美も山が深いので、鶴舞より上等ですし……そう、その妙見家の邸跡のあたりも、なかなかに景色のいい所です。二日や三日、ゆっくりしていかれるのも、かえって観光地でないだけに、長い都会生活の垢を落すのにいいですよ」

かなり熱心な勧誘である。山奥の診療所の独身医師は、よほど退屈なのだろう。

だが智一は実のところ、別のことに気をとられていた。それをたずねかえした。

「妙見家の邸跡……というと、もう邸の建物もないのですか？」

「ええ、六年ばかり前に取り払われて……一部はていねいに解体されて運び出され、今は千葉郊外のどこかの遊園地で、忍者邸という名で展示されているそうです」

「忍者邸？」

「大昔の大きな家というのは、盗賊よけや財宝隠し、また火事の類焼防止などのために、ずいぶんいろいろのしかけがしてあったものです。そのしかけを、流行の忍者にひっかけて、この頃は忍者邸というのがずいぶん、あちこちにできているようです」

「妙見家の邸もそうだったのですか？」

「ええ。しかしかなり本物でもあったようです」

「忍者邸としてですか？」

「そうです。私もよそ者ですから、詳しいことは知りません。しかしこれまでに断片的に聞いた話によると、そもそも山蔵の部落を初めて切り開いたのも、妙見家の祖先で、彼等はすっぱだったというのです」

「すっぱ？」

「素朴の〝素〟に海の〝波〟と書いて素波と読むのだそうです」

「何ですか、それは？」

　バスの運転手は気楽な無謀さで、未舗装の田舎道をぶっ飛ばす。二人の体は坐ったままの形で、しばしば十センチ近くも飛びあがる。

「素波というのは、そもそもは山住まいの泥棒の団体といったところだったようです。それが戦国時代に、諸大名に雇われて、諜報活動やゲリラ作戦をやるようになったらしいのです。ですから伝承のさまざまのかけひき術や、またしかけ道具なども知っていたらしく、そういう点では確かに忍者といえるのではないでしょうか」

「なるほど」

　こういうことになると智一はまったくの門外漢である。ともかくも納得するほかはない。

「妙見の祖先はそういう動乱の中で、たっぷり懐《ふところ》を暖かくしたあと、足を洗ってこの山蔵に入って来て、自分たち一族だけの孤立した集落を作ったというのです。つまり財産を奪うものから、護《まも》るものへと転向したというのでしょうか……。ともかく奪い集めた財宝を、集落そのものをひとつの蔵として、外敵の手から遮断しようとしたのです。山蔵という名も、それからついたといいます……」

「ずいぶん、お詳しいじゃありませんか？」

「いや、受け売りですよ。山蔵の奥に落合という所があって、そこに苗場浩吉という郷土史研究家がいるんです。そうです、さっきちょっと私がいった、うちの看護婦の叔父にあたる人ですが、ほとんどがその人物から聞いたことです。あなたも行かれるといいですよ。いろいろ面白い話があって、そんなことを聞いていたら、三、四日滞在していても、けっこうあきないと思いますよ」

このあたりが何かの拍子に観光地として、脚光を浴びないこともないだろう。その時には花島医師は、まちがいなく役場の観光課長である。

「そんなにゆっくりはしていられませんが、時間が許せたら、訪ねてみます」

「妙見家は……そういう祖先の血を長く引いて来たのですから、もっと因縁《いんねん》のまつわりついた、ふしぎな話もあるようです」

「どういう話です?」

「祖先の略奪で殺された人たちのたたりや、消し去ることのできない盗賊の血や、それに血族結婚の多かったことなどがからみあって、代々、尋常でない人間が生まれるとか……」

「はあ……」

花島医師のかなりおどろおどろの話も、この実証主義者の工学博士には、さほどの効果はなかったらしい。

「そんな所ですから、山蔵の土地そのものにも、かなり変わった、奇怪な伝説があるようです。そうだ、もし興味がおありなら、山蔵に以前いた医者が、そういう方面にも興味を持っていたらしくて、日記やノートに書き残していたはずですから、捜しておきましょう……」

「以前にいたお医者さんというと……」

こちらのほうには、智一は敏感に反応した。

「八年ばかり前に亡くなった本郷という先生です。古くから山蔵におられた人で、実をいうと今の診療所は、この先生の病院の敷地に建てられたものなのです。今の住居も、半分くらいはその先生の旧宅を利用して建っているのです。そんなことでその旧宅部分の古い納戸に本郷先生の書いたノートやメモ類が残っているのを見たことがあるのです」

「その本郷先生というのは、戦前から山蔵におられたのですか？」

「ええ、元来が山蔵あたりの出身の人だったようで……。それが八年前に、急死されて……。確かその時六十八だったとか……」

「御家族は？」

「確か二人の息子さんも医者で、ただしその時にはもう東京方面で開業していたので、ここに残されたお母さんもどちらかが呼びよせたと聞いています。それ以後、私が来るまでは近くに医者がいない状態が続いていたのです」

「その先生の日記やノート……見つかったらぜひとも見せてください」ことを大きくしないために、半ば隠していたことも、今はもうある程度話さなければならないと、智一は見切りをつけた。「さっきちょっと話した山蔵で事故死した弟ですが……実は疎開中に、妙見さんの家に遊びに行っていて……龍神池というのですか、そういう池があるそうですね……?」

「あります。それじゃ、あの池で溺死した子供というのは……」

「ごぞんじですか?」

「ええ、話にちらりと聞いて。そういう子が、昔いたという程度の話ですが。ともかくあの池には、何かと……あまり気味のよくない伝説もあるんです」

「伝説の方ではなく、弟が溺死したという事実では、何かごぞんじありませんか?」

怪奇やおどろおどろに対していささかの好奇心もおこさない智一に、花島医師はいささか当惑したようだった。

「その方は……さっきもいったように、子供が溺死したことがあると聞いたくらいで……」

「亡くなった本郷先生の日記やメモには、あるいはそういうことも書かれてあるかも知れませんね?」

「ええ、あるいは……」

「ぜひとも捜してください。ともかくお言葉に甘えて、一、二日、泊らせていただきます」

「どうぞ、どうぞ」

花島医師の顔は、ひどく嬉しそうにほころびた。

たいした大きさのボストンバッグではなかった。だがそれがいささか手に重く感じられる頃、智一たちは山蔵に入る別れ道の地点にたどりついた。鶴舞でバスをおりてから、二十分ばかりの距離だった。

その間、道の右下を、笹川の河原が、みごとな奇岩怪石の景色を見せて続いていた。もしここが都会地に近いなら、じゅうぶん観光地になりえたろう。

「あそこの広い橋を渡って、本道を行けば、奥の方にまだ落合、四方木《よもき》といった部落がありましてね」

花島医師はそう解説した。

「そのまた奥は、どこになります？」

「日蓮さんの清澄《きよずみ》寺のある山を越えて、太平洋をのぞむ、天津小湊町《あまつこみなと》に出ます」

山蔵に行くには、橋のたもとから支流に沿って左にあがる道をとる。道はやや細くなり、柔かそうな土には自動車の車輪の跡が深い。草の青さが目につくようになる。道幅も一車線半くらいに狭くなるが、ところどころすれ違いのためにふくらんでいる。

山蔵の先に村落があるかどうかを智一が医師にたずねると、道は村を抜けてしばらく行き、また本道とぶつかるということだった。山蔵は脇にそれた村落という所らしい。確かに素波《すっぱ》などが、砦として目をつけそうな地勢であることが、智一にもようやく理解がいった。

道ののぼりはかなりきつくなる。右手の渓流はいつのまにかはるか足下に消える。水の流れる微かな音だけの存在になってしまう。

左右の木のたたずまいも、原生林めいてくる。どれもが太い幹で、苔や地衣類をつける。だが暗い感じがないのは、あるいはちょうど陽がまわって、この谷間に降り注いでいるためだろうか……。

光の受け方と、木の種類の違いで、あるしげりは清新な緑のマスを作り、ある所では濃い藍を作っている。光をこまかく砕いて、反射しているしげりもある。

あらくなる自分の息が耳につき、シャツの下の体が汗ばむのを感じ始めた頃、道はなだらかになり、やがてやや下り坂になった。

その直後に、からりと開ける風景の中に歩み出るのは、劇的である。

両側の山がむこうに遠のき、道幅も広くなる。川はどこに行ってしまったかもうわからない。

遠い昔、素波の一団が隠れ里を求め、渓流を徒渉《としょう》してさかのぼりながら、この開けた土地に歩み出た時の感激が、智一にもわかる気がする。

突然、頭の上の方で、エンジンの音がわきおこった。

左手に、ほんの十五、六メートルばかり段だん畑があり、その上に農家の建物があった。かなり小さい、そまつなものである。そこから畑を抜けて、まっすぐにおりてくる細い道を、いまバイクがスタートしようとしているところだった。またがっているのは制服の警官だった。

「やあ、花島先生、久留里からの帰りですか？」

警官はバイクのスイッチを切った。それから車を転がしながら、道におりて来た。
二十五、六だろうか……。陽焼して、その上ほくろが多いから、むやみに黒く見える。

それだけに精悍そうである。

「轢《ひ》き逃げ事件の方は、どうですか?」

医師の下からかける声に、警官はおりながら答えた。

「それですが、ようやっと手懸りを見つけました。はやくここん家《ち》のばっちゃまに気づけばよかったんです……」

警官は医師の横にくると、今来た上の方をふり仰いだ。

一人の老婆の姿があった。庭と段だん畑を境する所に土崩れどめの石垣がある。そのぎりぎりにもち出した、籐《とう》の椅子に坐っている。椅子は風雨にさらされてねずみ色になり、あちこちでほつれと破損を見せながらも、老婆の体をおさめていた。

腰のまがった老婆の半身は、前に突き出ている。そのアンバランスは、地に突く杖でささえられている。

かたわらには、ひょろりと長い何かの広葉樹が、枝を拡げている。

老婆はいま、白髪のほつれを顔の前に見せて、道の下の智一たちを凝視していた。

「……つまり……大柏《おおかしわ》のあのなみばっちゃまが、事故について何か知っていたと……」

気の弱そうな花島医師は、老婆の視線に気押《けお》されしたのだろうか。いささかつまりぎみにたずねかえした。

「そうです。ちょうどあの事故の前後に、この前を都会の車らしい、緑色のしゃれたやつが鶴舞の方に走って行くのを、あそこから見たというのです」

「緑色のしゃれた車？」

「そうです。いやあ、なみばっちゃまはこの村の入口の番人みたいなもんです。はやくそれに気づいたらよかったんです……」

　花島医師が智一に解説した。

「いやあ、一昨日の夕方、ここで轢逃げ事件がありましてね……」

「こんな静かで、小さな部落の中でですか？」

「そうです。いや、どんなに静かで小さな部落でも、起こる時は起こるものですよ。轢かれたのは四歳になる林業の家の女の子で……死にました。そう、今、あなたは静かな村とおっしゃいましたが、どうやらかえってそれがわざわいしたようです。というのはそのために、誰も事故を見ていないのです。被害者も放置されたままで……七時半頃にようやく発見されて、私の所に運び込まれた時は、もうかなり前に死んだことははっきりしていました……。こんな村ですから、これは一大事件で……」花島医師はまた警官の方を見た。

「そう、それで、ばっちゃまはいつ頃見たというんです？」

「六時二十分か、三十分頃のことだそうです」

「その時間だと、少し薄暗くなっているが、あのばっちゃまは目は確かなのかな？」

「ええ、ばっちゃまは目も耳も、若い者に負けないくらい達者で……それに、そういう車に乗った都会の男を、村の中で見たという別の証人がいるのです」

「ほかにも目撃者がいるのですか？」

「はい。そのことは前からちょっと小耳には挟んでいたのですが、大柏のばっちゃまの話を聞くまでは、轢き逃げ事件と結びつけて考えなかったので……。しかしこれでその男が有力容疑者になりました」

「その目撃者は何といっているのですか？」

「目撃したのは、苗場の家のたきばあさんです」

「あのおばあさんも、目や耳の鋭い、噂好きの人だ」

花島医師の顔に微笑がもれた。

僻地の農、山村は、いつも空漠のようでいて、人びとのひそやかな目や耳……特に暇を持てあます年寄りのしたたかな目や耳が、あちこちに張りめぐらされているらしい。

「時刻は朝日が出たばかりの五時少し過ぎだったとか……たきばあさんはいつもの三の日の龍神様まいりに、龍神池の上の祠《ほこら》に出かけたんだそうです。たきばあさんにいわせると、男は隠れてこちらを見ているつもりだったろうけど、わしもちゃんと気づいていたというんです。ともかく男が池の近くの道の脇の木立ちの中に、車を乗り入れて、車のむこうがわに出て立っていたというんです」

「どんな車だったのです？」

「たきばあさんのことですから、むずかしい観察はだめです。車のナンバーとか型とかいうものはまるで見ていません。ただ緑色のカッコイイものだったというだけです。しかし人間の方の観察は、まだましです。この暑いのにちゃんと背広の上下をしていたとか、それは白っぽいものだったとかいっています。おそらく薄手の夏物でしょうか。そう、それから今どき珍しく、帽子をかむっていたそうです。それに濃い色のサングラスをして……。それで人相のほうはまるでわからなかったそうですが……たきばあさんにいわせれば、外国映画に出てくるカッコイイ、ギャングみたいだったそうです。どうもこの頃はテレビのせいで、おばあさんまで映画の見すぎですよ」

「歳の頃はどうでした？」

「それがそういうしゃきっとした服装の都会人を見ると、こういう田舎のお年寄りは、まるで見当がつかなくなるらしいんです。いくらきいても、二十から五十までの間で、それ以上幅がせばめられないのです」

花島医師の顔に苦笑があった。

「しかしなみばっちゃまの見た車とそれとが、必ずしも同じだとはいい切れないのでは？」

「けれど両方とも同じ緑色ですし、このへんにそんな都会の人間の運転する車が、そう二台も三台も入ってくるはずがありません」

「だがたきばあさんが車を見たのが朝の五時で、なみばっちゃまがその車が村から出て行くのを見たのが午後六時二、三十分というのは、時間的にあまり離れすぎているのでは？その間、その都会ふうの男が、この村でぐずぐずしていたとは考えられないのでは？」

「ですからあるいは、この村の誰かをたずねていたのではないかと思うのです。第一、こんな所に、そんな都会の人間が、ふらりとあらわれるはずがないと思うのです。ですから、以後はここでの聴き込みに全力を注ごうと思っています」

めったにない捜査活動なのだろう。この若い駐在所巡査は、かなり意気ごんでいる。

「それで被害者の遺体はもうもどって来たのですか？」

「ええ、けさ早く。大学病院の死亡推定時間も、先生のとほぼ一致します。ただあちらの方が死体を調べたのがずっとあとになるので、五時半から七時半の間とかなり幅が出て来ていますが……。しかし先生が六時十分頃に往診から帰られた途中の現場には、異常はなかったといいますし、先生の所にかつぎこまれた時はもう死んで二、三十分といいますから、けっきょく六時十分から七時十分の間というのは、動かないようです」

「直接死因は何だといっていました？」

「はい、やはり先生の診断と同じで、首筋を折ったとか……待ってください、正式には……」警官は胸ポケットをさぐって、手帳を取り出した。「上位頸髄《けいずい》損傷……というのだそうです。ああ、それから死体の着衣から、加害車の破片らしいものがわずかに発見されたそうで、県警の鑑識課に分析鑑定にまわされたそうです……」

智一は上を見ていた。段だん畑の斜面の上の老婆を、眺めていたのである。人もまた自然の中の風物になり得るのだと思いながら……。

「あのおばあさんはいつもああして……」

「ええ、たいていはあそこに坐っているのです」

医師もまた上を仰ぎ見た。

「すると、少しおかしいというか……」

「ええ、いささかおかしなところはあります。しかし全体的には通常です。私の所に診療を受けにくる時は、かなりまともに受け答えしますし、けっこう裏庭の畑に出て自家用の野菜などを作ったり、時には年寄たちの集まる講に出たりしているのですから。だが、ただひとつ、狂っていることがあるのです」

「というと？」

「家出した息子が、必ず帰ってくると信じているのです。詳しいことは私もよく知りませんが、あのばっちゃまの息子というのが、九年か十年ばかり前、ぷいと家出をしたとか……。それがひどいショックで……。しかし息子は必ず帰ってくるのだと信じて、それからは暇な時はあそこにがんばって、下の道を見続けているんだそうです。初めは本気だったかも知れませんが、今ではもう習慣化してしまったことで……。なあに、ばっちゃま自身、もう息子は帰って来ないと、わかっているのかも知れませんよ。しかし気の毒なことですから、誰もそのへんのことをきこうとしないだけですよ。それじゃあぼつぼつ……」

いい出して、花島医師は、常識的な社交礼儀を思い出したらしい。警官にむかっていった。

「ああ、粟田君、こちらは仲城さんといって東京の人で……二、三日、ここに逗留されるかも知れないんだ。仲城さん、こちらはこの山蔵の駐在の粟田巡査です」

智一は名刺の交換を嫌う男だった。それなのに自ら進んで名刺を差し出したのは、この巡査とはまたすぐに交渉を持たなければならないと思ったからだ。いや、実のところ、今の今でも、ききたいことがあった。だがこの場ではあわただしすぎた。それにあまりせっかちになって、へたな疑惑を持たれてもならない……。

粟田巡査に名刺を渡した以上、花島医師にも出さぬわけにはいかない。智一は「遅れまして」の詫びをつけて差し出した。

いつも聞かれる、平凡な感心の答が返って来た。

「ああ、これは、大学の先生で……」それから花島医師は粟田巡査に解説した。「仲城先生の弟さんというのが、戦時中の学童疎開の時に、ここで亡くなったんだそうです。亡くなったといっても、あの龍神池で溺れて死んだというんです。それで、その時のようすを、詳しく知りたいというんでいらっしゃったんです」

「はあー、そういうことがあったんですか?」

二十年以上も前、まぎれこんで来た一人の都会の少年の死が、もはやここに何も残していないのは当然である。だがやはり淋しい気がする。

智一は突然、自分の行動に、もっと深い意味を発見し始めていた。

弟の死が事故であろうと他殺であろうといい。こうして調べることで、あまりにも軽く、はかなかった弟の死に、重《おも》みと意味が加わってくるのだ。これは怠慢で多分に薄情だった兄に対する、ありがたい天意なのだ……。

智一はもう一度目をあげて、上の老婆の姿を見た。ここは山蔵に西から入る道の、一番初めにある人家かも知れない。とすると老婆は、村の見張役とでもいうところか……。

智一はこれもまた、くめのばあやに聞いた、三途の川の番人の一人、奪衣婆《だつえば》を思い出した。

だがこの山蔵の奪衣婆は、少しも不気味でなかった。透明に張りつめた光の中で、初秋の風景のひとつのようになって、こちらを見おろしているだけだ……。

2

〔承前〕九月五日（木曜日）

これほどの赤とんぼの群舞を見るのは始めてだった。このくらいとんぼが集まると、その音が、空気を震わすのがはっきりわかる。とびたったり、空中で方向を変えたりする時にうつ翅《はね》の音が、ざわつく波音のようにも聞こえるのだ。

智一はこの自然の抒情的驚異の下に坐って、煙草をふかしていた。尻の下には円柱状の丸い石があった。妙見の邸の建物の基礎石だったのだろう。そしてその位置からいって、あるいは麻川マキ子のいった、櫓といわれた離れ家あたりのものではないだろうか？

智一は自然の中に身を浸し、いい気分で何本目かの煙草をふかしていた。

一人の人影が、斜面の下の方からあがって来た。女性である。

ブラウスの上に、V字襟ぐりの、クリーム色の薄手のカーディガンを羽織っている。

「仲城さん……ですか？」

女は笑いかけた。したしみ深い……だが、落着いた笑いである。

こんな所で、そんなふうに姓を呼びかけられる当惑は、瞬間のことだった。智一はすぐに理解した。

「ああ、花島先生の所の……」

「はい、看護婦の苗場鏡子です」

花島医師とは、妙見家の邸跡への道を教わって、さっきわかれたのだ。

医師はその足で病院に帰って、彼女をこちらへさしむけたにちがいない。

「病院のほうはいいのですか？」

「ええ、今は暇で……。あそこに坐りませんか？」

苗場鏡子は十メートルばかり離れた所にある石をさした。昔は庭石であったものらしい。上部がぐあいよく平らである。

積極的である。それは利かん気の口元や、大きな目にもよく出ている。

大美人ではない。だが、やや横に丸い顔や、少し低めの鼻や、二重まぶたの……どこまでも日本人の女の顔には、家庭的女性美がある。

それだけに、実際の歳より老けて見えるかも知れない。ほんとうの所は三十になったか、ならないかというところか……。

「いま、花島先生から聞いたんですが、お母様はお亡くなりになったとか……?」

「ええ、先月の末ですが……。母をごぞんじですか?」

「ええ。最後にお見えになったのはいつかしら……。ああ、八年ばかり前ですわ」

これは智一のまるで知らないことである。

「母が……ここに、戦後も来たのですか!?」

「ええ。詳しいことは知りませんが、私が知っている範囲では二度です。さっきいった八年ばかり前と、その前はそれより二年前くらい……そうですわ。殿様の御邸から大奥様の姿まで消えて、あるじなしになったすぐあとの頃ですわ」

「殿様というのは、妙見さんの家のことですか?」

「ええ」

こんな女性にまで、今もなお妙見の家が〝殿様〟と呼ばれていることに、智一は一驚した。

しかし智一の母が、戦後もここに来ていることも驚きだった。

めったにないことだが、それでも彼の母は二年に一度か二度くらいは、泊りがけの旅行に出た。たいていは仙台の自分の実家であった。時に智一の父の出身地の岐阜に、墓参旅行することもあった。どうやらそういう機会のいずれかに、母は智一には黙って、ここに来たらしい。

智一はもはや母の死の際のことばが、重病人のただのうわごとでないことを確信し始めた。息子の秀二の死の真相を捜《さぐ》りに来たのにちがいない。その時には秀二が死んでから、もう十年以上の歳月が流れていたはずだ。だが、彼女はやはり納得していなかったのだ。いや、あるいは時がたつほど、やりきれなさにじっとしていられなかったのかも知れない……。

「母はここに来て、どんなことをしたのですか？」

「さあ……くわしいことはよく知りません。私は鶴舞の方に住んでいて、そこに、お母様が訪ねていらっしゃったのです」

「どんなことをききました？」

「殿様の一家が消えてなくなったようすや、その行方や……」

「この村では、どんな人に会ったのでしょう？」

「駐在さんや本郷先生や……ああ、吉さんという、殿様のうちでもと男衆をやっている人にも会ったと……確かそんなことを聞いた記憶もあります。でもみんな、殿様の大奥様がどこに行かれたか、知らなかったはずです」

母の失望とあせりがよくわかる。時は彼女の疑惑を解消させなかった。かえって抜きがたい疑惑を育ててしまったのだ。

それはそれから二年後にも、またここを訪ねて来たことでもわかる。

「母はなぜここを訪ねて来たかいいませんでしたか？」

苗場鏡子は、ちょっと当惑した顔をした。

「別に……。でも息子さんの思い出に……では？　けれど私は何のお役にもたてませんでしたが……。でも、弟さんが亡くなった時のことなら、ほんの少し話せるかも知れないので、それで、来てみたんですけど」

「おねがいします。どんなことでもけっこうです」

「いまここに来ながら、ちょっと計算してみたんですが、あの事件のあった昭和二十年というと、私、まだ小学校にあがる一年前だったことになるんです……」

それで彼女の歳もほぼ割れた。まだ三十より一つ、二つ前なのだ。「……ですからまだ小さくて曖昧だったり、まちがっている所があるかも知れませんが……」

「かまいません」

「私、池から弟さんの死体が運ばれて来た時、それを見ていたおぼえがあるんです」

こんななまなましい目撃者に会えたのは初めてだ。智一は内心の興奮をおさえて、話の先をうながした。

「詳しく話してください」

「でも、そういわれると困るんです。小さい頃で、どうして私がそこにいたのか、それからあとどうしたのか、まるで前後の関係なく、ぽんとその場面だけを、はっきりおぼえているんですが、私、吉さんが背中にびしょびしょになった弟さんを背負って、邸の裏庭に入る坂道からあがってくるのを見たんです。弟さんは吉さんの肩の所で体を半分折るみたいにして、顔を伏せて……。その時、父もうしろからあがって来て、私の顔を見て、いきなりすごい声で怒ったんです。何といったか、いまはよくおぼえていませんが、子供の見るものじゃない、あっちへ行けというようなことをいったんじゃないかと思います。私、びっくりして逃げ出して……。おぼえているのはそれだけです」

「お父様は確か妙見さんの家の番頭さんをしていらっしゃったとか？」

「ええ。殿様の家のお金関係のことは、父がほとんどやっていて、私たちは家族ぐるみ、御邸内に住んでいたのです。本屋の裏に使用人の家族の人などが住む家が三つばかりあって、私たちはそこのひとつに住んでいたのです」

「弟の死体が吉さんの手で運び込まれた時、お父さんのほかに、誰かいましたか？」

苗場鏡子はちょっと間を置き、それから元気づいた声でいった。

「そういえば、思い出しましたわ！　駐在さんがいました。駐在さんが、サーベルをガチヤガチャ鳴らしながら、そのうしろから坂をのぼって来て、父といっしょになってこわい顔をしたのを……何をいったかはもうおぼえていませんが。でも、子供の頃のことって、こうして必要にせまられて思い出してみると、けっこう思い出すものですね」

智一は彼女のその思い出し能力に、大いに期待したいきもちだった。

「弟の死んだ……その前後のことで、そういうふうにしてもっと思い出すことは何かありませんか？　例えば弟の死体が荼毘に付せられた時のこととか？」

「それはぜんぜんおぼえていません。ですから、そういう所に行かなかったことは確かだと思います。でも、弟さんの死体が運び込まれてからしばらくして、お医者さんが駆けつけて来たり、〝お呼ばれの女の子〟が吉さんにつれられて帰って行ったり……ああ、ですから、私、門前の石段の下あたりで遊んでいて、それを見ていたのですわ」

思い浮かぶシーンから、また次の記憶がよみがえるといったようすだ。だが、智一の次の質問には、そういう回想方法も役立たなかったらしい。

「するとその時には、弟がどうして死んだか、もうはっきり知っていたわけですか？」

「さあ……それは……わかりませんわ。多分あとになって聞かされたのではないでしょうか……。ようすから考えて、その時はごたごたしていて、大人の誰も私に話してくれる暇はなかったと思います。それからあとの二、三日のうちにいろいろ話を聞いて、それを綴り合わせて、大体のことを知ったと思います」

「その大体のことというのは、どんな話でした？　ともかく疎開について来た先生も、あまり多くのことを知らなかったり、亡くなったりで、何もわからないも同じなのです」

苗場鏡子は、すぐそばに伸び出ているネコジャラシを、岩の上から引き千切った。その茎を口にくわえる。

いささか足の短かい方なので、岩からぶらさげた足先が、智一と違って地につかない。しかもその足がはやりのミニから突き出ていて、かなり太り肉《じし》だから、愛嬌がある。こういう所は、もう三十の声も近いというのに、ひどく少女っぽい。またそれがすっとんきょうに魅力にもなっている。

「……といっても、あまり具体的なことは知らないのです。ともかく〝お呼ばれ〟に来た東京の疎開小学生の一人が、お邸を脱け出て龍神池に遊びに行って、岸から足を滑らせて溺れ死んでいた。それを通りかかった吉さんが見つけて、引きあげたけれど、もう死んでいた……それくらいのことなのです」

いささか期待していたのだが、やはり苗場鏡子からも、あまり多くの話を聞けそうもないことがわかってきた。

「あなたのお父様は、現在は……」

「もう死にました。昭和三十年のことです。その二年前に、先代のお殿様も亡くなって、父は未亡人とはうまくいかなかったようなので、妙見家の番頭をやめて、二十九年に一家全部で鶴舞の方に引っ越してしまったのですが……」

「当時、お医者さんをしていた本郷という人も亡くなったそうですね？」

「ええ」

二十三年という月日は、そのくらいの数の死があってもおかしくないのだろうか？

智一にはちょっと推定しかねた。

「その頃駐在をしていた巡査は、何という人です？」

「石池さん……そうです、そういう名です。弟さんの事件のあった頃に、もうかなり年配でした」

「その人は今は？」

「そういえばいつの間にか村から消えて……。でも、ずいぶん長い間、ここにいられたはずですわ。きっと停年退職じゃないでしょうか？　今はどうしていられるのか、ぜんぜん知りませんが……」

「すると、弟の死について、詳しく知っているという人は、もうここには誰もいないのでしょうか？」

「そりゃあもちろん、吉さんならよく知っていると思いますが……」

ふっとした自分の思い込みのまちがいに、智一は驚いた。

「ああ、それじゃあ、吉さんは元気なのですか?」

「ええ。明神山に入る山道の途中に耕地を作って、そこで独り暮しをしていますわ」

「いくつぐらいなのですか?」

「もうずいぶんの歳ですわ。でもまだ七十前じゃないかしら。ただ……」

また途中で言葉が切れたのは、今までの彼女らしくない。

「ただ……何ですか?」

「いいえ、何でもありません」彼女はきっぱりいうと、何か逆襲に出る形になった。「仲城さん、こうしてこんな遠い所にいらっしゃったのは、ほんとに弟さんの死んだ時のようすを知ってみたいという……ただそれだけなのですか?」

「それだけなのですか……というと、何かほかに考えられるというのですか?」

「いいえ、別に。ただそれだけでいらっしゃるなんて……」

「変わっていると思いますか?」

「いいえ、そんな……」

もっとからんでみて、相手を突き崩そうかとも思った。だがやめた。あせってはいけないと自戒したのだ。智一は話題を変えた。

「この妙見家の人たちのことを、少し話してもらいたいのですが……。弟が死んだ時いた、ここの当主という人は、あなたがさっきいった先代のお殿様だと思います。しかし、花島先生の話だと妙見の当主で自殺した人がいたとか……その人はどういう人なのか、花島先生の話だと、どうもこの辺が混乱して……」

「むりもありませんわ。花島先生は最近、ここにいらっしゃったんですもの」

「自殺したというのは、その先代のお殿様の息子さんですか？」

「そうです。先代のお殿様は、妙見義朗《よしろう》とおっしゃるんですが、さっきもちょっといったように、昭和二十八年に病死されました。自殺されたということになっているのは、その息子さんの義典さんなのです」

「すると、妙見義朗さんには息子さんが……」

「ええ、一人息子が……」

「ここにくる前、弟が死んだ時にいっしょに〝お呼ばれ〟に行ったという女性に会って来ました。彼女のいうところによると、離れの蔵のような感じの建物の二階の窓に、子供の顔らしいものを見たというんですが……あるいはそれは……」

「ええ、それが義典さんだと思います」

座敷わらしの幻想もあっさりと潰された。

「しかしなぜそんな所に……。何か感じからすると、本屋に住んでいなかったようですが……？」

「ええ、初めから母屋の方にはいなかったようです。私もさっきいったようにお殿様のお邸の中にいて、そこで生まれました。でも、物心つき始めた時から、義典さんの姿を、母屋で見た記憶がありません」

「しかし、どうして初めから母屋にいなかったのです？」

「精神がおかしかったとか……。でもどんなふうにおかしかったのか、詳しいことはわかりません。あとになっても、義典さんはあまりこのことは話したがらなかったので……」

「『話したがらなかった』というと……あとになって、その病気はなおったわけですか？」

「ええ。神経系統を病気や外傷で侵されたとか、先天的に欠陥があるとかいうものではありませんでした。それで環境を変えることが一番いいだろうというお医者さんの忠告で、翌年村を離れて群馬県の高崎の方の親戚に転地したのです。すると目に見えて回復して、からはもう学校に通うくらいよくなったのだそうです」

「高崎に行ったのは、その子のいくつぐらいの時ですか？」

「小学校三年くらいの時とか……。ちょっとしたことで精神を傷つけられるくらいですから、それだけ感受性も、頭も鋭かったともいえます。それまではずっと座敷蔵《ざしきぐら》で大奥様に勉強を少し教わっていただけなのに、そのますーっと小学三年生になって、平気だったそうです」

「いつこちらにもどって来たのですか?」

「初めにもどって来たのは、高校一年の時の夏休みだったそうです。病気の重要な要素になっているかとも思われる環境にもどってくるのは、本人も周囲もこわごわだったようです。でも、別段どうということもないことがわかって、それ以後は夏休みになると村に帰省するようになりました」

「しかしほんとうには、なおっていなかったというわけですか? 自殺をしたのですから……」

「いいえ、なおっていました。気なんか少しも狂っていなかったはずです」

急に苗場鏡子は、むきな調子になった。

だが智一は、名探偵の必要特質である、下司《げす》に疑り深い性質を持っていなかった。彼はそれをさして気にとめもしなかった。

「自殺をした時も、夏休みか何かの間ですか?」

「いいえ、その時は義典さんはもう二十一歳ですもの。昭和三十二年のことですから……」

「というと、ここに帰って来て、住んでいたのですか？」

「ええ。義典さんのお父さんが亡くなったのは、昭和二十八年で、義典さんが高校二年の時でした。義典さんはほんとうは高校を出て、理科系の大学に行きたかったのですが、妙見家のあとをついで家を護《まも》る人が、ずっといないことになります。それで、高校卒業まであきらめてここにもどって来て、それからあとはずうっと……」

　旧家では家をつぐとか、護るとかいうことが、人の生きる道の上で、今でも最優先することがあるとは聞く。遠い昔の素波《すっぱ》の流れを汲むという妙見家なら、なおのことそれは考えられる。

　だが自由主義者の家に育ち、自からも科学者である智一は、たずねかえさないわけにはいかなかった。

「つまりそういうふうに途中で学業をやめて、家に帰ってくるということは、妙見家の代だいのきまりか何かだったのですか？」

「さあ……でも、どこだってそうじゃないんですか？」

　智一の真意は伝わらなかったようだ。この地方育ちの彼女もまた、それはあたりまえのことのように思っているらしかった。

「その……義典さんという人は、気が狂っていなかったとしたら、何で自殺したのですか？」

「毒をのんで自殺したということになっているんです。みんなが寝しずまった深夜に毒をのんで、翌日床の中で冷たくなっているのが発見されたんです」

〝何で自殺〟というたずねかたが、どうやら、別の意味にとられたらしい。智一はいいかたをかえた。

「それで自殺の原因は何なのです？」

「経済状態がたいへん行きづまって……ということなんですが……」

「しかし妙見家は大金持ちだったのでしょう？」

「ええ、でも、農地改革だ、財産税だということで、戦後はお殿様の家も痩せ細って行く一方で、秘蔵していた書画骨董も処分したり、借金もしたり、最後には邸や土地も抵当に入ったりでした。でも……」

「でも……何です？」

「この土地でのお殿様の力というのは、戦後になっても決して衰えてはいなかったはずです。ここを切り開いたのはお殿様の祖先ですし、住む者もその直系の子孫か、あるいはその時いっしょについて来た家来たちの子孫で、固い結束を持っていました。山林とか、神社や寺、その蔵の中の財物といった、村の共同財産もたくさんありました。みんなが寄り合ってそんなものをもとに、傾きかかったお殿様を盛り立てることだってできたはずですわ。苗場の私の家の祖先も、お殿様といっしょにここに来た家来の一人といわれています。ですから父は大奥様とは気まずいことにはなりましたが、やはり死ぬまでお殿様の勝手とのことは、陰《かげ》ながら心配していました」

苗場鏡子は、まだ二言《ふたこと》も三言《みこと》もいいたげだった。だが智一の知りたいことからは、だいぶ話がそれたようである。智一は話題をもどした。

「弟が死んだ時のことで……そのあとで、何か話が……例えば噂といったようなものはありませんでしたか？」

鏡子は不意に黙った。

「何かあったのですか？」

「いいえ、ただ……」彼女はいいかけて思いなおしたようにたずねかえした。

「もしかしたら……仲城さんはやはりただ……弟さんの死を知りたいというのではなくて、何かもっとほかにおありになって、いらっしゃったのでは？」

これは同じような意味の、二度目の質問だ。

何かが背後にあるように感じられる。

だが智一ははやる心をおさえた。平静にいってみせた。

「いや、別にほかに何の意味もありませんが……というと何かあったとでも？」

「仲城さんは、これから吉爺さんにも会われる予定なのでしょう？」

「吉爺さんというのは、妙見家の男衆だった人のことですね？」

「ええ、そうです。今はすっかり歳とって、吉爺さんと呼ばれています」

「会おうと思っています」

「でしたら、話は吉爺さんから聞いてください」

秘密を守ると誓って、強引に話をきき出そうかという衝動にもかられた。だがやめた。この小さな閉鎖社会では、一人のちょっとした言動が大きな波紋を呼びそうだ。彼女はそれを警戒しているように見える。へたなことで、せっかく手に入れかけた積極的な協力者を失いたくない。それに、自分の立ち場も悪くしたくない。

智一はそう慎重に計算した。

「わかりました。ではこれから吉爺さんの家に行きます。それから龍神池にも行きたいのですが、行き方を教えていただけませんか？」

小背の鏡子は、腰かけた石から、体をずるようにしておりた。

「道順からいって、龍神池の近くを通りますから、そこに初めに行かれたほうがいいですわ。そこまで御案内しますわ……」

妙見の邸跡から龍神池までは五分ばかり、距離にして三〇〇メートルちょっとという所だったろうか……。

歩くうちに、智一は村の概略の地理を理解した。

村は南北の山と山に挟まれて、東西に長くのびていると考えていいだろう。笹川に注ぐ支流の緑川が、南の山側の裾近くを流れる。龍神池はその川を渡った、南の奥にある。

南と北の山に挟まれて、十メートル幅ばかりの村道が村の中央あたりを走り、その半ばの所に駐在、役場、万屋《よろずや》といったものがかたまっていた。花島医師の病院も、少しはなれてはいるが、そこにある。

龍神池に行くには、この村の中心部を通ってもよかったのだが、智一たちはその手前から南に折れる道をとった。

両側の農家の生垣《いけがき》や石垣が作る狭い道を数分ばかり行くと、緑川にかかる橋に出た。川幅は二十メートルとないだろう。

その橋を渡って、ぐんと細くなった道を南西の方向に行くと、南の山なみに近づく。龍神池はその山なみがせり出した斜面に、抱かれるようにして、水をたたえていた。

あるいは大昔はここも緑川の一部で、川筋が変わり、池になってとり残されたのかも知れない。

ともかくたいした大きさではない。東西に七十メートル、南北に四十メートルというところだろうか。

予想したよりはるかに小さいことが、ますます智一の疑惑を濃くした。

こんな池でも、溺れることがあるのだろうか？

第一、いま立っている岸からのぞける水底は、そんなに深くない。せいぜい膝ぐらいまでだろう。

溺れたとしたら、奥の深い方なのだろうか？

不意に、智一は思い出した。秀二が少しは泳げたかも知れないことをだ。

智一が小学五年生の夏休みの時だ。仙台の母の実家に行って、当時一年の秀二と、近くの川に泳ぎに出かけた。その時秀二は自分は泳げるのだと、その泳ぐようすをしつっこく、兄に見せびらかしたではないか。

もちろん泳げるといっても、水の流れに乗って、川上から川下に、七、八メートル進むというくらいのものだった。

それでも、ともかくもあるていどは、浮くことのコツを、習得し始めていたといえる。そんな弟が、なぜこんな池で溺れたのだろう?

智一はあたりを見まわした。

いま立っている池の北岸の道は、しばらく行って池ぞいに、ゆっくりと南にまがる。それから山の斜面へと入って行って、急に細い山道となる。そこからは車はもう入れない。人しか歩けない道幅になる。

対岸の池の南側は、確かに絶景である。

切り立つ崖となって、二十メートルにあまる高さで天にのびているのだ。しかし崖の真ん中あたりから上半分は、木の枝と葉におおわれて、ほとんど隠されている。崖の上からの木が、地の利の悪さもものともしないで、左右はもちろん、下にまでのび出ているからだ。

崖の岩肌には、木のしげりのそのまた下まで、ツタがはえのびている。何枚かのすでに紅葉した赤が、目を驚かせる。

立っている北の岸は、小木をまじえた草地であり、足下の水面までは一メートルくらいの高さしかない。見おろすと、底まで透き通るきれいな水であることがわかる。

「湧き水が豊富に出ている池だそうです」

鏡子が解説した。

「あの道はどこに行くのです？」

智一は西側をまわって、山の方にあがる道を指さしてたずねた。

「明神山の頂上の方です。すぐにつづら折りの道になって、少し行くと、ちょうどあそこの崖の真上に出ます。そこに小さな洞窟のようなものがあって、龍神様がまつってある祠なんかもあるのです」

「ああ、そのことは、さっきちょっと聞きました。何でもたきとかいうおばあさんが、三の日にはそこにおまいりに行くとか……」

「ええ。苗場たき……というおばあさんで、おばあさんの家は、昔からあの龍神様のおもりをすることになっているんです。その日には祠を掃除したり、御灯明をあげたりするわけです」

「苗場というと、あなたの御親戚で？」

「ええ、遠い……。この山蔵にはほとんどが苗場と大柏姓が多いんです。お殿様の祖先がここに移り住んだ時、引き連れて来た家来のうちの大きな一族が、この二つだったそうなんです。でも今はずいぶん散らばって、亀山や鴨川や、それから東京の方に行ってしまった人もいます……」

「下の龍神池という名は、その祠に龍が住んでいるというような伝説のためですか？」

「ええ、ここにいる龍は、一定の期間を置いて池にもぐったり、洞窟に入り込んだりするんですって……。小さい頃、落合の伯父にそう聞かされたことをおぼえています。そうですわ、そのかわり目が三の日なので、たきおばあさんは、その日には朝早く、祠の掃除もかねて、おまいりに行くんです。ここの龍は村の守り神で、また雨ももたらしてくれるんだそうです。でもこんなことを知っているのは、村でももうほんのわずかかも知れません。祠があることさえ知らない人もいるようになったみたいです。みんなの目は都会の方にむけられているんです。一度としてこっちの山の方になんか足を踏み入れたこともないという若い人たちも多くなったようです。事実、ほとんどの人が高校を出るか出ないかのうちに、都会に行ってしまうんです」

「郷《ふるさと》を持たない都会育ちのぼくなんかには、とんでもない話のような気がしますがね」

「ですから今では、村の人でもこの辺に来る人は少なくなりました。私の小さい頃にはたき木とりだとかきのこ狩りだとか、山菜つみだとか、けっこうあの道を通って、山に入って行く人もいたんですが……。もしこの上に龍神様の祠がなかったら、もうあの道もなくなっていたかも知れません。よかったら行ってみますか？」

「ええ。おねがいします」

道は行くにしたがって、両側からの猛然とした雑草に、ほとんど覆い隠されんばかりになっていた。だが、急なのぼりにさしかかる所からは、高い木のしげみの中へと入って、またはっきりとした踏み跡を見せていた。

山の斜面に、ひっかき傷のようにしてつけられたその山道は、ぐんぐんと高さをつめて行く。

一度、横手の木のしげりがとぎれて、足もとの視界がぱっと開け、龍神池ぜんたいがみごとに見渡せる所があった。

土にはめこまれた鏡面の感じである。ただこの鏡は緑がかった鉛色をしている。

「ここが龍神池を見るのに、一番いい場所なんです。お天気や季節で、空の色や木のしげりも変わるでしょ。すると、この池もその色を映して、いろいろ変わるんです」

誰でもが足をとめて、しばらくは眺めないではいられない場所だった。

そこからほんの少し行くと、道はすぐゆるやかになった。

鏡子が右手の少し先を指さしたのは、その時だった。

「祠はあそこにあります」

神域を示す注連縄《しめなわ》が、木立ちの間に張りまわされていた。陽はさえぎられてかなり湿めっぽく薄暗い。その中に御幣《ごへい》の白が鮮やかである。

切られた御幣が、みごとに龍をあらわしている。伝承が長い間に作った技術が、民芸としての芸術性になっている。

もちろん芸術と縁遠い智一には、そこまではわからなかった。だがそれに目をひかれ、たいしたものだと思ったのだから、かなりりっぱな鑑賞眼の持ち主といっていい。

洞窟は幅一メートル半くらいの半円型を作って、道にむかって開いていた。自然の産物か、それとも人が掘ったものかわからない。ともかく長い年月があったのだろう。入口の岩石は歯朶《しだ》や苔におおわれて、陰湿な神秘を漂わせている。

洞窟は少し背をかがめれば、じゅうぶん入れるだけの高さだった。六メートルばかり行くと、こまかい目の狐格子扉にさえぎられる。そこまでくると陽の光もほとんど届かないので、奥に何がまつられているのかよくわからない。

扉の前にはいくつかの岩があって、供物《くもつ》台や灯明台の役をしていた。

元は朱塗りでもあったらしい色の剝《は》げ落ちた、三方には、ひからびた大福餅らしいものや、油揚げがあった。王者にたとえられる龍も、食べ物の好みはいたって庶民的らしい。狐の食い物まで侵害している。

別のいくつかの岩の上は、燃えつきた蠟燭の蠟で、かなり汚れていた。その中には、途中で燃えつきた百目蠟燭や、炭化して黒くなった芯などもまじりこんでいる。

ふと右手を見ると、少しへこんだ岩壁に、いくつかの人形がよりかかっていた。横ざまに倒れているものもある。ビニール製のキューピー人形もあれば、桐塑《とうそ》作りの日本人形もある。衣服は古び、ほつれている。

地方のお宮や祠に行くと、よく見受ける光景だ。自分の子供や孫にまつわる何かの願いをかけて、置かれたものだろう。だが、第三者には気味のいいものではない。

非神秘主義者の智一も、いささか雰囲気にあてられ気味で、洞窟の外に歩み出た。

一メートルとない狭い山道である。その反対側は、下ばえの草と木のまじる、ほんのわずかな斜面があって、それからはほとんど垂直に下に落ち込んでいるらしい。

「この木につかまって、下をごらんになるといいですわ。龍神池がきれいに見えるんです」

鏡子がそばの木に片手をかけて、見本を示してみせた。

智一もそれに倣《なら》った。別の木につかまって、下を覗きこむ。

冷たい戦慄が足元からはいあがった。もちろん垂直に落ち込む高さへの、恐怖のせいもあった。だが葉のしげりを前景にして、その奥にひろがる淵の色の凄艶《せいえん》さに対してのこわさの方が、大きかった。

見る場所によって、光の反射の受け取り方が違うせいだろう。ここでは、池の色もさっき見た鉛がかった緑ではない。息をのむような光り輝やく緑青《りょくしょう》だった。しかもその色が微妙にゆらいでいるのは、水が少しは動いているせいだろうか……。

前景の木々の葉や枝が、目ざわりにならない程度の濃さで、池の色の拡がりのアクセントになっている。

色の中に吸い込まれていく感覚をおぼえる。智一はほんとうに危険を感じ、慌てて山道の方に後退した。

「龍が住んでいるという話も、嘘でないような気がしますね」

智一は、珍しくも、彼らしくない発言をしたものである。

二また道にあるその石仏は、脆《もろ》げな砂岩に浮彫りされたものだった。風雨にさらされ、いまはもう仏《ほとけ》の姿もおぼろである。だがこれが苗場鏡子の教えてくれた石仏に違いなかった。

龍神の祠から道をくだって池にもどった智一は、そこで吉爺さんの家への道を教わった。池を離れてもっと西の奥に行った、少し山に入った所にあるという。

病院に帰るという鏡子とは、そこで別れた。

教えられたとおりの道を行き、二また道の石仏の前に立つまでには、五分とかからなかった。

だが、そこで智一はとまどって立ちどまった。右に行くのであったか、左であったかを忘れてしまったのだ。

鏡子は別れる前に、ごく簡単な知識を、二、三、智一に授けてくれた。

吉爺さんの本名は、伊葉吉助。妙見家が解体するまで、最後の使用人としてがんばっていた。そしてそれ以後は、村のはずれの、少し山に踏み込む小さな耕地に入り込んで、独りで住んでいるのだ……と。

そんなことを考えれば、吉爺さんの家は右に行く細い道にちがいない。左と違って、車が入れるとしても、よほど小型の軽自動車でないとむりだろう。左に比べれば雑草のはえかたもはげしい。

念のために、頭上を見た。それでもうはっきりした。右への道の上には、孤独で気むずかしくがんばっている老人の住いへ、電線が一本走っているだけだったのだ。

道はかなりきついのぼりになる。両側から草木が茂り出て来て、道の上の空間を狭くする。行くにつれ、あちこちの葉や枝から、トンボやチョウの姿が、空中へと逃げ出す。

陽はかなり西に傾むいて、木のしげりの隙間から射し込む光は、赤味を帯び始めていた。

左手の切り通しの岩と土の間から、水がしみ出て、道を斜めに横切り、小さな流れを作っている。

飛び越えてまたしばらく行く。

ふと、智一はうしろに何かの気配を感じた。人の気配……いや、動物のだろうか？

しかしこんな所に、それほど大きな動物がいるとも思われない。

おそらくは自分が歩く足音や、空気の動きが、何かのぐあいでそう感じられるにちがいない。

学生の頃はよく山に行った。そして山の中では、そういう正体不明のぶきみな音に、よくおどろかされた。よくよく調べれば説明はつくのだ。

鳥がしげみをわける音、小石の落ちる音、風に小枝が折れる音……それらが山の複雑な地勢や木立ちに反響し、あたりの静寂をバックにきみわるく聞こえるのだ。

智一は何のこともないと、わきおこった薄寒い疑惑をふりはらった。ゆるめた足取りを、またはやめる。

三、四分も行くと、左手の切り通しの崖は、岩石まじりから赤土へと変わった。

切り通しの上は、耕地の斜面となり、そのむこうに人家のトタン屋根が見えた。

切り通しの一部が削られ人家にむかって斜めにあがる道が見つかる。その入口で、智一は一度立ちどまって汗を拭いた。

畑にはもはや成長を終ったナスとキュウリが、枯れ色になって乱雑に立っていた。ところどころに残る実は、ナスはぶざまに大きく、キュウリは下側が腐り落ちているものもあった。

吉爺さんは割った薪をたばねては、荒縄でしめる作業に熱中していた。処理の終った薪束が、家の外側の板壁の前に、すでにかなりの山を作っていた。

爺さんはねずみ色の作業服の背を、こちらにむけていた。智一はそのうしろ姿に歩み寄りながら、どう話を切り出すべきかとまどった。そして吉爺さんの知り合いの名を初めに持ち出すことに決めた。まずは相手の警戒心をときたかったのだ。

かけられた声に振り返った吉爺さんの顔は、やはり心配したように、田野人《でんやじん》独特の警戒心に溢れていた。

「私……花島先生と、看護婦さんの苗場さんに話をうかがって、ここに来た者なんですが……」

「ああ」爺さんの顔から、ほんの少し疑惑の色が消えた。だがそれはまさに〝ほんの少し〟だった。とても智一の期待しているほどのものではない。ともかく、ここですぐ弟の話を持ち出せるようすではなかった。

といって、ほかに何の話をしたらいいというのだろう？　あたりさわりのない時候のあいさつとか、その場で思いつく世辞とか、およそそんなものをいったことのない智一である。だからその次に彼の発した言葉は、殊勲ものといってよかった。

「薪の整理ですか？」

「ああ」

いま一度、吉爺いはふりかえった。七十より少し前にしては、かなり若い感じである。渋紙色に陽焼けしていることは、ほかの野外労働者と同様である。だが、額や頬に赤味がさしていて、それが何かなま臭い精力的なものを感じさせた。

有名電気メーカーの名の書かれた、黄色い作業帽の下の眉が太い。恐ろしい感じさえある。クマを連想させる。

「やはり冬にそなえて……というわけですか？」

「ああ」

続けて絞り出した智一の社交辞令も、またもや〝ああ〟で一蹴された。

智一はかなりやけぎみに、主題に突入した。

「実はもう二十何年も前になる戦争中ですが、弟がこの村にちょっと厄介になっていたものなのです……」

「ああ」

爺さんは、答えながら太い指の手で割られた薪を集めると、地上にのばした荒縄の上に、それを寝かせる。地下足袋《たび》の足をその上にのせてしばる。

「厄介になったといっても……実は弟はこの村にある龍神池で溺れて、事故死をしてしまいまして……」

「ああ、そうか……」

「そのことで、少し話をうかがいたいと思って……」

「おれは何も知らねえ」

こう図太くにべもない調子で断わられると、智一は次の言葉を失う。

都会人の気弱な三十男と、田野人の鈍感爺さんとの気合いの勝負は、勝負になる前にすれ違ったというべきか……。

とすれば、あとはそれに対して何の気まずさも、こだわりも感じない鈍感男の方がとくである。

狼狽の泥沼の中から脱け出ようと、ともかくも智一はもう一度あがいた。

「どんなことでもけっこうです。少しでも思い出すことがあったら、話していただきたいと……」

「だからおれは何も知らねえよ」

鏡子のいったことは、どうやらほんとうらしい。こんなふうに拒否されるのでは、とりつくしまもない。

この気弱な探偵は、すでに退却を始めていた。

「申し訳ありません。突然で、あるいは御当惑でしょうから、もう一度、出なおしてきます。ただ……話していただきたいといっても、別にたいしたことではなく、弟の追憶のためにと、この村にうかがっただけですから……」

「ああ」

「あらためてもう一度うかがわせていただきます」

智一は敗退した。

畑の間についた狭い道を抜けて、いま来た山道をおり始める。

さっきの道を横切る水の流れに来た時、彼の足はとまった。

水にゆるんだ土の上に足跡を見つけたのだ。行きには、絶対なかったものである。流れを飛び越えようとして、足もとを見たのだから、よくおぼえている。

確かにその時には、そんな足跡はなかった。

る……。

だがいま、智一のつけた足跡とさほど離れていない所に、とつぜん足跡があらわれてい

とすると、さっきうしろに感じた気配は、やはりほんとうだったのだろうか？

誰かが彼のあとをついて来たというのだろうか？　それもひそかに……。

智一はあたりの土をもう一度、よく見た。

怪しい足跡は二つあった。靴であるらしい。だがそれが男ものなのか、女ものなのかははっきりしない。

土はあまりに水で湿めりすぎていた。そのために靴底の詳しい模様も、はっきりした外形もとどめていないのだ。

だがもしその靴あとの主が、智一のあとをつけていたとしても、いったい何のために？

つい一時間ばかり前、ここに現われたばかりの自分が、尾行されるという理由はひとつしかない。

さっきも経験したことだが、この村には、人びとのひそやかな目、耳、口等々が張りめぐらされているらしい。情報もたちまちのうちに伝達されるのかも知れない。

智一がこの村で死んだ少年の兄であることも、その死を調べに来たことも、もう村人の多くが知っているとも想像できる。

としても、すぐに智一の監視か尾行が始まったというのは、どういうわけだろう？　弟の秀二の死には、それほどの謎が……それも智一に知られたくない謎というようなものがあるのだろうか？

いや、これは単なる思いすごしかも知れない。濡れた道の上に、さっき見なかった足跡を見たからといって、そこまで考えるのは行き過ぎというものだ。もうこれ以上考えるのはやめよう。

にもかかわらずこの時から、彼はどこかで誰かが監視しているのを、休みなく感じるようになった……。

「ともかく、こんな所によくいらっしゃいました。今後、ひとつよろしく」

花島医師は水割りウイスキーの入ったコップを、智一のコップと合わせて、軽く鳴らした。

テーブルにはさっきまで立ち働いていたばあやが作っていた料理が、並んでいた。さだと呼ばれるそのばあやは、どうやら毎日通って来て、花島医師の身のまわりの世話を見ているらしい。そしてつい三十分ばかり前に帰って行った。

苗場鏡子も、その十分ばかり前に、中庭にとめた軽自動車に、エンジンをかけて夕闇の中に消えて行った。

「早く帰りませんと、子供たちがお腹をすかしていますから……」

別れぎわにいった彼女のことばは、いささか智一を当惑させた。

「するとあなたは独身ではなくて……」

智一の思い違いに、鏡子は楽しそうに笑った。

「私、二児の母なんですよ。三歳と五歳の男の子の……」

そしていまダイニングキッチンのあるこの住居と、病院の建物に挟まれた中庭には、夜の闇がたれこめていた。都会には見られない、しっとりと重くて暗い、ほんものの闇である。

中庭の真ん中あたりには、洋式庭園ふうに、藤棚がしつらえられ、その下は煉瓦《れんが》敷きとなっていた。そこにクリーム色に塗られたベンチが置かれているのだけが、おぼろにわかる。

花島医師はそんな中庭の方を眺めながら、真底うまそうに、水割りウイスキーを飲む。おそろしく濃い水割りだ。ウイスキー三に、水一といった割り合いくらいか……。

智一は医師の作ってくれた、アイス・フロート・ウイスキーともいうべき調合に呆然《ぼうぜん》とした。そして手元で、水を加えて、調合しなおした。

「私はこの酒さえあれば、もう満足でしてね。ですからこそ、こんな田舎にも、平気でやって来たともいえるのです。そのうち、これで身を滅《ほろぼ》すかも知れませんな。いや、げんに滅しつつありますかな……」

医師は妙に虚無的な笑い声をあげてからいった。

「……それで、きょうは何かおもしろい収穫がありましたか？」

「いや、たいしたことは……。吉爺さんという人が、当時のことをよく知っているようなのですが、気むずかしいというのか、口が重いというか、まるで話してくれなくて……」

そして智一はふと思い出した。

「……こういう村の人たちは、寺のおしょうさんとか、お医者さんとかいう人たちのいうことはよくきくということですが、ひとつ先生からきいていただくとか、お口添えをねがうとかは、できないものでしょうか？」

医師の顔は酔いに、すでにまだらに赤くなっていた。

色が白いせいで目立つのかも知れない。しかしそれにしても、ピッチもはやい。アイス・フロート・ウイスキーの半分以上がもうなくなっていた。

「やってみましょう。確かに私なら気を許して話してくれるかも知れません」

「おねがいします。何もそれほどむきになって調べることもないと思われるかも知れません。しかし、弟の死をじかに知っている人は、今は吉爺さん以外にないとわかってくると、なおのこと話してもらいたいと思うようになったのです」

今は何のひるむきもちもなく、智一はこれくらいの嘘はいえた。

「少し時間はかかるかも知れませんが、必ず聞き出してみましょう。それまでまあここにゆっくりして行ってください。池の上の龍神の祠にも行かれたそうですね？」

「ええ」

「苗場君はその龍神に、ついて、どんなことを話しました？」

「村の守り神だとか、三の日ごとに池と洞窟と住み場所を変えるとか……」

「生贄《いけにえ》を欲しがるという話は……？」

「聞きませんでした」

「土地にいる人でも、若い連中はもう知らない者が多いかも知れませんね。しかし歳とった者なら、かなりの連中が知っているはずですよ。いや、知っているというより、信仰しているといったほうがいいかな。そしてこの信じるという心理作用は、人間にとんでもないことをさせたり、考えさせたりしますからね」

「つまり龍が生贄を欲しがるという伝説などは問題ではないが、そうだと信じている人の意識には問題があるというのですか?」

「そういったところです……」

智一は現実家ではあるが、想像力に乏しいというのではない。時にはむしろ過剰な想像の中に溺れこむ。これは有能な科学者には不可欠なものなのだ。

だが科学者が科学者たるゆえんは、想像をある限界でとどめ、あとは実証で追いつこうと努力し始めることである。

智一もまたそうであった。

龍の生贄の話を聞いた時、智一の頭の中では、ある想像が見る見るひろがった。だがすぐさま彼はその想像の過剰を自戒した。そして反動的に現実的な乾いた返事をした。

「しかしどうも私にはピンとこない所があるのですが……。それよりも、昼間、話に出た、納戸にあるとかいう、日記やメモ……そっちの方をよろしくおねがいしますよ」

「日記やメモ?」

「本郷先生の」

「えっ、ああ……あれですか?」

花島医師はだいぶ酔いがまわり始めているらしい。

「あしたには見せていただけますか?」

「ええ、忙がしいので、なんですが、ともかくあしたの診療時間が終ったら、すぐ捜してみましょう」

のんびりした調子に、智一は少しいらだった。だがしかたがないのかも知れない。ここではすべてが田舎のテンポなのだろう。

その時、電話が鳴った。

医師は立ちあがって、電話台に歩み寄った。

二言《ふたこと》、三言《みこと》、ことばを交わしたあと、花島医師は、気楽な調子の大声でいった。

「ようし、わかった、わかった。すぐ行ってやる！」

電話を切ると、花島医師はもどって来ながらいった。

「噂をすれば影です。吉爺さんですよ。腹が急にひどく痛くなったといって……」

「さっきはまるでそんな気配はなかったようですが……」

「ともかく、ちょっと行ってきます。しばらくは手酌でがまんねがいます。なあに、スクーターを飛ばして行ってきますから、二、三十分でもどって来ます」

立ちあがった花島医師の足元は、いささか危なかった。

3

九月六日（金曜日）

「……石池巡査の名は何度か聞いたことがあります。たいへん長い間、ここで駐在をしておられたそうです。しかしここの駐在をやめられてからのことや、現況については何も知りません。いや、さっそく署に問い合わせてみましょう。どこまでわかるかは、お約束できませんが……」

粟田巡査は智一の依頼を、きちょうめんに文字にしてメモ帳に書き記した。メモ帳といっても、不用になった未使用の事務書類をきれいに切って重ね、右上端を紙紐で通してしばったものである。

「もしその駐在の方がお元気で、現在の住所もわかるなら、それもおねがいします」

まっ正直そうな巡査に、少しばかり公務員としての警官の顔が出た。

「それは……はい、上司から、いいという許可がおりれば……」

「今日も花島先生の所にごやっかいになるつもりですから、何かわかりましたら、連絡してください」

「わかりました。それで今日はこれからどこへ？」

「苗場さんの車に乗せてもらって、鶴舞に行きます……」

智一はうしろをふりかえった。駐在所の前の道のむこうがわに、鏡子が車をとめて待っていたのだ。

二人の視線が集まったのを見て、鏡子はにこりと笑った。窓の外に手を出してあげてみせる。

昼から午後三時の診療再開の間のあき時間に、智一の希望する所につれて行ってやると、鏡子は積極的に申し出てくれたのだ。

そこで智一は、山蔵の駐在、それから鶴舞、次に落合というコースを申し出たのである。

粟田巡査は鏡子にむかってきまじめな敬礼をして、いった。

「鶴舞に行かれるのも、やはり亡くなった弟さんのことで……ですか？」

「ええ、鶴舞には疎開に来た子供たちのことを知っている人も、まだたくさんいるそうです。昨日、苗場さんがそういう人たちを調べてくれたので、その人たちから話を聞こうと思いまして……。旅館のおばさんとか、役場の疎開児童の受け入れ係だった人とか……」

智一は礼をいうと、道を横切って、鏡子の車にもどった。

鏡子の軽自動車は、未舗装の村道を、愛嬌のある上下震動で走る。

昨日の村の入口の所で、智一は段だん畑の上を見た。智一の口から思わず言葉が漏れた。

「ああ、あの婆さん、やはりいますね」

鏡子はちらりと上を見て、すぐに視線を前にもどした。それからいった。

「大柏のなみばっちゃまですね。花島先生から、ばっちゃまの息子さんの話、聞かれたんですか?」

「そうです。しかしあの時もふと思ったんですが、あるいはそのうちほんとうに息子が帰って来るかも知れませんよ」

「むりだと思いますわ。初めの五、六年のうちなら、それも考えられたでしょう。けれど、もう息子さんが家出してから十年……いいえ、正確には十一年前で、昭和二十三年の夏のことでしたわ。ですから今生きていれば、三十一か二で、もうどこかで安定した生活の基盤を持って、ふるさとのことなど、めったに思い出しもしないというのが真実かも知れませんわ」

車はすぐに笹川沿いの広い道に出て、鶴舞にむかってゆるやかな傾斜をくだり始めた。

ここにもまた、学童疎開を別の目で見ている者がいた。

このまるまるとしたおばさんは、どんな環境の中でも、にこやかに物が見られるという、すばらしい人生哲学を身につけているらしかった。

ほんとうは五十ももう半ばを過ぎているに違いない。それなのに顔の肌のつややかさや、若わかしい声など、ともかくも四十代にしか見えないのは、きっとそういう彼女の生き方の積み重ねからかも知れない。

名前は小谷直子。昭和二十年の頃は、旅宿〝紅葉館〟のおかみさんであり、今もそうであった。

田舎の鉱泉旅館のことだから、玄関をあがったすぐの応接広間も八畳そこそこである。それでもソファーやテーブル、椅子などが配置され、近くの観光地の養老渓谷のポスター写真などが貼られている。飾り棚にはキジの剝製《はくせい》と、特大のクロスズメバチの巣とが置いてある。

「……私の所は生徒さんを受け入れなかったんです。今は二つともなくなってしまいましたが、〝せせらぎ館〟と〝鶴舞荘〟の二つが、生徒さんの宿舎になりました。そのかわり私の所には面会にいらっしゃる両親の方がよくお泊りになって……。百五十何名かの元気なお子さんがいっせいにどっとくる、面会の父兄の方がくるで、この静かな田舎の温泉も、それはそれは活気にあふれて……あんなことはここではもう二度と起こらないでしょう。

ええ、仲城さんのお母さんは、よくおぼえていますよ。よく面会に来られたほうでは、一番か二番じゃなかったでしょうか。とてもお子さんをかわいがられていたようですね……」

そういわれると、智一はいささか当惑する。

母の弟への愛情は、むしろ薄かったように感じていないこともなかったからだ。だからこそ幼い頃から、里へ長い間あずけることもできたのではないか？

しかしそれはまちがいか……。生活の苦しさから、女手ひとつではどうしても一人しか子供を育てられないとしたら、長男を手元に残すのが、ものの順序というだけにすぎなかったのかも知れない。

ほんとうは深く秀二を愛していたとも思える。いや、あるいはそういう逆境を背負わせた不愍《ふびん》さから、智一よりもっと愛していたのかも知れない。それが疎開先への再三の訪問となって、あらわれているのではないだろうか？

「では弟が事故で死んだことも、ごぞんじですね？」

「ええ、もちろん。おかわいそうに……。仲城君はとても活発で、気がきく子で、自由時間には「おばさん、おばさん』といって、もう一人の何とかいう子とよくここにも遊びに来て……」

「もう一人の友達というのは、本庄といいませんでしたか？」

「そうですわ！　本庄君！　本庄明君！」素朴な人間愛にあふれたおばさんの顔は、嬉しげに輝やいた。「元気なんですか？」

「ええ、二日前に会って来ました」

「二人は暇があれば、いつも台所に来てくれて、薪割りとか水汲みとか、手伝いをしてくれました。ですから時にはお礼に、みんなには内緒で、ふかし芋やおだんごをあげたりもしました……」

『いつも台所に来てくれて』というおばさんのことばは、何やらうさんくさいにおいがする。智一は腹で苦笑した。秀二と本庄明の悪党コンビのことだ。智一の気のまわしすぎではないかも知れない。

「母が一番最後に、弟に面会に来たのはいつ頃でしょう？」

「さあ……ずいぶん昔のことなので、もうおぼえてはいませんけど……でも、あの事件があるそんなに前のことではなかったみたいな……そんな感じがします。でもその時も、植木先生がいっしょにいらっしゃって、仲城君と三人で裏の山の方に行かれたことはおぼえています」

「『その時も』というと、植木先生は母が面会にくると、いつもここに弟といっしょに来たというのですか？」

「いつもというわけではないでしょうが、たいていはそうだったようです。きまりとして、ほんとうは面会はいけないことだったんです。それを先生の方から進んでやっていることになるので、よくおぼえているんです。ほかの子の時は、私の方からそっと植木先生か遠井先生に連絡するんです。すると先生からその生徒に耳うちがあって、その生徒さんはほかの友達には内緒で、きめられた時間の間、ここで面会するのがふつうだったんです。ところが仲城君だけは、植木先生がじかについて来たんですから……」

この事実は本庄明も証言していた。植木教師は母子家庭の仲城君の家には、特別の気使いをしていたらしいと……。

智一はふと考えた。

その頃は母はまだ三十六か七か……。そして植木教師もそんなに歳はちがわなかったはずである。二人の間にある感情があっても……。

こういう考えには、智一は不慣《ふなれ》だった。彼は内心いささか慌てふためいて、思いをほかに走らせた。

「もちろんそういうもぐり面会は、工藤先生には秘密だったわけですか？」

「工藤先生？　ああ、ご年配の団長さんですね。別に秘密というわけではありませんでしたが、そういえば工藤先生は面会のことにはぜんぜん関係していなかったみたいですわ」

「工藤先生が面会絶対禁止という規則を、強く主張していたのではないんですか？」

「そうなのですか？」

このどこまでも明かるい女性は、ものごとの暗い面を見たり、感じたりする能力に欠如するという、幸運の星の下に生まれて来たらしい。


「……これは鉄びしといいましてね。逃げる道すじにまいて、追手の足に突き刺さるようにするのです。また手裏剣がわりにも使います。これは忍び鎌《がま》といって、ごらんのとおり鎖鎌を小型にして、全体を鉄にしたものです……」

苗場浩吉は、前の畳に並べた、素波《すっぱ》の忍具《にんぐ》といわれる道具類を前にしてしゃべっていた。好事家《こうずか》がその好きなものを物語る時の、陶酔的な楽しげなようすにあふれている。

「……それからこれは忍者刀といって、中身の刃渡りがふつうより短かくて、二尺以内といわれています。ごらんのように鍔《つば》もたいへん大きくて、四角形です。それからほら、下げ緒がたいへん長くて、二間近くあります。素波たちはこれをさまざまの方法に使いました。刀身を投げあげて、木の枝にからめ、下げ緒にぶらさがってのぼることもしました。

敵をつかまえた時に、下げ緒を縄がわりに使うこともしました。それからちょっとした高さの塀を乗り越える時には、こんな使い方もしました……」

苗場浩吉は立ちあがると、部屋の一方の壁に、その忍者刀を立てかけた。

もう七十を過ぎているのに、いわゆる矍鑠《かくしゃく》たるようすである。痩身《そうしん》だけに、かえって壮気を感じさせるのかも知れない。

老人は立てかけた刀の鍔に片足をかけると、そこを足がかりにしてぐんと上に体をあげた。のばした片手で鴨居をつかむ。

「……こうして塀の上に手をかけて、塀を乗り越えるのです。下げ緒の端は手に持ったままなので、塀のむこうにおりてから引っ張り寄せれば、刀は回収できるというわけです。このほかにもこれの使い方はいろいろあったようです。しかし妙見家にあった、それを詳記した秘伝書が売却されてしまって……。たまたま借り出して来たこれらの忍具類の一部が、私の所に残っただけでも、幸運だったといえます……」

苗場老人は刀をさげて席にもどった。

「……素波や乱波《らっぱ》というのは、いわゆる人口に膾炙《かいしゃ》している伊賀・甲賀の忍者よりは、ずっと発生が早くて、いってみれば策略、技術を使用した山賊集団なのです。ですからこういった忍具を、すでに伊賀・甲賀なみに考案していたとすれば、これは驚くべきことです。

あるいはずっとあとから妙見家に入って来て、祖先の優秀さを脚色、補強するために使われたのかも知れません。この点は今後の研究にまたなければならぬのですが、何しろ肝心《かんじん》の資料が妙見家消滅とともに散逸してしまったものですから……」

老人は溜め息とともに、東の庭から入ってくる涼風の方に顔をむけた。

落合の苗場老人の家は、旧家らしい威儀のある構えだった。

そういう家の奥座敷というのは、多くが夏むきにできている。風通しがいい。ここもまたそうである。

智一は心地よい風に体をなぶらせながら、老人の話を拝聴していた。

だが、鏡子の車に乗り、鶴舞から逆もどりして、苗場浩吉の家を訪れたのは、素波の話を聞くためではなかった。目的は別にあった。

そしてここまで老人の趣味の話を聞いたら、ぼつぼつそれを持ち出してもよさそうだった。智一は話の接ぎ穂を作って、話の方向をそらし始めた。

「こういう御研究も、やはり郷土史といったものの中に入るのですか?」

「いやあ、郷土史といった大げさのものではありませんよ。ただ好きで、この土地の歴史や伝説を調べているといった程度で……」

「その伝説なのですが……山蔵の龍神池の伝説……あれなどもかなりお調べになっている

のですか？」

「まあ、ある程度は……。しかし、あの池の伝説はたいしたものではありませんよ。どこの地方にも似たりよったりの伝説があるのです」いってから、老人はようやく思い出していた。「そういえば、あなたの弟さんはあの池で事故死されたのでしたね……」

「池の龍が生贄《いけにえ》を欲しがるというような伝説も、やはりほかの土地にもあるのですか？」

「生贄を欲しがる？　龍神池の龍がですか？　私は初耳です」

智一はいささか当惑した。

「花島先生の話ではそうだそうです」

「私は知りませんね。先生はどこで聞かれたんでしょうね？」

「さあ……。山蔵に祖先の素波が移り住んだ時、龍の信仰もいっしょに持って来たというようなことは、ないのですか？」

「ははあ、なるほど」苗場氏はいささか逆に感じ入ったように、わずかの間言葉を切った。「私が興味を持って調べていることのひとつに、妙見家の歴史があるので、そのことではいささかお答えできます。ともかく、私が現在までに調べた範囲では、龍神池の龍が出てくるような話は、何もありませんでした。もっともこれは今もいったように、現在までに調べた範囲でです。というのは、妙見家にはまだ未調査、未公開の日記、記録、文書類がたくさん残っていたのですが、私に断わりもなく、最後の当主の義典君が、ひそかにこれを売却してしまいましてね。ですからまだいろいろのことが、手つかずの不明のままであるわけで、あるいはその中に龍のことなども残されている可能性はじゅうぶんにあるのです……」

苗場氏の口調には、参考文献が売却されたことのくやしさがあふれていた。

「つまりあなたがご研究中だった資料が、途中で他人の手に移ってしまったというわけですか？」

「そうなのです。兄が妙見家の番頭をしていた時は、その関係で、私も所蔵されている文書をしばしば見せてもらっていました。いや実際のところ、そういうものを見れる機会があったことが、私がこの道に興味を持った初めといっていいかも知れません。それが先代の義朗さんが亡くなったり、兄が番頭をやめたりしてからは、その機会が少なくなりました。これは何とかしなければいけないとは思っていたのですが、私の一族の苗場や大柏の一族といった所も、かなり豊富な文書類が残っていたので、ついその方に気をとられて、妙見の本家の方の調べはあとまわしにしていました。その間に義典君があとをついで妙見家の財物で、金になるものは、ひそかに次つぎと売り払い始めていたのです……」

「義典というと……子供の頃、精神状態がおかしくて、ずっと高崎かどこかに行っていた？」

「そうです。妙見家が戦後は、これといった収入の道もなく、痩せ細るいっぽうだったことは確かです。しかし〝殿様〟という称号はあいかわらず残っていて、祖先以来の山蔵の人びとの長《おさ》としての体面は持ち続けねばならないのですから、たいへんだったことでしょう。しかし当主の義典君が経済感覚がゼロで、しかもひどい女道楽の遊び人だったことも、破滅の大きな原因のひとつでした。大奥様がそれを黙って見過ごしていたことも、大きなまちがいでした……」

「大奥様というと、先代の義朗氏の奥さんですね？」

「そうです。何しろ小さい頃は義典君は、かなり重い精神障害でした。そしてそれ以後は、十七、八になるまで、遠くはなればなれの生活です。そんなことで大奥様は、まさに息子を盲愛で、ほかのことはまるで見えなかったのでしょう。それをいいことに、義典君は、土地、邸ばかりでなく、村の共同財産まで、二重、三重の抵当に入れる、秘蔵の書画、骨董は売り払う、門外不出の文書類も処分してしまうというありさまでした。すべてに行きづまって、義典君が自殺したあとわかったことは、妙見家には鐚一文《びたいちもん》残っていないということでした」

「大奥様という人が、山蔵からいなくなったのは、義典という人が死んでから、どのくらいたってからですか？」

「半年くらいあとでしょうか。そしてそうなってみると、妙見家の存在というものが、目に見えない形で、いかに村の人たちの心を大きく支配していたかがわかって来ました。それから四、五年の間は、山蔵を出て行く者が続出したからです。それも妙見家を『殿様、殿様』と尊敬することの篤《あつ》い家族とか、年寄りの転出が目立ちました。隠れ住んだ素波の伝統が、音をたてて崩れ去った感じです。そしてそれがやんだ時、山蔵はもはやただの小さな山間《やまあい》の村になったのです。素波とか忍者の隠れ里などということを思い出すのは、私のような物好きな郷土史家だけになったのです……」

老人は哀惜の調子になっていた。

「義典という人が、そんなふうに経済感覚がゼロだったとか、道楽に狂ったとか、いくら金につまったとはいえ自殺をしてしまうとか……話を聞いていると、小さい頃の精神異常が何か糸をひいているような……そんな気がするのですが」

「あるいはそうかも知れません」

苗場氏は考え考え、盃《さかずき》を口に持って行った。この付近の地酒だそうである。

智一にはあまり美味とも思えなかった。何か粥《かゆ》臭いのだ。洋酒の味に馴れた彼には、しつっこい感じだった。といっても、けっこう少しずつ飲んではいたが……。

「花島先生の話によると、妙見家は盗賊の血と、血族結婚による悪い遺伝とで、代だいふつうでない人間が生まれるとか……。あるいは義典という人もそうであったのでは？」

老人は弱よわしく微笑した。

「私がどんなふうな話をしたか……もうよくはおぼえていませんが、花島先生の受け取り方は少しオーバーのような気もします。由緒ある家というのは、代だいの当主がいろいろの角度から語り伝えられるので、話が誇張される傾向がありますしね。ともかく私が外面から見た所では、義典君が遺伝的におかしいというような感じはありませんでした。かなり個性的な青年ではありましたが……」

「鏡子君も義典という人の幼児の頃の病気は、遺伝的なものではなく、単なる精神的な大きなショックが原因だといっていましたが……」

「鏡子なら当然、そういうでしょう」

「当然……というと？」

老人の手がまた後頭部にいった。

「鏡子は義典君が好きだったのです。ですから義典君にまつわるへんな噂は、まったく信じていませんでしたからね」

「なるほど」

妙見の邸跡で、妙見義典は狂気の末の自殺ではないといった時の彼女のむきな調子は、ふしぎに印象に残っていた。いまそれがわかる。

「ですから、義典君が自殺した時にはたいへんなショックで……。死んだようすに納得できない所があるなどと、ひと騒ぎを起こしたりもしました。気の強い子ですから」

「死んだようすが納得できないというと……？」

「鏡子に直接きいていただけませんか？　私にはよくわからないことでしたので、何もいったり、したりはしなかったのです」

老人は必ずしも事情を知らないようすではなかった。だが、自分からは話したくないという、何かを含む感じがあった……。

「あら、叔父様はそんなことまで話したんですか……」苗場鏡子はハンドルをあやつりながら微笑した。そしてこだわりのないようすでしゃべり続けた。平静な声だけに、かえって強い信念が感じられた。「でも、私、今でも義典さんの死には、何かあると信じています」

夕刻、鏡子は苗場浩吉の家に車で迎えに来てくれた。その帰り道である。

「何かあるというと？」

「ともかく義典さんのまわりには、悪い噂ばかりがばらまかれたのです。女道楽がひどいとか、金使いがあらいとか？」

「みんな嘘だというのですか？」

「ええ、じゃあ、どんなふうに女道楽がひどかったのかというと、具体的な話はひとつもないんですもの。金使いが荒いという話だって同じことです」

愛しているための欲目という考えかたが、智一の頭にひらめいた。だがさすがにそれは口に出せなかった。

「しかしひそかに家邸を売ったり、秘蔵の品物を処分したりしたことは、ほんとうなのでしょう？」

「戦後は何ひとつ収入はなく、しかも山蔵の長としての妙見家の格式は張っていかなければならなかったんですもの。事実義典さんは、苦労が多いこんな家なんか投げ出して、自由の身になり、大学かどこかで勉強でもしたいと、私にもよくこぼしていました」

「その噂が根も葉もない噂だとしたら、いったいどうして流れ始めたのでしょう？」

山蔵に落合から入るほうの道も、緑川を渡らねばならない。だがここにかかる橋は、鶴舞から入るほうの橋から比べると、だいぶおそまつである。利用度が少ないからだろう。

てすりなどは木造りで、だいぶ老朽している。

鏡子は車をその橋の、少してすりよりにとめた。

やはりこの話は、車をとめなければ、平静には話せないのだ。

「あるいはこれは私の被害妄想かも知れません。でも私には何かその噂は、私と義典さんの仲を妨害しようとして流されたように思えるのです。ひょっとしたら、お母さんもそれに加わっていたかも知れません」

「義典という人のお母さんがですか?」

「ええ、私と義典さんの仲を引き裂こうとするために、そんな悪意のこもった話を作りあげたんじゃないかと思うんです。義典さんのお母さんの息子のかわいがりようは、たいへんなものでした……」

「そうだったそうですね。そのことはあなたの叔父さんからも聞きました」

「そんなお母さんです。私にかわいい息子をとられるように思ったのではないでしょうか? 義典さんが死んだ前後の事情にも、私はそんなことが感じられてならないんです」

「何か……死んだようすがふつうでないと、あなたが騒がれたとか……それはどういうことだったのでしょう?」

鏡子はちょっと沈黙した。

陽はすでに西に落ち始めていた。谷間の橋の上は、山に遮られて陽はささず、かなり薄暗くなっていた。夕焼けした頭上の狭い空に、甲高《かんだか》く、しかも濁った声を投げつけて、何かの鳥が横切った。

鏡子の口が開かれた。そんな重たい声は、智一がはじめて聞くものだった。

「ともかく義典さんが死んだ時でもあのお母様は、あらわに私をのけものにしようとしました。ちょうど私はその時、東京の親戚の家に十日間ばかり遊びに行っていました。それで、私の母がそのことを東京の私に連絡しようとすると、義典さんのお母様は私にはしらせないほうがいいと、きつくとめたというのです。突然、私に強いショックを与えないほうがいいからというのが理由です。でも、そんなのは理由になりませんわ」

まさにそのとおりだと思う。それだけに智一は返すことばもなかった。彼はズボンのポケットから、煙草の箱をまさぐり出して、ライターで火をつけて間《ま》をごまかした。

さいわい鏡子は自分自身で感情がしだいに激して来たように、ひとりでしゃべり始めていた。

「……ですから、私が何も知らずに鶴舞にもどって来た時には、もう初七日になっていました。ショックでしたわ。おそらく義典さんの死をその日に聞かされたほうが、あんな大きなショックを受けなかったでしょう。ひょっとしたら、義典さんのお母様はそのへんの意地悪のことまで、ちゃんと考えていたのかも知れません……」

義典の母親の執念めいたものはよくわかる。しかしそれを受け取る鏡子の方にも、智一は何か執念めいたものを感ぜずにはいられなかった。

鏡子が智一のそんな思いを見通したわけではないだろう。しかし、彼女はそのあとに続けて、自分の本心を告白し始めた。

「……ですから正直にいえば、義典さんの死におかしな所があると私がいい出した動機には、そういうものに対するくやしさもまじっていたかも知れません。でも、ほんとうにおかしな所もたくさんあったのです。さっきもいったように、義典さんの自殺の原因になったといわれる金使いの荒いこととか、道楽のこととかいうのは、根拠のない噂でした……」

「つまりほんとうは自殺する理由など、何もなかったということですか？」

「そうです。私はその三日ばかり前に会っているのですが、その時には、何かに悩んでいるようすは少しもありませんでした……」

「しかし彼は遺書を残していたのでしょ？　それにはそういった自殺の理由も書かれ、それは彼自身の筆跡だったのでしょ？」

鏡子のはげしい語調が鈍った。

「それはそうですが……でもそのほかにも……」

理論には几帳面の智一だった。彼はここで、いささかさだまりのない話の方向をただそうとした。

「待ってください。ちょっとはっきりさせたいのですが、義典という人の自殺がおかしいとして、ではそれでは何だというのですか？　もし自殺でないとしたら……」

「過失死か……」鏡子はそこでいったん口をとめてから、投げつけるようにいった。「……それとも殺されたのかも知れません」

「殺された!?」

「ともかく自分から死を選んだなんて、そんなばかげた話は信じられません。だからもっと調べてほしいと、私は駐在さんに強くいったのですが、きいてくれません。くやしいので、私の疑いを、このあたりの人にも、うんと言い触らしてやりました。でもそれも何の効果もありませんでした……」

「しかし……過失でも……また殺されたのでも……それならなぜ彼のお母さんは黙っていたのです？」

「わかりません。でも黙っている以上、それなりの理由があったからではないでしょうか？」

こういう強引な論理には、智一はまったくついていけない。科学者であるというよりは、男だからだ。そして鏡子はしっかり者でも、やはり女である。

「確か彼は毒をのんで、自殺したのでしたね？　どんな毒をのんだんです？」

「青酸塩という毒だったそうです。工場でよく使っているものだそうで、義典さんはそれをどこからか手に入れて来て、床《とこ》の中で深夜にひそかにのんだというんです。枕もとには、遺書といっしょに、毒をのみおろした時の水の入ったコップもあって、お母様はその状態で義典さんが死んでいるのを発見したというのですが……」

「何だか、奥歯にものの挟まったようないいかたですね？」

「ええ、葬式が終った翌日です。大奥様が血で汚れた服らしいものを、裏庭の隅で焼いているのを、女中さんの一人が見たという話があるんです」

智一はちょっとたち迷い、それからさぐるようにいった。

「……つまりあなたは義典さんの死は毒によるものではなく、血の流れるような……そういうことが死因だったかも知れないというのですか？」

「ええ」

「なるほど。彼の死がふつうでないとあなたが主張する理由には、そういうこともあったわけですか？」

「そうです」

「しかしたとえ血のついた服を焼いていたとしても、それが義典さんのものだとはいえないでしょう。いや、もしそうだとしても、だから彼の死はふつうでないと考えるのは、少し飛躍しすぎのようですが……。そのことは警察にいったのですか？」

「ええ、それとなく。これはひとつの強力な証拠になります。ですから効果的に役立つまでは、時期を少し待とうとしたのです。けっきょく最後まで、その時期はこなかったのですが……」

「しかし、待ってくださいよ。警察の調べでも、検死の結果でも、彼は服毒自殺ということだったのでしょ？」

鏡子の声は急に力がなくなった。

「それはそうですが……」しかしそれに続けて、彼女は反発的にいった。「でも、警察の調べといっても、自殺ということははっきりしているという扱いだったので、町から取調べの警察の人が来たわけではありません。駐在さんが調べただけです」

「しかし誰かが検死をしたのでしょ？」

「ええ、本郷先生です」

秀二の死を扱った人たちも、妙見家の家族とか、本郷医師といった、同じような顔触れだった。

そして二つの事件とも、閉鎖的なこの小さな村で、どこか秘密めかして、かつ手早く処理された感じがある。

「義典さんが亡くなった時にいた駐在の警官は、誰でした？」

「やはり石池さんでした。ああ、それで思い出しましたが、さっき駐在の粟田さんから病院に電話があって、その石池さんは、やはり停年退職で……昭和三十五年に警察をやめられたそうです」

「それで今はどこに？」

智一は新しい希望の糸の端を見つけたことに、いささか意気込んでいた。

だが次の瞬間に、それはあっさりと潰された。

「天津小湊の方に家を持って、隠居されたそうですが、二年ほど前に亡くなられたそうです。それじゃ、ぼつぼつ行きましょうか」

鏡子は再びエンジンのスイッチを入れて、車をスタートさせた。

智一は呆然として、口を開けたボストンバッグの中を見ていた。

誰かが確かに中をひっくりかえした痕跡があるのだ。

どこがどういうふうに変わっていると、具体的にこまかにはいえない。だがともかく朝出かける前にあけた時と感じが違っている。

下着のつまり方にしろ、数冊の文庫本の位置にしろ、どこか違っている。

いや、もっとはっきりしていることがある。

底の方に大学ノートが入れてあった。時どきに思いつく研究関係のメモや、身辺の生活随想、本の貸借や、会合のメモと、雑多なことを記入する。

それが明らかにめくられたあとがある。その証拠はそこに挟んであったはずの領収書が、バッグの中にこぼれ出て、下着の間にはさまっているのだ。

智一の寝泊りする部屋は、ダイニングキッチンからひと部屋おいた六畳の畳部屋だった。

ボストンバッグは、その部屋の窓の下にあった。中庭にむかって開いている。窓のねじこみ錠は……。

智一は目をあげて、それを調べてみた。錠はおりていない。

初めて注意をむけたものなので、けさやきのうの夜、どうなっていたかはわからない。あるいは昨日の夕方、この部屋に案内された時から、あけっぱなしだったかも知れない。

ともかく誰でもが、外から入れる。いや、入る必要さえない。窓を開いて、上半身を乗り出して、バッグに手をのばせばいいのだ?

だが誰がそうしたというのだ?

吉爺の家に行った智一を尾行した人間か? あれ以来、智一は誰かがどこかから、目に見えぬ触手をのばしているのを感じてならない……。

そういえばついさっき、花島医師は、別のことから、その何者かの存在をにおわす、ふしぎなことをいった。

本郷医師の残して行ったはずの、日記、メモ類が、いくら捜しても見つからないというのだ。

「……この廊下のつきあたりの右手にある納戸《なんど》にあったことは確かなんですがね……」

「うしろの壁との隙間かどこかに落ちているのでは?」

「そう思って、あたりをよく調べてみましたが、やはりないのです?」

「しかし、まさかそんなものを誰かが持って行くとは……」

「ええ、考えられませんしね」

「あした午前中は、ぼくにその納戸を捜させてください。そして午後には東京に帰ろうと思います」

「ええ、もう? 月曜に帰る予定では?」

「しかし調べることは、調べつくしたので……」

「午後は土曜で休診ですから、いっしょに調べましょう。ですからあした一日はいてください」

そんな会話を交わした。

だが、これであしたの午後調べてみても、むだのように思えてきた。

智一のボストンバッグの中身を調べた者が誰かいる。あるいはその誰かが、本郷医師の日記やメモをすでに盗み去ったのではないか？

誰かはひどくあせっている。そして何かを画策している。

その理由は不明である。だが何が原因かはほぼ確実だ。弟の秀二の死にまつわることにちがいない。

しかし二十数年前の弟の死が、これほどまでに、その誰かを駆り立てているのはなぜなのだろう？

よしっ、今しばらくねばってみよう。きっとそのうち、その誰かはボロを出すかも知れない。そこから弟の死の真相もわかってくるのではないか？

智一はボストンバッグのチャックを閉めると、廊下の便所に立った。

途中でダイニングキッチンの前を通る。

花島医師の電話で話す声が、ちらりと聞こえた。

「……そんな……これ以上はとてもできませんよ。いや、いっしょうけんめいやっているんですが、そんなに長くは……」

危篤の病人でもいるのだろうか？　それにしても、医者として、いささか憐《あわ》れっぽく、たよりない。

どうも花島医師にも、多分に不可解なところがある。

書生っぽい太めの神経の持ち主のようでいて、そのくせどこか弱気そうでもある。時どき、落着かぬようすを見せる。

だがざっくばらんで、したしみ深くもある。酒を飲むと特にそうである。しかし酒は人の本性を露呈するのか？　それとも仮性をあらわすのか？

そのへんのところは、智一にもよくわからない。

医師の電話の話はまだ続いていた。

しかし智一は紳士である。立ちどまってそれ以上立ち聴きするような、はしたないまねをするはずもなかった。

4

九月七日（土曜日）

智一が病院に帰って来た時には、午後三時に近かった。

村をひとまわりして来たのである。妙見の邸跡、龍神池と、再度の訪問をし、吉爺の家にももう一度行ってみた。

だが吉爺は不在だった。

花島医師が待ち構えていたようにいった。

「本郷先生の日記やメモですが、婆やに手伝わせて、もう一度納戸を捜させましたがやはり見つかりません。こうなると信じられないことですが、誰かが持って行ったとしか……。しかし、どうしてあんな物を持って行くのか……」

だが智一には信じられた。誰かがあんな物を持って行ったことが。

問題はそれが誰かである？　といっても、弟の死に確かにかかわりあいのある人物で現存するのは、いま知る範囲ではひとりしかいない。

「花島先生、吉爺さんに口をきいていただけるという件、どうなったでしょう？　もうのんびりとは待っていられないのですが。明日の朝には、東京には帰りたいのです」

智一の語調も、彼らしくなく、厳しくなるというものだった。

「夕方、久留里で医者をしている男の所に行きます。碁仇《ごがたき》で、毎週土曜日の夜に手合わせをするのです。その途中に吉爺さんの所に寄ってみます。ああ、そんなぐあいで、今日の夕食は、申し訳ないんですが、おひとりでおねがいしたいんです」

花島医師は病院のほうに去って行った。

智一は来た日からの、定例の電話をかけることにした。黒岩教授への、欠陥コンクリート実験状態の問い合わせだ。

答はきかないでもわかっていた。追加念認テストに入った五日と六日も、供試体に何の変化も認められずであった。おそらく、きょうもそうであるにちがいない……。

思ったとおりだった。異常なしであった。

「あしたの昼頃には東京に帰って、ちょっと実験室に顔を出すつもりです」

黒岩教授にそう伝えて、智一は電話を切った。それからポケットから手帳を取り出した。いささか胸をときめかせていた。中にはさんだ名刺を取り出す。そしてダイアルをまわす。

麻川マキ子の所だった。

だがこの恥ずかしがり屋の恋人は、マキ子の声を聞くと、かなりあがってしまっていた。

もっともそれは、電話のむこうの人物も同じようなものだった。

子供の恋は背のびしてむしろ大人っぽく、大人の恋は自意識に縮《ちぢ》んでかえって子供っぽくなるものかも知れない。

二人の会話は、初めはとりとめなく、つっかえ勝ちであった。だがすでに東京で交わされた話題のひとつが出るにおよんで、ようやく軌道に乗った。学童疎開というひとつの極限状況の事件でも、人によって受け入れ方がちがうという話題である。

そしてそのきっかけは、智一が小谷直子にも会ったと話をしたことからだった。

マキ子はまんまる顔の、背の低いそのおばさんを懐かしがった。チビタンクという渾名もあったそうである。

不器用な幕開きで始まった二人の会話も、それがきっかけですぐにスムースに流れて、二十分近くたってしまっていた。

電話を終って一服し、しばらくたった頃、花島医師がダイニングキッチンに入って来た。外出の服装に変わっていた。ぼつぼつ出かけるのだという。

花島医師を見送りがてら、智一はダイニングキッチンのテラスから、サンダルをつっかけて中庭に出た。

医師と前後して、庭のまん中あたりに来た時、ダイニングキッチンと診察室の両方で電話が鳴った。

　診療室の窓から、苗場看護婦の顔が出て呼んだ。

「先生、植草のお嫁さんが、急にはげしい陣痛だとか……」

「やっぱりか！　だから入院するようにいっておいたのだが！　ひどいのか!?　町の産科までは行けそうもないのか!?」

「ええ、とてもだめだと……」

「苗場さん、あなた、手伝ってくれるかな？　私は専門じゃないから、とても自信はない……」

「ええ、できるだけお手伝いします」

「ともかく、今日は碁のほうはやめだ。苗場さん、平川町の産科の津川先生にも大至急電話してくれたまえ」

　そして花島医師は少なからず腹だたしそうに、智一にいった。

「村に異常分娩のおそれのある妊婦がいましてね。早めに病院に入っておくように忠告しておいたのですが、さっぱりきいてくれませんで……」

　花島医師の運転する空色のいすゞフローリアンが、苗場看護婦を乗せて、庭の車庫から出て行ったのは、それから五分くらいたってからだった。

ダイニングキッチンの外は、単調に奥深い夜の闇だった。そして部屋の中は、電気置時計の微かなうなりさえ、耳につく静かさだった。

そんな中で、ひとり酒を飲み、箸を使っていると、淋しい……というよりは、妙に落着かないきもちになってくる。

いつの間にか、智一も都会病患者になってしまっていたらしい。わずかでも音と光がなければ、精神の平穏がたもてないのだ。

智一はテレビのスイッチを入れた。

とたんに、まるで逆の、現代の狂躁があらわれた。学園紛争のニュースだった。

日大の騒動は、三日前の警官隊の出動で頂点に達して、現在までに合計一三二人の逮捕者を出したという。

東大では学生たちの安田講堂再占拠が続行中という報道も、あとにちょっとつけたされた。

しかし学園騒動はこれだけではなかった。九大、教育大、東洋大、明大……かぞえあげたらきりがないほど、騒ぎの渦は拡がっている。

これほどまでにたくさんの大学が、いっせいに騒動を始める必然性がどこにあるのだろうか？

思想とか理念とか、そんなものとはまったく無縁の、熱病的なものが、学生たちの間に蔓延《まんえん》しているように、智一には思われてならなかった。まず現象を冷厳に捕らえて、そこから中に入り込もうとする科学者の頭は、ついそんなふうに考えてしまうのだ。

いつか智一は、学園騒動の真因は、けっきょくは思想やポリシーよりも、管理体制社会の学習法と受験をくぐりぬけて来た学生たちの、ストレスの爆発にあるのではないかと、研究室で感想を漏らしたことがある。

その時、それは現代の若者たちに対する侮辱だと、かなり色をなして反論した者がいた。友倉助手だった。

智一はちょっと意外な伏兵に驚いた。そしてそんなことで、自分が反動教授だの、日和《ひより》見《み》だのという刻印を押されてはかなわないと思った。そして以後は、あまり意見を吐かないように気をつけた。

しかし、ヘルメットに手拭いタオルの連中が、角棒をふりまわしたり、石を投げたりしているのをいまテレビの画面で見ていると、やはり熱病説の疑いはとけないような気がしてくる。

智一はいささかの腹だたしさをまじえて、テレビのスイッチを切った。するとそのとたん、ひしひしと体に包みかけてくる、暗さと静かさを感じる……。

それは嬉しくもあり、また懐しくもあった。

智一は水割りのウイスキーのグラスを、時たま口に持って行きながら、しばらくはこの極上の雰囲気を味わった。

だが暗さと静かさは、同時に人恋しさも誘うことも確かだった。

五分もたつうちに、彼はむしょうに誰かと話したくなった。

黒岩教授には、さっき電話をした。しかしこれは定例の実験経過の聞き取りのためである。話は変化なしで簡単に終っている。

それですべてはすんだので、二度電話する用はない。第一、黒岩教授とはそれほどしたしくないのだ。今度の実験で、三ヵ月ばかり前に知り合ったばかりである。もちろんそれ以前に教授会や、校内でのすれ違いで、顔を見合わせることくらいはあったが……。

こんな時、電話をしたい人は……。二人いた。そしてその第一の人は……。

いささか酔っているせいもあったかも知れない。彼は電話のダイアルをまわし始めた。

こんどはもう手帳の中の名刺を見ることもなかった。

だが、呼び出し信号がむなしく鳴るばかりで出てこない。

もう一度、かけなおす。結果は同じだった。

この独身先生は、妙に気恥ずかしい失望感を、ひとりで味わった。

そこで五分ばかり間を置いて、水割りで咽を湿らしてから、次の電話番号をまわした。

つい今、麻川マキ子に電話したことに、いささかの罪障感をおぼえながら……。佐川美緒だった。

久しぶりの美緒の快活な声は、やはり心に楽しかった。

「わあ、喜ばしい。一度も電話がないから、私のことには御関心がまるでないのかと、ひがんでいたの。何か村のお医者さんの家に泊っているんですって?」

「そういうわけなんだ」

「それで調査は進んでいるの?」

「それがあまり調子いいとはいえないんだ。だが、ほとんど確かに思えることがひとつだけわかって来た」

「どういうこと?」

「弟の死には、確実に何かおかしなことがあるということだ」

「ねえ、もっと詳しく話して」

智一はかなり詳しい話をした。

美緒の声ははずんでいた。

「ねえ、素波《すっぱ》の隠れ里とか、龍の生贄、人の絶えた邸跡……なんて、道具だてがそろっていてよ」

「何だい、その道具だてというのは？」

「ううん、何でもないの。ともかく私なんかにはいいムードだけど、仲城さんはそんなものに乗らないのね」

「どうもすべては行きづまった感じなので、あしたの朝には引きあげようと思っているんだ。研究のほうが一段落ついたら、もう一度出なおしてくるつもりだ」

「じゃあ、月曜からは、学校にいらっしゃるのね？」

「あしたも帰りみちに、実験室だけは覗いてみようかと思っている」

電話をきると、急にまた静かさと暗さがよみがえった感じだった。その中で、智一はまたものの気配を感じた。外の庭にである。

美緒と電話で話している時から、何となく感じているものだった。だが、錯覚だと思った。

しかしふたたびテーブルにむかって、沈黙の中に包まれているうちに、こんどはそれはまちがいないように思えて来た。

こういう環境の中にいると、原始時代の人間の本能がよみがえってくるのかも知れない。その本能が、何かが……おそらくは生物めいた何かが、ガラス戸の外のテラスで動いているのを教えていた。

今晩は庭園灯の光は切られていた。夜空は一面の濃い曇り空になっているのか、月の光もまるで感じられない。

だからガラス戸の外も、数メートルと行かないうちに、闇と入れかわってしまう。

電話をかけている時には、その光のとどかなくなったむこうの闇で、何かが動いた気がした。

だが今はガラス戸の横の……智一から見ればへやの壁のむこうの外で、何かが動いているように感じられた。

山道でのひそかな尾行者。ボストンバッグの検索者……誰かが自分の身辺にまつわりついて、見えない触手をのばしている。

そんな感覚は、しじゅう持っていた。にもかかわらず、智一が何の警戒もなく立ちあがって、外に開くガラス戸を開けたのは、いささかの酔いのせいもあったかも知れない。

しかし何よりも、その誰かが自分に対して暴力的手段に出ようなどとは、彼は考えてもいなかった。

智一はまったく無警戒に、外に上半身を乗り出した。気配のしたと思われる右手の方を見る。

とたんに、反対の左手の方で、何かが風を切るような小さな音がした。同時に、自分の意志に反して、体がぐらっと前にかたむいた気がした。頭に痛みをおぼえたのは、むしろそのあとである。

智一は左を見た。人がいた。その人物は顔を何かでおおっている……わかったのは、それまでだった。もう一度、頭に打撃を受けたような気がするが、それはあいまいである。

彼は気を失っていた……。

第三章

C=16調合法

1

九月八日（日曜日）

真上の天井の照明のまぶしさに、あけた目をすぐに閉じた。

それからこんどは目を開いても、直接、光が入らないように、頭を少し横にむけた。

とたんに後頭部で、痛みが、脈うった。さっきから頭に妙な重さを感じていたのだが、それで智一は過去に起こったことをすべて理解した。

目をつむったまま、そっと手を頭にのばしてみる。布の感触が指に触れた。包帯である。

痛みをこらえて、もう一度、目を開く。ダイニングキッチンのソファに寝かされているのがわかった。

むこうのテーブルで、花島医師がウイスキーを飲んでいるのが見えた。

「先生、すみません」

医師は智一の方を見ると、椅子から立ちあがりながら早口にいった。

「そのまま！　そのまま！　しばらくは動かないことがたいせつです」

医師が近寄ると、ぷんと酒臭いにおいが、智一の鼻を襲った。頭の痛みに刺戟されて、すべての五官がナーヴァスになっている感じである。

「頭の打撲は慎重に扱わなければいけませんから、しばらくは静かに寝ていてください。いったい、どうしたのです?」

智一の語れることは多くなかった。ガラス戸の外の生きものの気配に、体を出したら殴られた。殴ったのは、顔を布か何かで包んだ人間だったが、はっきりしたことはわからない。そのくらいだった。

花島医師の顔はこわばった。

「すると、誰かがあなたを襲ったと……?」

「そうです」

「しかしなぜ?」

「それはぼくのほうが知りたいことです」

もちろん智一の胸に、ある疑いはあった。だが、それがこんなに強力な手段をとられるほど、重要なことなのだろうか?

「何で殴られたのか、くわしいことはわかりませんが、ともかく何か固くて、かどばった棒のようなものでやられたようですね。挫創……というより挫裂創といってよいものが、二ヵ所ありました」

「つまり二度殴られたと……？」

頭は痛むが、口がきけないというほどではない。

「そうです。いつ頃、襲われたのです？」

「はっきりしたことはわかりませんが、九時のニュースを見て、そのあと東京に長い電話して……十時十分頃でしょうか？」

「今は零時十分ですから……、二時間くらい意識を失っていたことになりますかな。ともかく帰って来て、テラスに倒れているあなたを見て、びっくりしましたよ」

花島医師はその間《かん》の事情をこう話した。

問題の妊婦の異常分娩はひどいものだった。医師は苗場鏡子の助けを借りて、必死に奮闘した。そのうち、町から専門の産婦人科医も駈けつけてくれたので、事態はようやく好転した。

といっても分娩児は死亡し、母親だけがどうやら助かった。

花島医師と鏡子が、疲労の塊りになって病院に帰りついたのは、十一時四十五分頃だった。

車庫の前に車を持って行きながら、花島医師はまだ智一はダイニングキッチンにいるかと、その方向を見た。

ダイニングキッチンのガラス戸が開いているのが見えた。中から溢れ出る光で、智一が倒れているのがすぐにわかった。足のわずかの部分を残して、ほとんど全身を外に出し、横むきの寝姿だったという。

花島医師と鏡子は、できるだけショックをあたえないようにして、智一の体を中に運び込み、ソファーに寝かせた。

花島医師は専門は外科だったので、こういったことの処置には馴れていた。すぐに手当は終った。

鏡子はソファーをベッドがわりにしても居心地のいいように、つめものやふとんを持って来て、万全の仕度をして家に帰って行った。

「……ですから、今晩はここで休んでください。私のみた範囲では、怪我はたいしたことないように思えます。しかしゆうめいな脳外科の先生が、『軽そうに見えて重く、重そうに見えて軽いのは頭の打撲である』といっているくらいです。もう一、二日はようすを見ることが必要です。私の診断では単なる脳震盪《のうしんとう》で、意識喪失も単なる一過性だと思うのですが……」

頭の怪我のこわいことは、交通事故の事例などで、智一もよく知っていた。こうなったら、すなおに従うほかはない。

「……ともかくあなたが襲われたことは、いますぐ駐在の粟田巡査に報告しておきましょう。しかし、来てもらうのは、明日……いや、正確には、今日の昼すぎ頃にしてもらいます。ともかくむこう十二時間は、担当の医師として、絶対安静をもうしわたします。頭の傷は痛みますか？」

「ええ、脈の鼓動とリズムを合わせるような、ズキンズキンという痛みが……」

「それじゃ、痛みどめをさしあげましょう」

花島医師はコップの水とともに、錠剤を一錠手渡した。

それで痛みがすぐにとれるものでもなかった。

花島医師は病人に刺戟をあたえてはいけないと配慮したのだろう。ダイニングキッチンの照明を、常夜灯だけにして出て行った。

やがて庭をはさんだ、むかいの診療室の窓に光がつくのが、寝ている智一の位置からも見えた。医師の電話をかけているシルエットが、窓に半分ひっかかって見える。

頭のずきんずきんした痛みは、しだいに山を低くしていくように思われて、また急に高くなる。それからまた低くなる。この痛みのくりかえしと、腹だたしい対決を続けているうちに、智一はいつの間にか眠っていた……。

目を開くと、すぐそばの椅子に、花島医師と粟田巡査が坐っていた。

壁の時計を見ると、零時半をさしていた。外はやや明かるさに不足している。雨が降っているのだ。ひさしのトタンを叩く微《かす》かな雨音で、それがわかった。

けっきょく今は正午過ぎであることを、智一はようやくはっきり理解した。ということは十二時間近くも眠ったことになる……。

「痛みはどうですか？」

医師にいわれて、智一は自分が頭に怪我をしていることに気づいた。

そういえば痛みがある。だが、十二時間前と比べると、もう軽いものだ。

「たいしたことはありません。起きあがってもいいですか？」

「あまり痛くないなら、かまいませんよ。ただし、ゆっくりと静かに起きあがってください」

智一はかけぶとんをはずして、慎重におきあがった。それでもべつだん、それほど頭は痛くなかった。

粟田巡査が立ちあがって近づいて来た。かなり緊張した顔つきである。

「どうもとんでもないことで……しかし、ここでこんなことがおこるなんて、ぼくにはまるで見当もつかないことで……。状況をお話しいただけませんか？」

だが智一に話すことは少なかった。彼はきのう意識を回復した直後に、花島医師に話したことをくりかえすほかはなかった。

粟田巡査は轢き逃げ事件と同じように、この事件にも、純朴な情熱を燃やしているらしかった。話を熱心に手帖にメモした。

「どうもこれは強盗事件というようなものではないようで、その証拠にこの家のものも、何ひとつ盗まれていないようです。とすると、仲城さんがいまここで聞いてまわられていること……昔、弟さんがここで亡くなったということ……それに何か関係があるのではないですか？」

なかなかこの巡査のやりくちには、適確な所がある。田舎の単なるひよっこ駐在巡査とばかにはできない。

こうなったら、こちらも積極的に出てやろう。どうもこのままでは腹の虫がおさまらない。

智一も頭を殴られたくやしさに、かなり突っ張り始めていた。

「あるいはあるのかも知れません」

「どういうことがあるのですか？」

「想像をいって、よけいな騒ぎをおこすのはいやですから、今は何もいいません。ともかく吉爺さんのきのうの夜のアリバイを調べていただけませんか？　もちろん本人には秘密で」

「吉爺さんが怪しいというのですか？」

よけいなことをいったものだと反省したが、もう手遅れだった。こうなったら、強引に理屈づけるよりほかはない。

「怪しいというより思いつく人間は、そのほかにいないからです。あるいはその調査の結果によっては、少しお話しできるかも知れません」

粟田巡査のすなおさがありがたかった。それで納得してくれたからだ。

巡査はかたわらの制帽を頭にのせると、ていねいな敬礼をしながら立ちあがった。

「粟田君も忙しいね。轢き逃げ事件の次に、こんな事件では」花島医師が同情した。「それで轢き逃げ犯人らしい都会ふうの男のこの村での行動はどうだった？」

「それが皆目不明なのです。どうやら村の誰も訪問していないようです」

粟田巡査は出て行った。

花島医師は、智一の所に歩み寄った。

「ともかく、包帯をとりかえて、ついでに傷口を見ましょう。なあに、傷のほうはもう心配することはないのですが、問題は目に見えぬ、中の脳のほうです。きのうもいったように脳震盪だとは思いますがね、これでも脳の内部で多少出血していることがあるのです。それにちょっとひっかかっているのは、意識喪失の時間が、いささか長かったことです……」

「あれは長いほうなのですか?」

「ええ、脳震盪というのは、ほんの一時的の意識障害がふつうで、あのくらい長いと脳挫傷の心配もあるのです。脳実質が出血したり壊死《えし》したりすることです。損傷を受けてからかなり時日が経過してから、嘔吐、めまい、頭痛、ねむけなどの症状があらわれることも多いんです。ですから、五日間くらいは監視期を作って、その間に検査をしたり、ようすを見たりすることが必要です」

「待ってください! 今日、東京に帰る予定だったんですが、すると……」

「今日、帰るなんて、とんでもない話です。あす、あさってくらいはともかく安静です」

「しかし、あしたの月曜日にはどうしても……」

「だめです」

花島医師は、いつもにもなく断固としていた。

専門家の信念のある断言は尊重せねばならぬことを、智一は別の世界の専門家として知っていた。彼はよき患者となった。

「わかりました。では、電話をかけたいのですが?」

「ここまでコードがのびるはずです」

花島医師は電話機を電話台からおろして持って来た。

智一は黒岩教授の自宅の電話番号をまわした。何度かけても返事がなかった。

こんどは佐川工学部長の家にかける。

二度〝話し中〟の信号を聞いてから、三度目につながった。出て来たのは工学部長夫人だった。

「主人も娘も学校に行っておりまして……」

「今日は日曜日のはずですが……」

「それが学校で騒ぎがおこり始めるようなようすというので、心配して……」

「騒ぎというと、学生が集会か何か……?」

「何か私にはよくわかりませんが、一部の学生さんが、日曜で学校がからっぽなのをうまく利用して、あちこちを占拠し始めたとか……」

来るべきものが来たといえるのかも知れない。関東大学だけが学園騒動の熱病から逃れることはできなかったのだ。

智一はためしに黒岩教授の研究室、自分の研究室、そして工学部長の部屋と、かたっぱしから電話をかけてみた。だが、どれも返事はなかった。

じりじりした思いだったが、しばらくは待つほかはなさそうだった。


電話のベルで目をさました。

外はかなり暗くなっていた。雨雲のせいで、日暮れが早いのだ。

ともかくまた、眠ってしまったらしい。

智一はソファーから起きあがった。こわごわ足を下におろし、立ってみた。

別にどうということもなかった。少し虚脱感があるていどか……。

受話器をとりあげると、美緒の元気のいい声が飛び込んで来た。

「うちもとうとうやられたわ！　そういう情報が少し入っていないこともなかったのだけれど、まさかと甘く見ていたのがまちがいだったの……」

「学生の……ストかい？」

「ええ、校内占拠なの。工学部のいくつかの建物が占拠されて……建築工学科の実験別館もその中に入っているのよ。報《しら》せを聞いて、父といっしょに慌てて駈けつけたんだけど……黒岩先生も追い出されるみたいなようすで、校庭の方に出て来たわ」

「じゃあ、もう別館には近寄れないのかい？」

「ええ。工学部本部の建物の一部も占拠されているの。父を見つけた学生たちの何人かに、ひどい悪罵を浴びせられたわ。日曜の人のいない隙をねらっているところなんか、ちょっと一筋縄でいかない感じもあるわ」

「するとあしたも……」

「あしたもというより、正式には学校の始まるあしたの月曜から、本格的な封鎖開始というつもりじゃないかしら」

「するとあしたぼくが行っても……」

「ええ、実験室に入ることは不可能よ」

「いつまで続くんだい？　見通しはあるのかい？」

「隠密の学生動向調査では、何も起こらないという予測だっただけに、ちょっと見通しはつかないわ。でもそれだけに一部学生の跳ね上がり的行動とも考えられるから、それなら短期間ですむかも知れないわ」

「ぼくの実験室のテストはどうなっているかわからないかい？」

「私にはわからないわ。黒岩先生にきいてみて」

「実はぼくのほうも、ちょっと妙なことがあってね……」

智一はできるだけ控え目に、襲撃事件のことを話した。怪我もたいしたことはないことを強調した。

「……げんに、こうして元気よく話しているんだからな」

だが美緒の声の変化は、耳にはっきり聞きとれた。

「ほんとに大丈夫？」

「ああ、大丈夫。ただ花島先生は責任上のこともあってか、後遺症についていささか慎重すぎるくらい心配しているらしいんだ」

「でも頭の怪我は気をつけなければいけないのよ」

「ああ、知っている」

「それに、襲撃者がまたあらわれる可能性もあってよ」

「そうか。それは考えなかった」

「気をつけて。いますぐにでも車を飛ばしてそこに行きたいんだけど、何しろ学校の騒ぎのことで、これからも、あしたも、することがいっぱいあるのよ」

「ぼくのほうは心配しなくていい。じゃあ、切るぜ。黒岩先生とすぐ話したいんだ」

美緒との電話を終って、黒岩教授の自宅の番号をまわす。こんどはぶじにつかまった。

「いやあ、先生の実験のチェックを終って、異常のないのを確かめた、ちょうどその時ですよ。ドカドカッと、あのヘルメットに手拭の連中が乱入して来ましてね。『出てけっ！』ですよ。まるで暴力団ですな」

ソフトな声と調子が売り物の黒岩教授も、だいぶ荒あらしいしゃべりかたである。

智一は狼狽した。

「すると、変温室の装置は……」

「いや、その点はご心配なく、まずいと思って、ぜんぶ切りました。念認テストですから、一日くらい繰り上げて終了しても、何とか結論は出るのでは？」

「ありがたい処置です」しかし別の不安が湧いて来た。

「だが学生たち、実験物や計測データをこわしたり、捨てたりすることはないでしょうか？」

「それは……」黒岩教授の声も曇った。「彼等の学究の徒としての良心にまかせるほかはありませんね」

「しかしこれだと、十三日に公団に報告することは不可能ですね」

「こういう事情なら、むこうも了解してくれるでしょう」

「いや、実はぼくの方にも、ちょっと思いがけぬことがおこりましてね……」智一は事件を簡単に話してからつけくわえた。「皮肉な話ですが、学校封鎖でかえってあきらめがついて、落着いて静養することができます」

しかし多少やけぎみだった……。

2

九月九日（月曜日）

「ええ、確かに何か慎重すぎるような感じもしますけど、でも先生の専門に近い分野のことですし、それに何か責任も感じていられるのだと思いますわ」

苗場鏡子はスポンジ・マットレスの上に寝具を敷きながら答えた。

花島医師の診断は、あまりに慎重すぎはしないかという智一の質問に対しての返事だった。

智一は午後一時頃から診療室に行って、脳のレントゲンをとられた。瞳孔の反射をためされたり、首をあちこちにねじまげられたりもした。どうやら神経学的な検査がおこなわれたらしい。そして二時少し過ぎに、やっと住居の方にもどって来たのである。

それまではダイニングキッチンのソファーで寝ていたが、帰ってくると、最初に泊った畳の部屋にもどされた。ダイニングキッチンから、応接間を越した六畳である。

智一は鏡子の敷いてくれた寝具を、多分に恨めしげに見ていった。

「頭も痛くないし、別に目まいや、吐気もなし……それでもやはり寝ていなくてはいけないのですか？」

「でも眠気があって体がだるいとおっしゃってたでしょ？」

これだけはほんとうだった。

先刻、ふと目がさめて気づくと、もう昼近くになっていた。こんなに眠ってしまうということは、あまりない。昨日の昼も同じ感じだったから、二度目ということになる。

しかも寝ざめたあとでも、いつまでも体がだるい。朝、起きて、こんな気分になることも、あまりなかった。

そういう点では、きのう話を聞いた脳の異変の症状のひとつ……〝眠気がある〟がいやなきもちで思い出される……。

「わかりました。ともかく今日一日だけはおとなしくしていましょう。しかし明日になったら、そういい患者にはなっていられないかも知れません」

「どうぞ、お好きなように」

鏡子はおおらかな母の笑いを見せて、部屋を出て行った。

きのうからの秋雨が、ときどき中間に休みを入れながら、まだ降り続いている。

出て行ったはずだと思っていた鏡子の姿がまたもどって来た。粟田巡査から電話だという。

智一はダイニングキッチンの電話に行った。

「きのう、おたずねになった伊葉吉助さんの件ですが……」

巡査はあいかわらず、とどまることのない律義な語調だった。

「どうでした？」

「それが……不明というのでしょうか……つまり七日の夜は、自分の家にいたというのですが、何しろ独り暮しなので、それを証明する者はいません。仲城さん、ほんとうのところ、どうして伊葉吉助を疑ったりなさったのですか」

顔の見えない電話の会話は、智一を大胆にさせた。

「どうということもないのです。ただこの前吉爺さんに会った時、ひどくふきげんで、ぼくのことが嫌いだったようすだったからです。しかし吉爺さんがそういうなら、信じましょう。ぼくの考えていたことは、もともと想像の域を出ていなかったのですから」

「はあ。しかし……としたら、今度の事件は誰が犯人か……そのほかには何かお心あたりはありませんか？」

「まるでありません。何しろ私は数日前にここに来た、まるでよそ者で、村の人と何のつながりもないんですから……。全面的にそちらの方で、調べていただくほかはないでしょう」

「はあ」

栗田巡査は、智一のいささか辻褄《つじつま》のあわぬ論理にも、律義に当惑していた。

智一は電話をいったん切ると、こんどは自分からダイアルをまわした。佐川工学部長の家だった。

「ジャスト、ぴったりよ」美緒が電話に出て来た。「今、ちょうど、外から帰って来て、仲城さんに電話しようと思っていたところなの。これからまた出て行かなければならないの。学校閉鎖で、てんやわんやなの」

「ストライキは続きそうなのかい？」

「今のところはね。学生大会さえもたれれば、解決にむかって急転するだろうという見通しなんだけど。というのは関東大学のばあい、全共闘は少数で、多くはノンセクトだから、すぐに有志連合が生まれて、学生大会さえあれば、ゲバルト反対、封鎖反対の強い声が出てくるだろうというの」

「いったいそういうことが、どこでわかるのだい？」

「蛇《ジャ》の道はヘビよ」

何かありげなそのいいかたは、ひどく胡散《うさん》臭い。

しかし学校経営の方は、自分の関知することでないというのが、智一の方針である。彼はそれ以上の追及はしなかった。

「ともかく、解決の見通しがつきそうになったら、すぐ連絡を頼むよ。ただちにとんで帰って研究のチェックとレポートの作成をしなければ」

「でも、頭、大丈夫なの？」

「五日間は監視期間だといわれたが、実際のところもうほとんど痛みはない。ただ花島先生がバカに用心深くてね。ともかくあと三日……つまり木曜の十二日までは、むやみに動きまわらないでいるように宣告された。その間にようすを見たり、いくつかの検査をしたりするそうだ。ぼくとしてはいいたいこともあるが、ここは専門家にまかせることだと決心して、いい患者になっている。今日はあちこちの神経の反射を調べられたり、頭のレントゲンをとられたりしたよ」

「脳波はとらないのかしら？」

「そういえば、交通事故で頭部にショックを受けた人のばあい、よくそれをやるそうだな。だがそれほどのこともないだろう。第一、そんな設備もこの病院にはなさそうだ」

智一は眠気や、体のだるさはいわなかった。よけいな心配をかける必要もないと思ったからだ。

九月十日（火曜日）

「確かに脳波をとることはよくします。この頃は交通事故が多いので、素人《しろうと》の方もよく知っているようですね。しかしそこまでの必要はないでしょう。もし脳に棘波《きょくは》が出るほどひどいなら、何かほかにも外に出て来ているはずです……」

診察室の壁の時計を見ると、午後一時に近かった。またきょうも、ひどく遅くまで眠ってしまったことになる。しかも起きてからもまだ体がだるく、食欲もない。沈鬱《ちんうつ》である。もっともその気分は、まだ執拗に降り続く、雨のせいもあるかも知れない。

ともかく智一は起きてすぐに診察室に行き、花島医師に、きのう美緒の触れた脳波のことをたずねたのだ。

医師はそれに答えてから、さすがに商売がら、智一が必ずしも本調子でないことを、すばやくみてとっていた。

「まだ必ずしも気分がはっきりされないようですね」

「いや、たいしたことはありませんが……」

そんなふうにぼかすのが、精いっぱいだった。

「ともかく私はこの方の完全な専門家ではありません。さいわい千葉に、私の恩師で、脳神経の方の権威の正木《まさき》先生という人がいるので、頭のレントゲン写真と私の検診報告を送っておきました。あすかあさってには返事がくるはずです。あさっては、私が宣告した要注意期間の最後の日でもありますから、それまで待ってください」

「少しくらいは動きまわってもいいでしょうか？」

「しかし、慎重にしてくださいよ。頭にショックを受けたあと、一度は何でもないごくふつうの状態にもどってから、コロッと死ぬというケースがよくあるのです。このふつうの状態を清明期といっているのですが……」

「清く明かるい期間ということですか？」

「そうです」

そうおどかされると、やはりいやなきもちである。

智一はいささかしゅんとなって、住居の方に帰った。

すぐ、佐川工学部長の家に電話する。

美緒の母親が出て来た。主人も娘もいないという。そしてそのあとに付け加えた。

「……でも、美緒は必ずそちらに連絡すると伝えてくれと、いいおいて行きました」

だがその電話は六時過ぎになった。花島医師が夕食のテーブルで、あいかわらずのアイス・フロート・ウイスキーを作っている時だった。

美緒の声は、いつものようにはじける元気さだった。

「……学校閉鎖解除は、今のところ見込なし。急なことだったので、学生大会開催の連絡や地ならしがまだ完全でないのよ。長期化するのではないかという恐れも出て来たわ」

「それで、ぼくの実験の公団への報告……父上は何といっていた？」

「ああ、そのことは黒岩先生からも話があったわ。父が公団に返事をしておいたそうよ。ともかく封鎖がとけしだい、チェックの結果だけでも口頭報告をするって……。仲城さんの方の怪我はどう？」

「ぼく自身の自覚症状は何もなしなんだが、ここの先生が慎重でね。十二日までは要注意期間だから、あまり動きまわるなというんだ」

智一はいささかの皮肉をこめて、医師の方を見た。だが、花島医師は、聞いて聞かぬふりである。

「うーん、何だかそこん所が、よくわからないこともあるんだけど、ともかく閉鎖はまだ続きそうだし、お互いにのんびりかまえたほうがいいようだわ」

「あしたも状況を報告してくれるかい？」

「ええ、もちろんよ」

「それじゃ」

「じゃあ……」

二人の通話は歯切れよく終った。

3

九月十一日（水曜日）

いったん眠りに入ると、死んだようになってしまう。目をさますと、必ず昼前後である。しかも口が乾き、胸が重く、倦怠感がある。それだけが、きょうも同じだった。

「寝られる前に、薬はのんでいますか？」

花島医師は、智一の頭の包帯をとりながらいった。

「ええ、のんでいます」

「おかしいですね……。しかしまあ、そう心配することもないでしょう。運動不足のせいかも知れません。庭に出ての少しの散歩くらいは許可しましょう」

「そうします」

「包帯はうっとうしいでしょう。きょうから絆創膏だけにしておきます。ああ、それから、これが終ったら、吉爺さんの所に行って来ます。何かまたあまりぐあいがよくなさそうなんです。行ったら、探りを入れてみて、何か聞き出せたら、聞き出してみましょう」

「専門医の診断の報告は、まだなのでしょうか？」

「さいそくしておきましょう。忙しい人でね。脳神経外科というのは数が少ないのに、こういう世の中ですから、お呼びはすごいのですよ」

智一は住居の方に用のあるという鏡子といっしょに、中庭に出た。

ようやく秋晴れになっていた。

「苗場さん、ここに来た最初の日、ぼくは弟の死について、何か噂はなかったかとききましたね？」

「ええ」

「その時、あなたは吉爺さんに会うのなら、吉爺さんの口からきいてくれといいましたね？」

「ええ」

「だが、爺さんは今のところ、頑として口を割らないようすです。概略でもけっこうです。あなたからきかせてもらえませんか？」

鏡子は返事に間《ま》を置いた。それから彼女らしくない歯切れの悪さで答えた。

「もう二十三年も前の噂です。よほどのことがなければ誰も思い出さないことです。正直にいえば、それをわざわざ私が今さらここで持ち出して、悪役にまわりたくないのです。狭い土地ですから、そんなことでも、私のここでの居心地がよくなくなるのです」

「それはよくわかります。しかしこれではせっかくここに来たというのに、ぼくは何の得ることもなく帰らなければいけません。いや、頭にこぶをもらっただけで帰るということになりますが……」

「これからまた花島先生が、吉爺さんの所に行くそうですから、その結果を待ってということにしていただけませんか？」

鏡子にこれほどまでに口をつぐませているという噂とは、何なのだろう？

その噂を知ることが、事件の真相を知るためには、ますます重要のように思えてくる。

下の道路から、一台の車が庭にむかって走り込んで来たのは、そんな時だった。

クリーム色のフェアレディーZには、見おぼえがあった。

やはりそうだった。おりて来たのは美緒だった。あいかわらず、ミニスカートから、健康に美しく脚を出している。

ただもう嬉しかったというのが、偽らざるきもちだった。胸に明かるい灯がともった感じである。

そのきもちを正直に感じることで、智一は自分がそれまでいかに孤独の中に取り残されてがんばっていたかに、初めて気がついたようなものだった。

「美緒君、いいのかい？　こんな所に来ても……」

「あまりいいとはいえないけれど、でも、どうしても会いたかったの」

美緒の鏡子を見た視線が、ちょっとそよいだ。だが、鏡子のほうは、円満に明かるかった。

「こちら……？」

「ぼくの知人の佐川美緒君です」

智一は不器用な紹介を始めた……。


「……安心したわ、見たところ、たいした怪我でもないし、元気そうだし……」

鏡子がコーヒーをダイニングキッチンのテーブルに置いて、病院の方に帰って行くと、美緒は待っていたように口を開いた。

「ああ、わざわざ来てくれるほどのことはなかったんだ」

美緒の目は、絆創膏でとめた、智一の頭の大きなガーゼに行っていた。

「でもそれにしても、どうしてあなたがこんな目にあわねばならないの？」

「考えてみたことがいくつかある……」やっとこだわりなく話せる相手を見つけて、智一はしあわせな饒舌《じょうぜつ》家になっていた。「その中でもやはり一番強力な考えは、ぼくが邪魔者だったので襲われたということだ」

「邪魔者になったのは、あなたが弟さんの死をほじくりかえしに来たためと考えるわけ？」

「そうだ」

「でも、もし……弟さんはほんとうに殺されたので……犯人がそれが発覚するのをおそれてあなたを襲ったとしても、もうとっくに時効になっているのでは？」

「犯人が時効ということを知っているかどうか……。第一、こういう狭い土地では、そういうことはあまり問題ではなさそうだ。むしろそれはこの土地の人間の名誉としての問題だ。何十年たとうが、不名誉な事実がわかれば、彼はもはやこの土地で生きて行けなくなる。そう考えると、ぼくを襲った犯人は、弟を殺した犯人と、必ずしも同じでなくともいい」

「どういうこと？」

「弟が殺されたことを隠そうとしたりした、何かの形の犯罪協力者が、自分の不名誉が発覚するのを恐れて、ぼくを襲ったと考えてもいい」

「仲城さん、けっこういろいろ考えているのね」

「暇だったからね。いろいろと考えるさ」

「でも、殺そうとするほどのことかしら？」

「その点だが……花島先生も首をかしげている。怪我のようすからみると、犯人にはぼくを殺す意志があったか、どうもよくわからないそうだ。殺意はあっても、慌てたり、逆上したりして、二度殴っただけで逃げ出すこともありうるかも知れない。しかしほんとうに殺したいと思うなら、たいていはもっと念入りなことをしていくのではないかな？」

「でもそんななまぬるいことで、何の意味があるというの？」

「もうこの事件の調査から、いいかげん手をひけというおどしさ」

「この家から、前のお医者さんの日記やメモが盗まれたといったでしょ？　それもあなたを襲った犯人と同じ人物かしら」

「花島先生のいうことがほんとうだとしたらだ」

「何だか花島先生のことを疑っているみたいないいかた」

「どうもここの先生の性格や言動の矛盾は今もってわかったようでいてわからない。何かを隠しているような……脛《すね》に傷を持っているような所がある。だから、ぼくのような想像力のとぼしいものでも、暇だととっぴもないことも考える……」

「なあに、そのとっぴなことって？」

美緒は興味深げだった。

「ひょっとしたら、ぼくは花島先生にまちがわれて、襲われたのじゃないかということだ。犯人はテラスから半身を出した瞬間のぼくを襲ったので、まるでぼくの顔を見ていないといっていい……」

「なるほど……」美緒は感心してから、ふと思いついたようにいった。「ねえ、想像力をうんと働かせてみて、こんなことも考えられない？　花島先生こそ、仲城さんを襲った犯人だというの」

智一は瞬間、あっけにとられた。それから首を横にふった。

「それはむりだ。第一、理由が考えられない。弟が死んだ時には、花島先生はこの山蔵にはいなかった。五年前に、初めて来たばかりのよそ者だ」

「上べはそうかも知れないけど、隠れた事実があるかも知れなくてよ」

智一はこんどは、笑いをつけくわえて、もう一度、首を横にふった。

「だめだよ。裏をとったわけではないが、先生にはほとんど確実と思えるアリバイもある。つまりあの時には、異常出産の妊婦の所に、今会った苗場さんという看護婦といっしょに飛んで行って、つきっきりで手当てをしていたのだ。途中で脱け出せるはずもない」

「ここで一日たっぷり調べたら、当然女名探偵としては、何かをつかめると思うんだけどな。そうもしていられないのよ」

「なんだ、これからとんぼ帰りをするのかい？」

智一の思わず漏らした、がっくりしたようすに、美緒は楽しげな笑いを浮かべた。

「学校も風雲急を告げているのよ。でも、いいきざしが出ているの。午前十時頃東京を出たんだけど、ひょっとすると午後には学生大会がもたれるかも知れないの」

「しかし君がもどって、何かの役に立つのかい？」

「知らないな。ここだけの話だけど、けっこう正常化への工作……と、ちょっとスパイまがいのことがあるのよ。そういうことに超然としているというのか、無知というのか、そのへんが、仲城先生のいい所でもあり、悪い所でもあるのかしら……」

「ともかく、ぼくもいま、君の車に乗せてもらって東京にもどりたいよ。弟の死の真相の調査は、もう一度、ここに出なおして来てもいいんだ」

「花島先生がまだあなたの怪我について疑いを持っているのは、けっきょく、どういうことなの？」

「いったん眠りにつくと、死んだようになって目がさめないことで、しかも起きたあとも長い間不愉快な気分だということくらいかな。ともかく頭のレントゲン写真を、千葉の専門医に送ってあって、明日、返事がくるそうだから、それを待って決定してくれるそうだ」

「そんなに時間がかかるの？」

美緒は当惑の表情だった。

「そうらしい」

「頭のレントゲン写真というのも、よくわからないな……。何かお薬のんでいるの？」

「ああ、食事後、ほら、そこの紙袋にある薬を二錠ずつ。それからその細い管瓶の中にある錠剤を、就寝前に一錠のんでいる」

「そうだ。そういえば煙草を持って来たのを忘れてた。予定以上に滞在がのびて、きっとお好みのケントも切れているんじゃないかと、途中で五箱ばかりだけど、買って来てあげたの」

「そいつは感激だ。ハイライトでがまんしていたのだが、からくてね……」

「車に置いてあるの。取りに行ってくるわ」

美緒はテラスにあるサンダルをつっかけて、車に走りもどって行った。

白い脚を躍動させて走って行く美緒のうしろ姿の上に、智一は麻川マキ子の像をかぶせていた。

彼は美緒に対して、罪のきもちを感ぜずにはいられなかった。


「帰ってみたら朗報が待っていたわ！」

美緒がはずんだ声で電話をかけて来たのは、その日の午後八時少し過ぎだった。

美緒は四時頃まで智一としゃべってから、帰って行った。途中で休みも入れずに、どんなに車を飛ばしても、中野の自分の家まで、三時間半はかかるといっていたのだから、まずははやく行けたほうなのだろう。

「朗報というと、学校のことだな？」

「ええ、ぎりぎりの午後二時になって、学生大会が開かれたの。そうなれば関東大学はノンセクトの学生が主流で、少数の全共闘はすっかり浮き上がってしまって、一時間もしないうちに、封鎖解除が決議されてしまったというの」

「それでほんとうに封鎖は解除されたのかい？」

「ええ、そのあと、すぐに結成された有志連合との間に、ちょっとした小ぜりあいはあったそうだけれど、もう今は完全に解除されつつある頃じゃないかしら」

「すると、あしたからはすべては正常化するわけか？」

「ええ、椿事がおきない限り……」

「つまり、明日には別館の実験室にも入れるわけだ！」

智一が電話を切ると、花島医師が待っていたようにたずねた。

「学校封鎖が終ったのですか？」

すでにかなりの酩酊のようすであったのに、医師はひどくさめた顔になっていた。

「そうです。花島先生、こうなると……」

「わかりました……」ぜんぶをいわさずに、医師はおおいかぶせた。「……あしたには、まちがいなく、診断結果を聞いて、決定しましょう。きょうも正木先生には電話をしたのですが、大学病院の手術の立会いに出かけたというし、終った頃を見はからって病院に電話をしたら、同僚と東京に行ってしまったというし……。そうです、ともかくもう一度、自宅に電話してみましょう。ひょっとしたら、つかまるかも知れません……」

花島医師は立ちあがって、電話台の下の電話番号ノートをめくった。

「……ここにはなくて……どうやら診察室の引出しの中に入れたノートに書いてあるはずです。ちょっと、失礼」

医師はサンダルをつっかけて、テラスから出て行った。

診察室の窓が明かるくなる。どうやら電話番号を見つけて、電話をかけ始めたらしい。窓に映る医師のぼんやりした姿で、ほぼそれがわかる。

ダイニングキッチンの電話機にも、灯がついているのが、それを裏書きしている。ホーム・テレフォンという型式のもので、一口《ひとくち》の電話に三、四この電話機があり、どの電話機からも話ができる。内線通話も可能である。そして使用中は小さなランプの灯がつく。

智一はそのランプが長い間ついているのに、いらいらしていた。頭の診断の結果も早く知りたいが、それよりももっと緊急に電話をかけたい所があったのだ。

花島医師の電話の話は、たっぷり十分も続いたろうか。やがて外線用のランプが消えた。だがすぐに今度は内線用のランプがつき、ブザーが鳴った。

受話器を取り上げる。花島医師の声が入って来た。

「申し訳ないんですが、正木先生、やはりつかまりませんでした。東京のどこかのホテルに友人と泊ったことは確かなんだそうです。先刻、今晩は泊って、明日朝には必ず帰るという電話連絡があったんだそうです。ただ家人がホテルの名を聞くのを忘れたそうで……」

「すると、どういうことになるのですか？　いつまでぼくをここに閉じ籠めておきたいというのですか!?」

花島医師は小心者の、不器用な狼狽をあらわに示した。悲鳴調の哀願だった。

「そんな閉じ籠めようなんて！　ただ……私は重大な後遺症を恐れているだけで……」

「しかし、ここから東京に帰るくらいで、そんなに症状が悪化するものなのですか？」

「わかりません。わからないから、よけいな心配をするのです」

「では、先生はぼくがどうしたら満足というのですか？」

医師は妥協の調子を示していった。

「ともかく初めから、あしたいっぱいまでが監視期間だったのですから、それまでは私の責任下にいることにしてもらいましょう」

「つまり、あしたまではここにいて、あさってなら帰ってもいいというのですか？」

「あしたには必ずレントゲン写真の検査結果の報告もしてもらいます」

「わかりました」

しかし、智一はふきげんを隠そうとはしなかった。

4

九月十二日（木曜日）

爽やかにめざめ、きげんよく起きあがれた。連続三日のふゆかいな起き抜けが、嘘のようだった。

時計を見ると、八時少し過ぎだった。智一は楽しく服を着がえた。

この調子なら、ショックによる脳への後遺症など、まず心配する必要もあるまい。

ダイニングキッチンに顔を出すと、シンクで水洗いしていたばあやがふりかえった。

「ちょうどいいところでした。先生のご用で、落合まで行かなければならなくなったので、食事をどうしようかと思っていたところなのです」

ばあやはみそ汁の鍋を火にかけた。

ばあやは智一の食事の終ったのを見はからって、出かけて行った。

食後の一服に火をつけようとして、ポケットのライターをさぐったが見つからない。しかたなく、自動点火のガス・レンジの火を使う。その時、電話が鳴った。

日中はたいてい病院の方でとりあげるから、ほうっておく。すると音は一度やんでから、内線呼び出しのブザーが鳴った。

受話器を取りあげると、花島医師の声が聞こえた。

「ここの窓から見ていたのですが、今日はだいぶ早起きのようですね」

「ええ、たいへん調子いいようで……」

「佐川さんという方から電話です」

耳に飛びこんで来た美緒の声も、医師と同じようなことをいった。ただし妙ないいまわしだった。

「わあーっ、やっぱり早起きしていたわね」

「何だい、そのやっぱりというのは？」

「ううん、何でもないの。でも、その調子なら、花島先生から、今日あたり無罪放免になるんじゃない？」

「そうしてもらいたいと思っている。しかし先生の面子《メンツ》もたてて、きょういっぱいはここにいて、明日朝早く帰ることにしたよ」

「でもレントゲン写真の結果では、どうなるかわからないのでしょ？」

「そりゃあそうだが……」

「わかったら、しらせていただける？　とても興味を持っているの」

「何だかさっきから変な調子だな」

「そうかしら。ともかく、学校に電話してちょうだい」

「これから学校に行くのかい？」

「ええ、それじゃあ」

何かあっけないような、どこかおかしいような電話だった。

しかし、智一はすぐに美緒との会話を忘れ去っていた。

それよりはやく自分の脳についての診断を知りたい。

ダイニングキッチンから、病院の玄関の前あたりがほぼ見える。だから診察客の出入りも大体つかめる。智一は患者がいないのを見はからって、診察室を訪れた。

花島医師がひとりだけいた。苗場看護婦は久留里の町まで行っているので、来るのは昼過ぎになりそうだという。

「……それからレントゲン写真の件ですが、正木先生はいま千葉市の自宅にむかっているそうで、帰りしだい、すぐこちらに電話すると、伝言があったそうです」

「判定の結果がどうであっても、私は帰りますよ」

医師はもてあましたように、それに返事はしなかった。ちょっと沈黙し、それからはっと思い出したようにいった。

「ああ、それから、もうすぐ吉爺さんが来ますよ。きのう行った時も、あいかわらずの頑固なようすでしたが、いささか私の説得がきいたのかも知れません。今日、薬をとりに来る時、何か話してもいいというような調子でした……」

「それじゃ、ぼくがここにいないほうが……」

「いいでしょう。中庭の藤棚の下のベンチにでも坐っていてください。診察室の患者の坐る椅子からはうしろがわになって見えませんから、格好の観察場所でしょう。診察室の窓は開けておきます。それで聞き出したいことは、あなたの弟さんが死んだ当時のようすですね？」

「そうです。弟が溺死したのを発見し、妙見の邸にかつぎこんだのも吉爺さんなのです。しかし自分に不利なことか何かがあって、それが吉爺さんの口をつぐませているようなところもあるので、なるべくよけいな刺戟を与えないようにしてほしいのですが……」

「むずかしそうな話ですが、できるだけやってみましょう」

外に出て藤棚の下に坐る。気分がいい。

秋晴れの爽やかさもあるが、体調の回復も大きいからにちがいない。

煙草を吸おうとして、さっきライターを紛失していたことに気づいた。

ダイニングキッチンに行って、ガス・レンジのあたりをひっかきまわして、ようやくマッチ箱を見つけた。

藤棚の下にもどって火をつける。

いつのまにか、花島医師が診察室の窓を開けていた。だが、まだ無人だった。

花島医師が机の上の書き物から目をあげ、入口の方を見るまでには、たっぷり三十分近くの間《ま》があったろうか。時間は十時四十分だった。

吉爺さんが入って来た。この前と同じようにねずみ色の作業服に、黄色い作業帽である。だがクマ男も、花島医師の前では、ひたすらに恐縮している。ぬいで手に持った作業帽が、膝の下に行くくらい深ぶかとおじぎをする。しかもそれを何度もくりかえす。

それからようやく、おずおずと回転椅子の上に腰をおろした。

二人の会話の内容を聞きたいところだった。だが、藤棚の下まではまるでその声はとどかない。

話は十五分ばかり続いたろうか……。

あの口の重そうな田野人《でんやじん》と、それだけ話が続いたのだから、何かが引き出せたような気がする。

やがて吉爺さんは、椅子から立ちあがった。またもや深ぶかとした、何度ものおじぎ。そして前むきのまま四、五歩後退して、ようやく外に出て行った。

時計はもう十一時をさしていた。

数分の間《ま》を置いて、智一は診察室の窓の下に行った。

「どうでした？」

花島医師は沈鬱に首を横に振った。

「だめでした。あれだけ時間をかけたのに、けっきょくは何をいっても、ああいう人物には何の理屈も通用しないんですよ。おどすとか、賺《すか》すとか……そういった手段しかないようですが、どうも私はそっちのほうは……」

花島医師が吉爺さんに歯がたたないのは、智一とまったく同じ理由からのようだった。都会の知識人と田舎の無知識人の間の溝《みぞ》は深いのだ。

「吉爺さんのことはもうあきらめました」智一は決心したようにいいきった。「先生、そのかわり、ほかの人から、当時の噂を聞いていただけませんか？　苗場さんもかなり知っているはずです。その他の村の人も、当時ここにいた人なら、きっと聞いているはずです。ただこういう狭い地域社会に住んでいる人たちは、自分がその噂の暴露者にはなりたくないらしいのです」

「なるほど。努力してみましょう」

医師は返事をしながら、往診中の字のあるプラスチック札を取り出した。〝往診中〟の字の下に、〝○時○○分より診療再開〟とある。その時間の空欄の所にあるフックに、小さなプラスチック札をひっかけて、〝三時三十分より〟とした。

「落合の奥の方まで、往診に行って来ます。重病の患者が一軒ありましてね。何か留守番をさせるようで申し訳ありませんが、電話があったら出ていただけませんか？　ひょっとしたら正木先生かも知れません。でしたら本人であることを名乗っていただいて、話を聞いてください」

花島医師は、数分後、車を運転して出て行った。

その少しあとで、電話が鳴った。十一時十分頃だった。

受話器のむこうの声が、いきなり自分の姓をいったのに、智一はおどろかされた。三沢ダムの技師の相原だったからだ。

「……いま、先生の研究室にいるのですが、そっちに御旅行中と聞いて、ちょっとお電話だけでもと……」

「それはありがとう」

「何か……お怪我をされたとか？　大丈夫なのですか？」

「大丈夫。バカげた怪我でね。ダムの方はどうかな？」

「はい、異常ありません」

「知ってのとおり、学校騒動で、実験が中断状態でね。しかしあしたから再開するよ……」

「どうぞ、おだいじに」

四、五分の会話を交わして電話を切る。

そのあと、三時少し過ぎに苗場看護婦がもどってくるまでに、二つの電話があった。そのたびに、智一は正木という医者からの電話ではないかと期待した。だがどちらも患者からの診療時間の問いあわせだった。

だが、智一はもういらだたなかった。どちらにしても明日には東京に帰る気だったし、頭に痛みはもはやなく、気分も爽快だったからである。

正木という医者から、とうとうレントゲン写真の判定報告がとどいたのは、もう夕食も終りかける頃だった。

電話に出た花島医師は、話の途中からにっこり笑って智一に合図した。

智一は壁の時計を見た。七時十五分だった。医師が電話を終るのを待ちかねて、彼はいった。

「異常なしと出たわけですね？」

「そうです。これで私もやっと解放されました」

医師も嬉しそうだった。

「これから先生に車ですぐ上総《かずさ》亀山《かめやま》まで送ってもらったとして……」

医師も時計を見た。

「むりでしょう。最終が八時ですが、あそこまではどんなに飛ばしても一時間をちょっと切れるていど……まず最短時間五十分というところです。それに私もいささか酔っておりますし……」

なるほど、医師はいつものように、かなりご酩酊のようすだった。

「それでは初めの予定どおり、あしたにしましょう」

「明朝、私が亀山まで送りましょう」医師は壁の時刻表を見た。「この十時二分発のがいいでしょう。八時三、四十分に出れば、ゆうゆう間に合う時間ですから」

「よろしくおねがいします」

智一は電話をする人間があることを思い出した。佐川美緒だった。

あるいは美緒は智一の電話を、今や遅しと待っていたのかも知れない。わずかの信号音で、しかも初めから彼女自身が出て来た。

しかし智一の報告に対する反応は、かなり珍妙だった。

「へえー、そういうことになったの」

「何だい、そのそういうことというのは？　何だかぼくの頭に異常があるのを期待しているみたいな調子じゃないか？」

美緒は慌てた。

「いいえ、そういう意味じゃないの！　ただそうなると、わからなくなることが出てくるような気もするんだな……」

「こちらこそ、君のいうことがさっぱりわからない」

「仲城さんのそばに、花島先生いるの？」

「ああ」

「すると、ともかく、あしたは帰っていらっしゃるのね？」

「ああ。もちろんだ。午後三時頃には、学校に顔を出せると思うよ」

「じゃあ、詳しいことはその時、話すわ。ひょっとしたら、私の思い違いかも知れないし……じゃあ！」

電話を切りながら、智一は頭をひねった。

美緒は何がわからないというのだろう？　そして何が思い違いというのだろう？

5

九月十三日（金曜日）

目覚し時計の音で眠りからさめた。きのうの夜、花島医師から借りたものだった。八時だった。

昨日の朝と同じで、眠気もなく、体調も爽やかだった。

すぐに服をつけて、ダイニングキッチンに行った。

だが花島医師の姿はまだなかった。

十五、六分ばかり待った。しかし、いっこうに起き出てくるけはいはない。

八時三、四十分にここを出ればいいと話し合っていたのだから、あまりゆっくりはしておれない。

智一は廊下に出た。医師の寝室になっているはずの部屋は知っている。そのふすまの前に立って声をかけてみる。

何度呼んでも返事がない。

思い切ってふすまをあけてみた。

へやの片隅にベッドがあった。ふとんは寝乱れていた。だが医師の姿はない。

サイド・テーブルに電話機があったので、それを借りて内線で病院の診察室を呼び出してみる。やはり返事はない。

いやなきもちがした。はっきりしたことはつかめない。だが、ともかくこの広い場所に、ひとり取り残されて、何かの罠にはめこまれかかっているような、不吉な気分だ。

ダイニングキッチンにもどって、テラスから庭に出る。

早朝の山の空気は、湿めって、肌寒くさえあった。微かに霧のようなものが、まだ流れていた。

車庫の前に行く。シャッターが開いていた。だが、中のいすゞフローリアンの姿はなかった。

思いすごしかも知れない。だが、何か裏切られたような、欺されたようなへんなきもちだ。

理詰めの行動をしがちな智一であった。だが、今は本能に駆りたてられての行動に変わっていた。

その本能はいっていたのだ。はやくここを出たほうがいい。さもないと、ひどい罠におちこみそうだ……。

ダイニングキッチンにもどって、壁のバスの時刻表と汽車の時刻表を見た。

今は八時四十分だから、もう鶴舞発八時五十分のバスに間に合うはずもない。このバスが乗車予定の十時二分の列車とつながることになっているのだ。

とすると、次のバスの便は？　なんと十時五十分である！

これなら歩いて行っても、時間がありあまる。ここにもう少しいてもいい。

だが、なぜかここにはいたくなかった。

ともかく、ここを出よう。

智一は部屋にもどって、ボストンバッグを取りあげた。

何かバカげたような感じであるが、逃げ出すようなきもちで外に出る。

病院の前に出て、村道に下る坂をおり始めた時、逆にあがってくる人物がいた。さだばあやだった。

あいさつのことばを交わそうとした時、村道のむこうから車が走って来た。空色のいすゞフローリアンだった。

車は病院にあがる坂に首を突っこんだ所でとまった。両側のドアから二つの人影がおりて来た。

ひとりは花島医師であり、ひとりは粟田巡査だった。

医師が見あげながら声をかけた。

「仲城先生、たいへん失礼をしました。とんでもないことが起こってしまって……」

「とんでもないこと？」

「はい」その答をするのは、自分の義務でもあるというように、粟田巡査が答えた。

「実は伊葉吉助さんが殺されているのが発見されたのです。龍神池に、殺されて浮いているのを、苗場のたき婆さんが見つけまして。おいそぎのところを申し訳ありませんが、ちょっと現場まで御足労ねがえませんか？」

サイレンの音が、村の奥から聞こえ、急速に近づいて来た。そういえば、夢うつつの中で、さっきもこの音を聞いたおぼえがある。あれはサイレンが村に入って来た音だったのか……。

疾走する救急車が目の下に現われた。そしてあっという間に、村の出口の方にむかって消え去って行った。

「このライターは確かに、あなたが池の北の岸の草むらで拾ったものだね？」

刑事は節くれだった、短かく無骨な指にライターをつまんでさし出していた。

苗場たきは、龍神の祠の中の奥から外へむかって箒《ほうき》の目をたてていたが、途中で手をとめて腰をのばした。のばしても、まだまがっていた。

「へえ、そうですよ」

「それからこの煙草の箱も、ライターから少し離れた所に落ちていたものだね？」

「へえ」

すでに祠の中は、あらかたの清掃は終ったらしく、新しい蠟燭に、赤い火が新鮮に燃えていた。

狐格子の扉の前の、岩上に置かれた油揚げも真新しい。

呼び出されて、智一がいきなりつれてこられた所が、池のそばの山道をのぼったこの龍神の祠にいるたき婆さんの前だった。その時から、智一はすでに何かがしくまれているらしいと感じていた。

だがいま、刑事にライターと煙草の箱を出されて、智一はもうかなり確実な予感を持った。

智一はむこうからいわれるのがいやさに、自から先まわりした。

「確かにそのライターは、ぼくのものです。そしてその煙草の箱も、ケントといって、ぼくのふだん吸っている煙草です」

「この付近では、こういう外国煙草を吸う者はあまりいないはずで……」

いやなことだが、その次にどういうことが告げられるか、智一はほぼ予測できた。

今は推理小説とはほとんど無縁だが、子供の頃や、学生時代に少しは読んでいる。刑事や探偵が万年筆とかライターを取り出す時は、たいていそれは犯行現場に落ちていることになっている。

智一はまたも先まわりした。

「あなたのおっしゃろうとしていることは、見当がついていますよ。つまりそれらが現場のあたりに落ちていたというのでしょう?」

川名と自己紹介したその刑事は、小背だが、体格がいい。陽焼けした村相撲の横綱といった感じだった。

「ライターと煙草の箱が落ちていたのは、下の池の北岸の草むらです。日の出直後の午前五時少し過ぎです。この苗場たきさんが、ここの龍神様に供物や灯明をあげようと、岸にさしかかって、キラリと光るものや白い色を目に入れて、近づいてみるとこれだったのです。岸に立ったたきさんは、そこで池の方にも目をやりました。するとずっと崖寄りの水面に何か真っ赤なものがあったのです……」

「真っ赤?　血ですか?」

「いや、そうじゃありません。真っ赤に塗られた杭でした」

「杭？　それはどういう意味です？」

「さあ……ともかくその話はあとまわしにして、たきさんの死体発見までの経過を話しましょう。たきさんは杭のようなものが浮いていることはわかりましたが、なぜそれが赤いのか、どうしてそんな所に浮いているのか怪しみました。おまけにその赤い杭のすぐ近くの、やや水面下に別の何かが浮いているらしいことにも気づきました。だが、池の岸からの位置では、よくわかりませんでした。そこでいったい何だろうと、たきさんは、ここに来る山道の半分まで走りあがって、上からよく見ようとしたのです。池ぜんたいを見おろせる、絶好な所があるのです……」

「知っています」

「そしてそこから下をのぞきこんだたきさんは、赤い杭から二メートルと離れていない水の中に、伊葉吉助さんの死体が半分浮いているのを見つけたのです」

「半分、浮いていた？」

「つまり水底よりはかなり上、しかし水面には浮き出ていない状態でした。もしこれが溺死ですと、死体はほとんど水底近くに沈んでいるのがふつうで、これもまた伊葉吉助さんが殺されたことの証明のひとつになるんです……」

「はあ……」

　このへんになると智一は、まるでわからない。

　川名刑事は知識的なことで、大学教授よりようやく優位にたてることに、すっかり元気づいたらしい。調子づいたしゃべりかたになっていた。

「いや、溺死体というのは、肺に水を吸っているので、体の比重が水より重くなって、死亡後しばらくは下に沈むんですよ。ところがオカで殺されて水中に投げこまれた死体は、溺死体のように比重が重くないんです。といって、人体は水面直下にも浮くほど軽くもないので、水底よりはかなり上にくるんです。空気の入っている肺がある上半身を、下半身よりもふわっと浮きあがらせているといったことが多いですな。伊葉吉助さんの死体がまさにそうでした……」

　よき教師は、よき生徒でもある。知識に熱心ということで共通しているからだ。智一は自分のまわりに立ちのぼるきな臭い煙のことさえ忘れて、熱心にたずねていた。

「つまり……吉爺さんは……殺されて水に投げ込まれたというのですか？」

「そうです」

「何で殺されたのです？」

「突き殺されたのです。それもかわった凶器で……さっきいった赤い杭です。いや、杭というより手製の槍ですかな。つまり長い杭状の木の一端を、槍の先のように削ったものです。先刻触れたとおり、死体から二メートルと離れていない所に浮いていました。池の岸に置いてありますから、見てもらいましょう」

『見てもらいましょう』ということばには、気のせいか、別の意味が含まれているようにも感じられる。

道をおり始めようとする刑事に、ちりとりと箒を手に、ぼんやりしていたたき婆さんが、声をかけた。

「旦那、わしはもう帰っていいんかね？　とんでもないことで、龍神様のお掃除がすっかり遅れっちまって、家に帰ってやらねばならんことが、たくさんあるんでの」

それで川名刑事は、初めてたき婆さんの存在を思い出したらしい。

「ああ、どうも手間をかけたね」

たき婆さんを先頭に、川名刑事、智一、いっしょについて来た花島医師、粟田巡査が一列になって道をくだった。

問題の凶器は、山道から池の岸に出てすぐの所に、転がされていた。

少し離れた所に、警察の制服、私服、白衣の男など数人の立ち姿があった。輪になった形で、何かを話し合っている。

凶器は恥ずかしいほどに新鮮な赤い色のペンキで塗られていた。

直径五、六センチのかなり固そうな半乾きの木である。長さは一メートルというところか……。

一方の先端は鉛筆のように削られて、そこだけは生木がむき出ている。しかし、血のどす黒さに汚れている。血とは赤くないことが、ペンキの色との対照で、むやみに目につく。

(図参照)

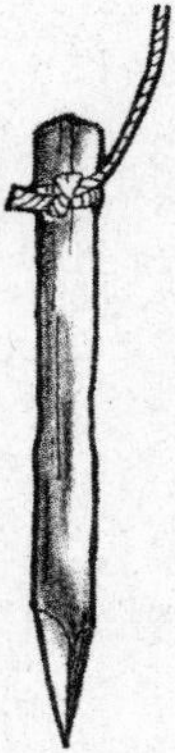

「凶器はこの手製槍のようなものに、まちがいがありません。傷口とぴったり一致するそうです。また血液型も同じでした……」川名刑事は少し離れた所にいる、白衣の検死官らしい男にちらりと視線を走らせながらいった。「どうしてこんなものを使ったかもふしぎですが、もっとふしぎなのはこのひもですよ……」
川名刑事は凶器をとりあげた。とがったほうと反対側の端に、クリーム色の細いひもが結びつけられてあった。ひもは木につけられた切り目にきっちりと食い込んで、厳重にしばりつけられている。

「これはナイロンの編み糸で、トローリングの釣に使うものですよ。モーターボートのうしろから釣糸を出したり、ひきこんだりして、大ものを釣る……。私も少し釣をやるんで知ってるんですが、もちろんあんな金のかかって、しかも重労働のものはやりはしませんがね。しかしこのくらいの太い糸だと、七、八十キロの獲物でもへいきでしょう」

糸は草の上にもつれるようにしてとぐろを巻いていた。かなりの長さである。七、八メートルはあるだろう。

川名刑事はナイロン糸を一メートルばかり、手もとに引っぱりよせながらいった。

「仲城さん、これはいったい、どういう意味なんでしょう?」

見当違いにとれる質問の真意を、智一は理解していた。

こうなると、いささか意地になる。智一は偽悪的にいって見せた。

「捕鯨用の銛《もり》のようですね。池で泳いでいる吉爺さんを、それで刺したとでもいうのですか?」

だが刑事は大まじめだった。

「いや、被害者はオカで殺されたのです。現場はこの岸のあたりでしょう。そして犯行の時、ライターや煙草の箱が落ちたのです……」

「しかもその所有者は私だから、犯人も私だというわけですか?」

「いや、必ずしもそう思っているわけではありません。しかしこういう状況である以上、あなたのお話を聞きたいと思って、こうしてお呼びしたわけです」

「ライターは紛《な》くしたのです。気がついたのはきのうの朝です。あるいは紛くしたのではなく、盗《と》られたのかも知れません。ケントのあき箱になると、何ともいえません。せんぶ吸い終ったものは捨てます。それを拾って利用されるぶんには、ぼくにはどうしようもありません」

「つまりあなたはライターも煙草のあき箱も、誰かが……いや、はっきりいえば犯人が、あなたをおとしこむためにしくんだ罠だというのですか？」

かなりやけぎみの腹だち気分だった。しかし智一はここで慎重になった。

狭い土地である。へたなことをいって、立場をますます悪くしたくない。

「その判断は、そちらにおまかせします。ぼくは身にまったくおぼえのないことです。ともかく吉爺さんは、いつ頃殺されたのです？」

「この辺はあまり人の来ない所だったので、発見されるのが遅れたのですが、きのうのことです」

「きのう？　しかしきのうだったら、午前には、ぼくは吉爺さんを見ていますが？　そう……午前十時四十五分頃ですか、吉爺さんは花島先生の病院に来て、十五分くらいいたでしょうか……。十一時頃に帰って行くのを、ぼくは見ていますが……」

川名刑事は、ちらりとうしろの花島医師に視線を投げた。

「そのことは、先生からも聞きました」

「吉爺さんが殺されたとしたら、そのあとでしょうが、以後はぼくはずっと病院にいました」

「それを証明する人はいますか？」

「それは……あいにくぼくが病院に留守番をするという形になって、ひとりだけだったので……。しかしいくつか電話がありました！　それにはぜんぶぼくが出ているのですから、それがアリバイの証明になるのではありませんか？」

「それらの電話は何時頃あったのですか？」

「最初の電話は十一時十分頃でしょうか……。東京からで、ぼくの知り合いの相原という男です。彼に問いただしてみてください」

「その次の電話は、いつ頃です？」

「昼少し前……十一時五十分という所でしょうか。近在の人らしく、これから行っていいかという電話だったので、三時半から診察再開だと教えました」

「ここの龍神池までは、病院から走ってくれば、五分とかかりません。二十分もあれば、ゆうゆうと往復して、なんでもできます」

　智一は不安になって来た。

　川名刑事の自分への容疑は、思ったよりも強固であるらしいことを感じたからだ。

「それでは午後二時頃にも診察の問い合わせ電話があった、午後三時少し過ぎ看護婦の苗場さんが病院にもどって来た……といっても、何の役にもたたないでしょうな」

「ざんねんながら。第一、その頃になると、検死による被害者の死亡推定時間から、はずれています」

「その検死による死亡推定時間は、どんなものなのです?」

「殺されたのが前日で、かなり時間が経過して発見されている上、オカで殺されて水の中に放りこまれるという複雑な条件も加わって、ぴったりとした時間はいえません。しかし、二十四時間前から十八時間前ということは確かです。検死した時間は午前六時半でした」

　川名刑事はふりかえって、花島医師を見た。

　花島医師は、慌てて答えた。

「私はこういうことには馴れていませんから……とりあえず駈けつけてみただけです。詳しいことは、あの検死官の方が調べられたのですが……」

　花島医師は少し離れた所にいる、白衣の男の方に視線を走らせた。

智一はつぶやきながら計算した。

「二十四時間前というと、まる一日前ですから、前日の午前六時半から十二時半ということですか?」

「そうです。しかし被害者が病院から帰って行く十一時までは生きていたことは確かですから、十一時から十二時半までというのが、犯行時間になるでしょう」

「確かにぼくにアリバイがないことは認めましょう。しかしアリバイがないというなら、何もぼくだけには限らないでしょう」

「しかし、どうやら、犯行の動機もおありのようじゃありませんか?」

刑事のいい方には、針が含まれている調子だった。

「動機が?」

「六日前ですか、確かあなたは正体不明の何者かに襲われたと……この件は署にも報告が来ています」

「そうですが……」

「その時、あなたは伊葉吉助さんのアリバイを調べてくれと、この粟田巡査にいわれたそうです。なぜです? なぜあなたは自分を襲ったのは、伊葉吉助さんと疑ったのです?」

まずいことをいったものだと、くやしい後悔に襲われる。だがもはや手遅れである。

「別にたいして意味があったわけではありませんが……」

「いや、すでに伊葉吉助さんにまつわる、噂を知っていたからでしょう？」

川名刑事は、今はもうあらわに追撃の姿勢だった。

「噂？」

「あなたは二十数年前、疎開中にここで起きた弟さんの溺死事件を調べたいということで、ここにいらっしゃったそうですね？」

「調べるというようなおおげさのものではなく、ただ追憶したいというくらいのきもちで……」

「そうでしょうか？　粟田君、ここで君の調べたことを話してくれたまえ」

川名刑事は敵地に殴りこんだ、素人将棋の飛車のように、居丈高になっていた。

それから比べれば、粟田巡査にはまだ多分に恐縮のようすが残っていた。

「はあ。実は仲城先生に吉爺さんのことを指摘されて、これはどういう意味なのかと、独自に少し調査をしたところ、仲城さんの弟さんの死亡当時、村である噂が流れたことを探知しました……」

「それを話したまえ」

刑事はうながす。

「はい、噂というのは、仲城先生の弟さんの死には、吉爺さんにも責任があるのではないかというのです。吉爺さんは仲城先生の弟さんが、溺死して池に浮かんでいるのを発見したというのが、事件の一応の上べの形だったそうです。しかしその直後から、ほんとうは吉爺さんが仲城先生の弟さんを池に連れて行ったのだ、溺れたのも吉爺さんの監督の不行届きからだ、という噂が流れ始めたのだそうです……」

「つまり、溺死事件がおきた時、伊葉吉助さんはその場にいたが、みすみす仲城さんの弟さんを見殺しにしてしまったというのだな?」

「はい。もっとたちの悪い噂もあったそうです。吉爺さんは、仲城さんの弟さんを、溺死を装おって殺したのではないかというのです。どうしてそんな話になったのか、もう遠い昔のことで、この話を知っている人たちも、その根拠になるようなことは、何ひとつおぼえていません……」

智一はしばらくは声もなかった。

吉爺さんが、弟の死に、何かの形でかかわりあいがあることは、疑いないと思っていた。だが、弟を殺したなどという噂があったとは……。

「仲城先生、私が動機があるといったのは、こういうわけなのですが……」

川名刑事の声は、相手の返事を期待する色にあふれていた。

「しかし私はそんな噂は知りませんでした！」

「そうでしょうか？」

「ほんとうです。ここに来て、何とかして当時のことを知ろうとしたのですが、吉爺さんは頑として話してくれませんでした。そのことは花島先生がよく知っています」

智一は助けを求めるように、花島医師の顔を見た。医師はうなずいた。

しかし、刑事は確信にあふれていた。

「だがこの話は何も吉爺さんの口から聞く必要はありません。山蔵の人で、当時からいた人なら、たいてい知っているはずです。げんにこの粟田巡査も、そういう人たちから話を聞いたのですから」

何と抗弁してもむだのように思われる。智一は少なからずやけぎみのきもちになっていた。

「身におぼえのないことですが、じゃあ、ともかくぼくがその噂を知っていたとしましょう。だからといって、それだけでぼくが吉爺さんを殺しうる動機になるというのですか？」

「それですが……」川名刑事はまた粟田巡査に視線を投げた。「粟田君、電話の件を話してくれたまえ」

「はい。実はちょっと差し出がましかったのですが、当時の噂を聞いてから、仲城先生のいらっしゃる大学の研究室に電話しました。先生がここにいらっしゃった理由を確かめたかったのです。そして、先生は弟さんが事故死ではなく、殺されたのではないかという疑いを持って、ここに来られたことを知りました。何でも先生のお母さんが先日亡くなった時、先生の弟さんは殺されたのだ、必ず復讐をしてくれと遺言なさったそうなのです……」

復讐だの遺言だの、話は大げさになっている。どの段階でそうなったのかはわからない。人間の伝聞などというのは、どこかでこうなるものだ。この世の中には、隠れた名脚本家が無数にいるのである。案外、それはこの粟田巡査かも知れないが……。

智一はしだいに罠にはめこまれていく、自分を感じ始めていた。いったいこの罠の仕掛人は誰なのだろう？　そして何をねらいとしているのだろう？　ぶきみで、腹だたしい。

川名刑事の執拗な追及は、まだ続くところだったろうが、近寄って来た別の私服刑事にさまたげられた。川名刑事に近寄って耳うちを始めたのだ。

二人の目は池の東むこうの方にそそがれ始めた。植林してまだ年も浅そうな小林の中に、数人の人影が慌ただしく動いている。

川名刑事はすぐにそこから目を放すと、草の上に体をかがめた。肥満体だけに、その姿勢は、本人にとってかなり苦しげだった。

やがて刑事は、凶器に結びつけられた釣糸の先端を手にして立ちあがった。刑事の声があがった。

「この糸の先も燃え切れている！」刑事は糸の先端を、智一の顔の前にさし出した。「……いま報告があったのですが、あの林のくぬぎの木の幹に、これとまったく同じ釣糸が結びつけられているのが発見されたそうです。幹から一メートル半くらいのびた所で切れていたそうです。もっとも、切れていたといっても、刃物で切断されたものでなく、焼け切れたものだとわかったそうです。ほら、そしてこっちの釣糸もまた明らかに焼け切れています……」

なるほど、釣糸の先端は、合成繊維が焼けた時に見せる、溶けてちぢれた、独特の小さな瘤《こぶ》を作っていた。

「ともかく、いっしょに見に来てもらいましょう。その木の下のあたりの草は、ひどく乱れていて、血痕らしいものがかなり付着しているというのです」

池沿いの道を東に行く。

問題のくぬぎは、岸から二メートルと離れていない所にあった。

「あまり近寄らないで！　血痕の検査をしますから！」

だれかが声をかけた。

まだ若いくぬぎで、高さも三メートルたらずだろうか。幹の太さも、直径七、八センチにみたないかも知れない。

釣糸は大人の胸の高さあたりの幹に、結びつけられていた。枝や葉にひっかからまりながら、下にさがって、先端は地上の草すれすれの所にぶらさがっている。なるほど、そこも焼き切れたあとがある。

血のついた草のあたりを避けて、川名刑事は木の周囲をまわったり、糸に触ったりした。まわりのようすを見まわしたりもした。当惑していた。そしてその当惑を、智一にぶつけた。

「仲城先生、これはどういう意味です?」

この犯人扱いのことばは、智一をむっとさせた。

「知るものですか!」

「しかし、確か先生の大学でのご専門は、工学部でしたな?」

「それがどうしたというのです!?」

「するといろいろな機械やしかけを作ることも……」

智一は刑事のバカげた質問の意味に、ようやく気づいた。

「くだらない! つまりぼくがその釣糸と木の槍のようなもので、吉爺さんを殺すしかけを作ったというのですか!?　私は工学方面といっても、建築材質の研究のほうでね。メカニックなことは、あまり強くないのです」

「しかし、一般の人よりは、こういうことにお詳しいでしょう」

川名刑事は、都合のいい理屈だけを拾って、いまや思い込んだことを補強しようとしているに過ぎない。こうなると、もう議論では解決できそうもない。

智一は腹だちの居直りだった。

「いいでしょう?　それではぼくがやったとして、いったいどういうしかけだったのか、説明してもらいましょう!」

「私たちは専門家ではないので、そう簡単に解釈はつきません。二、三日、考えさせてください。それまで、どうかここを出ないでください」

「冗談じゃない!　ここに居ようと居まいと、ぼくの勝手でしょう!」

「勝手ではありますが、やはりこちらとしては困ります。もしどうしても出て行かれるというなら、むりにでも逮捕状を請求して……」

智一はみごとに罠にはめこまれたのを感じた。だがその罠がどういう形をしているのか、また誰がしかけたか、すべてにあいまいだった。

それだけに、ぶきみでいらだたしかった。

「……敵の出かたに、見当がつかないところがあったけど、これでしだいにわかって来たわ……」

夕焼けに赤い藤棚の下の椅子に坐って、美緒はいった。智一の電話で車を飛ばして駈けつけてくれたのである。

中庭に乗り入れた車からおりて来た美緒を見た時、智一は大げさでなく、まさに救世主を見る思いだった。

智一は幽閉の息づまる意識に包まれていた。殺人の容疑をかぶせられ、村から外への禁足を命ぜられたのだ。むりもない。

そうなると山蔵のまわりの山も、急に圧迫的なかこいの塀に感じられた。村の人びとは、すべて悪意を持った異邦人として、自分をとりまいているように思われてきた。

その中に美緒が走り込んで来てくれたのである。しかも彼女はいつも以上に上機嫌で、朗らかでさえあった。事件に対して、すでにある確信めいたものを持っているせいかも知れなかった。

その証拠に、智一が助けを求めて電話をした時、彼女は「なるほど、敵はそういう予定だったのか！」と叫んでいる。

「君は今も、それからさっきの電話でも、盛んに〝敵〟ということばを使っているようだが、その〝敵〟というのはどういうことなのだい？　つまり犯人という意味にとっていいのかな？」

「それがちょっと違うんだな。正しくいえば、〝目前の敵〟といったほうがいいかも知れないわ。問題はその〝目前の敵〟と、真犯人のつながりがまるでわからないことなの」

「つながりなんかどうでもいい。じゃあ、真犯人は知っているというんだな？」

「いいえ、そのほうはまるでわからないわ。はっきりしていることは、目前の敵と真犯人が別個に存在するというだけ」

「ちょっと腹がたつね。君はこの前から、わざと謎めいたことをいって楽しんでいるようすがある。昨日の朝、電話をかけたら、『やっぱり早起きしていたのね』とへんなことをいった。追及しようとしたら、何でもないとごまかした」

「わあっ、そんなことをおぼえているの？」

「まだある。夜、レントゲン写真の判定で、頭に異常がないということを報告したら、『へえー、そういうことになったの』という珍妙な返事だ。何かがわかっていたのなら、どうしてこんなことになる前に、手をうってくれなかったんだい？」

「それはむりよ！　まさか敵がこんな手段に出るとは、思っていなかったんだもの」

「また敵か！　じゃあ、その敵のことを教えてくれたまえ」

「それはしばらく保留させて」

「なぜ？」

「第一に、それのほうが仲城さんに危険がなくてすむから」

「危険？　ぼくに危険があるというのかい？」

「だからこそ、このまえ、誰かに襲われたのじゃなくて？」

「それはそうだが……。しかし、どこかで何かピンとこないんだ。やはりこの前もいったように、ぼくはまちがわれて襲われたんじゃないかと思うんだ」

「じゃあ、こんどの殺人で、あなたが犯人の濡《ぬ》れ衣《ぎぬ》を着せられたのも、単なる偶然というわけ？」

「そういわれると困るが……。確かに罠にはめられたような感じがする。佐川君、君の名探偵としての能力を信用するから、はやく真相を突きとめて、ぼくをここから解放してくれ。知ってのとおり、急いでまとめあげねばならぬ研究があるんだ」

「慌てないほうがいいわ。いまここでのことにはっきりかたをつけたほうが、研究のほうも落着いてゆっくりできると思うの」

「何でも知っているような口ぶりだ。その調子なら、さっき話した奇妙な凶器の槍や、釣糸のついた木なども、豊富な推理小説の知識で、すでに何かの解釈がついているんじゃないかい？」

美緒は強く首を横にふった。

「ざんねんだけど、まるで。いくら名探偵でももう少し現場を見たり、いろいろの人間の話を聞いたりしてみなくては、何もわからないわ。今日はもう暗くなってしまったから、明日は朝から大車輪で活躍してみせるわ」

まわりの空気から、夕陽の赤味は減じて、濃紺の夕暮の色になっていた。

6

九月十四日（土曜日）

智一が一番まいったのは、長い取り調べより、ケントの切れたことだった。しかたなく、刑事たちの提供してくれたハイライトをのんだが、これはからくて、いがらっぽい味でしかなかった。これにも閉口した。

しかし午前十時頃から、昼休みの一時間を除いての七時間の訊問《じんもん》には、少しも閉口しなかった。

職業がら、ディスカッションはお手のものだった。というより好むところだったからだ。それに自分は無実だという、明明白白の意識も、智一を強くしていた。

しだいにまいり始めたのは、むしろ刑事たちのほうだった。彼等はしだいに、大学教授などという厄介なインテリを、もて扱いかねるふうになっていた。

これ以上仲城智一を突き崩せず、また新しい事実も取り出せない。刑事たちはそう知ると、今までの証拠だけで逮捕に踏み切れないかどうか、ともかくも検討してみようと考え始めたらしい。

午後五時少し過ぎ、取り調べの中心になった川名刑事が宣告した。

「今日はこれでひきとってけっこうです。だが山蔵にもどって、今しばらくご滞在ねがいます」

「しかし強制力はないでしょう？」

川名刑事は、その肥《ふと》って丸い顔に、むっとした表情を見せた。さっきから何度か見せているものだった。

「ありません。ただもってもらえるものと期待しています」

智一は無返答で立ちあがった。人のことばに返事をしないなどというのは、彼としては珍しいことだった。彼もまたそれだけふきげんだったのである。

まず署員二十名くらいとしか踏めない、ごくごく小さい警察署だった。しかも年代物の木造建築だから、階段をおりても、廊下を渡っても、足音が響いた。

玄関口に出ると、黒皮張りの古びた長椅子に、美緒が坐っていた。

今までのふきげんが、いっぺんに吹き飛ぶ思いだった。

二人は署の前庭にとめた、フェアレディーに歩み寄る。

「ついさっきついたばかりなの」

「まだ山蔵を出るなというんだ」

「しかたがないわ」

「それで探偵としてのご活躍は？」

「龍神池に行ってみたり、上の祠も見て来たり、妙見家の邸跡にも行ってみたわ」

「得るところはあったかい？」

「ええ。だけど、仲城さんの無実を証明するにたるほどのものはなかったわ」

「釣糸が結びつけられていたくぬぎの木というのは、わかったかな？」

「ええ、微かに糸のあとが幹の樹皮についていたから……」

「何かのしかけを考えついたかい？　推理小説にはよくそういう話が出てくるのだろ

う？」

「ええ、メカニックなトリックというの」

「川名刑事は、ぼくが工学が専門だから、そういうことの何かを考えついたのではないかと思っているんだ」

「それならこの土地の人にだって、結びつけられてよ。ウサギやテンをつかまえる罠のバリエーションで、そのトリックを考えたというのはどう？」

「なるほど！　川名刑事にいってやればよかった」

「でもいずれにしても具体性に不足するわね。わかっていることは、木の幹か枝を削って作った槍と、くぬぎの木の両方に結びつけられたトローリング用の釣糸。それから、糸に焼け切れたあとがあるというだけでしょ。これだけの事実では、どんなしかけだったか、何とも推定のしようがないわ。でも、このあたりは、かなり趣味的本格探偵小説好みよ。ポストみたいに真っ赤に塗られた凶器がどういう形でか、あのくぬぎの木にクリーム色の釣糸でとりつけられていたなんて……。ははあ、赤く塗られていたのは、吉爺さんの注意をわざとひくためかな？　ふしぎに思って吉爺さんが近づいてくると……どこかがどうかなって……ああ、ひょっとしたらそこで釣糸が焼け切れたのかな。そうだ、ライターが現場に落ちていたんだ！　あなたのライターが！」

「しかし川名刑事の話によると、そのライターはあのくぬぎからはかなり離れた……二十メートルばかり東寄りの草地の上だったとか……」

「今のところは、まだこの複雑なメカニックのトリックを解明することはだめみたい。でも、ポイントはつかめてるわ。犯人はどうしてそんな手間のかかる殺しかたを、しなければならなかったかということ」

「自分がそこにいないで、殺人をしようとしたのかな」

美緒はその素人っぽい、しかし確かな返事を、誉《ほ》め称《たた》えた。

「御名答。考えられるのはそれくらいよ。つまり犯人はアリバイ作りのために、そんなことを考えたのじゃないかしら……」

二人は車の中に入ったが、スタートさせずに、話に熱中する。

「つまり犯人は事件関係者の中で、むしろアリバイがあった人物ということになるかな?」

「そうかも知れないわ」

「だが厄介なことに、その事件関係者というのが、ほとんど見当がつかないんだ。川名刑事の前ではいいたくないが、事件関係者と目される人物は、ぼく自身と吉爺さんくらいで、そのうち吉爺さんは被害者だ」

「もう少し大きな目で見て、範囲を拡げたら? 例えば花島先生。といっても、先生にはこんどもアリバイがあるけど……」

「なんだ、先生まで調べたのか!?」

「ええ。おととい、先生は十一時五分頃に病院を出たんですって？」

「そのとおりだ」

「じゃあ、ぴったりよ。落合の奥の往診の患者の部落までは十五分くらいかかるわ。私自身が車を走らせてみたから確かよ。先生は十一時二十分頃に患者の家について、十五分ばかり診察をしたんですって。それから患者のすぐ隣の家にいる年寄りの人と碁を始めて……ほんとうをいうと、むしろその方が花島先生のねらいだったらしくて、三時十分頃までザル碁を熱心にうって、慌てて病院にもどって行ったのですって」

「まずアリバイがあるな。君は花島先生を疑っているのかい？」

「いいえ、大きな目で見た事件関係者で、アリバイを持っている人の一例をあげたたけよ。例えば看護婦の苗場さんという人だっているわ」

「彼女のアリバイまで、もう調べたのかい？」

「名探偵ですもの。久留里のお医者さんの所に、十一時頃から十二時四十分頃までいたというのだから、やっぱり完全なアリバイね。ただ花島先生にしろ苗場さんにしろ、いまのところ、吉爺さんを殺す動機がないわ。それから吉爺さん自身のことも調べてみたわ。特になぜ仲城さんの弟さんを殺したというような噂ができたのかを」

「精力的だな」

探偵というしごとに対しての、自分の無能力を、智一はつくづく感じた。美緒は一日のうちに、智一の調べたぶんを上まわるしごとをしている。しかも適確に。

「確定的な事実は出てこなかったわ。けれどあるいはこんなことが関係あるのではないかということが、ないでもないの」

「どういうことだ」

「吉爺さんは結婚したことがあるの。そして子供もいたの。男の子よ。ところが、昭和十七、八年に、病気でなくしてしまったの。小学三、四年生だったというわ。そのあと、奥さんも続けて病死して、ひとりぼっちになってしまったらしいの。それ以後は独身で、ひたすらに妙見家の忠実な男衆として働いて来たというのだけど、仲城さんの弟さんも、亡くなった吉爺さんの子供と同じ歳頃だったということに、何か感じない？」

「つまり、同じ歳頃なのに、自分の息子は死んでしまったというような怒りというか、ねたみというか……そんなものが逆恨《さかうらみ》になって……と考えるのか？」

「ええ」

「だからといって、それで殺すというのは、少し飛躍じゃないか？　人間はそんなに簡単に殺意を抱けるものなのか？」

「一生に一度も殺意を持たなかった人間なんて考えられないわ。時に殺意を持つ人間の方が、正常ともいえるのじゃなくって？」

「それなのに、なぜみんなはそう人殺しをしないんだ」

「殺意を持つことと、実行することの間には画然たる一線があると思うの。普通の人はほとんど反射的に、この線まで来ると、身をひるがえして、あともどりしてしまうの」

「だが一部の人間はそうじゃないというのか？」

「ええ、一線を越えることにひどい抵抗を持つか持たないかの違いはあっても、けっきょく、踏み越えてしまうの。それが殺人者なの」

「踏み越えるか、越えないかの違いはどこから生まれるんだ？」

「持って生まれたものじゃないかしら？」

「遺伝的な性質というのかい？」

「じゃあないかしら。さあ、行きましょう」

外はもうすっかりたそがれていた。

美緒はエンジンのスイッチを入れた。

「美緒君、いっそのこと、このまま東京に帰ってしまおうか？　彼等にそれをとめる権利はないはずだ」

「忠告させていただくと、それは損よ。第一に警察の心証を悪くするばかりよ。第二にここにいることもまた、事件の解決に大いに役立ちそうだということ。第三にそうむりをしなくても、一、二日のうちには、警察はやむなく仲城さんを解放せねばならないようになるかも知れないということ」

「第三の項は、ちょっとはっきりしないね」

「ともかく仲城さんは、いまは重大な研究にたずさわっている、重要な存在よ。そして警察の目をごまかして逃げようなどということは考えもしない、誇り高い紳士よ。そのことを本人の口から主張しても、何の意味も効果もないかも知れないわ。でも、しかるべき筋から、しかるべく主張してもらえば、川名刑事だって、よほど特殊の理由がない限り、そう仲城さんを束縛できるものではないわ」

ようやく智一も、美緒のいおうとする意味がわかって来た。

「つまり君のお父さんとか、もっと上の人を通して、働きかけをしようというのかい？」

「ええ」

「何だか圧力的だな」

「身にやましいことがなければ、恥じることはないわ。それにいまは小の虫を殺して、大の虫を助ける重要ポイントじゃない？」

「それはそうだが……」

「何よ、つい今、このまま東京に行ってしまってもいいといっていたくせに。仲城さんのどこかその優柔不断のところが、ひょっとしたら、こんどの事件にもかかわっているかも知れなくてよ。もっときっぱりしたところがあってほしいわ」

「何だい、その優柔不断が事件にかかわっているというのは？」

美緒はちょっと慌てた。それからいささか強引な調子でいった。

「いま、それはおあずけ。時機がくればわかることだと思うから」

「ともかく君はそうとうな陰謀家だな」

「権謀家、といってちょうだい」

「わかった。じゃあ、しばらくはその権謀家の指示に従おう」

「山蔵に行く前に、この町で夕食をして行きましょう」

「そういわれてみて、腹がへっているのに気づいた。昼飯に、カツドンを、署でごちそうになった。容疑者を自白させるために、刑事のポケットマネーで、そういうのを馳走するという話を聞いた。だが、とても自白したくなるようなしろものではなかったので、ほとんど食べ残したんだ。しかしこんな町で、食べる所があるのかい？」

「さっき町を通って来た時、〝川魚料理〟という看板の出た、ちょっとした料亭まがいの店があったのをおぼえているの」

美緒は車を転がし始めた。

「ああ、それからいい忘れていたけど、黒岩先生から、ちょうど私が病院にいる時、電話があったわ」

「何だって？」

「今の時点での研究経過報告という形でいいから、ともかく連絡してくれと、公団から要請が来たんですって。それでともかく報告しておいたと……」

智一は心にわだかまるものを感じた。だがこれは美緒にいってもしかたがない。

「そう」

智一はできるだけ乾いた声で答えた。

「こちら、仲城さんとおっしゃいますか？」

仲居が遠慮深げに座敷に入って来たのは、食事を終って、ぼつぼつ立とうかと思っていた時だった。時計を見ると、六時四十五分だった。

そうだと答えると、女中は続けた。

「おまわりさんが……粟田さんとおっしゃるおまわりさんが至急会いたいと、玄関にいらっしゃっていますが……」

智一は美緒と顔を見合わせた。あまりいいきもちはしない。

店を出ることをかねて、玄関にむかう。

粟田巡査は、黒玉石をはめこんだたたきの玄関に立って待っていた。

あいかわらずのまじめな敬礼である。

「よくここにいるとわかりましたね」

「いや、見馴れたフェアレディーが門の所にとまっていたので……」

「なるほど」

「このあと、山蔵の花島先生の所にお帰りですか？」

「やむをえずですがね」

答が恨みっぽくなるのはしかたがない。

「実は……」ちょっと口を切ってから、粟田巡査はあたりをはばかるように見て、玄関の隅の方に場所を移動させた。「ちょっと厄介なことがもちあがって……」

その位置からだと、半開きの格子戸から外が見えた。パトカーがとまっていた。薄暗がりでややおぼろであるが、運転席の制服警官のほかに、後部座席に私服の男がいるのがわかった。

よく見ると、川名刑事である。

刑事は智一と目を合わすと、軽く黙礼した。

智一もあいさつを返す。妙なきもちである。

「それで何ですか？　厄介なことというのは？」

いやな予感を抱きながら、智一は問い返した。

「実は花島先生のことなのですが……先日の山蔵での轢き逃げ事件……あの犯人は都会から来たらしい正体不明の男ではなく、実は花島先生らしいと、ほとんど確定したのです」

「花島先生が!?」

「そういわれてみると、確かに花島先生は死亡推定時間の頃に、現場を通っているのです。ただ六時十分頃に、そこを通った時はまだ死体はなかったという証言としてとりあげてしまったので、つい注意からそれてしまいました。もちろん証言としてでしか考えなかったのは、花島先生の村における存在が存在だったせいですが……」

「それがどうして、花島先生が怪しいとわかったのです？」

「被害者の着衣から、加害者の車の破片らしいものが見つかったといいましたが……」

「ええ、聞きました」

「詳しくいうと、車体の塗装の破片と、ウインカーのライトのプラスチック・カバーの破片でした。県警の鑑識課でこれを調べたところ、塗装は空色のいすゞフローリアンのもので、ウインカーのプラスチック・カバーもやはりフローリアンとわかりました。山蔵に入った不明の都会の人間の乗っていた車とはまるで違ったわけです。それで、それに相当する車が山蔵にはないかと内偵命令が来たので、ひそかに調べる……といっても、そういった車は花島先生しか持っていないのです。そこで、それを調べてみると、塗装を上ぬりしたあとや、ウインカー全体を新しくしたあとが歴然で……」

「すると、これから……」

「残念ですが、逮捕に行こうと……。その途中で、この店の前で、仲城先生のお知り合いの車を見つけたので……」

「ぼくもすぐ山蔵に行きます」

「いそいでいるところを、川名警部にむりにとめてもらったので、先に出発しますが……」

「あとからすぐ追いつくでしょう」

智一は通りすがりの女中をつかまえて、すぐ勘定するようにたのんだ。

少し離れたところで、耳をそばだてていた美緒が、せきこんでたずねた。

「ねえ、仲城さん、花島先生の轢き逃げって……それ、どういうこと？　それから不明の都会の人間って、なあに？」

外の道では、パトカーのスタートする音が聞こえた。

「詳しいことは車の中で話すがね、山蔵でぼくの来る二日前に轢き逃げ事件があってね、都会ふうの人間が犯人らしいといわれていたんだ。ところがこれが花島先生だったらしい」

「仲城さんからは事件の話はずいぶん詳しく聞いたけど、そんな話はまるでなかったわ」

「あたりまえだ。弟の事件と何のかかわりあいもないからね」

いそいで勘定を払った智一は、釣銭は不要といいながら外に飛び出た。

美緒のほうが、慌ててあとを追わねばならなかった。

「読めたわ！　それで目前の敵と犯人とのつながりがはっきりわかって、事件の外郭がようやくつかめたわ！」

美緒が声をあげたのは、道が県道をそれて、山蔵に入る一本道にむかう少し手前だった。

「つまり君は花島先生のおこした轢き逃げ事件と、吉爺さんの事件とに関係があるといっているのかい?」

「そうよ」

「どういうわけか教えてくれ」

「それはむしろむこうに行って、花島先生自身の口から聞いたほうがいいんじゃないかしら」

美緒は前の警察の車の尾灯が、山蔵の道に入るのを追いながらいった。粟田巡査たちの乗るパトカーである。町の料理屋から出発してから、五分とたたないうちに追いついたのだ。

「またもや謎めいているが、ともかくしばらく我慢しよう」

別れ道から七、八分で、大柏のなみ婆《ばっ》ちゃまの家の下の村の入口へと入る。それから三、四分で病院だ。

村道からの坂道をあがり、病院の横手の中庭に入って車をとめる。急に虫の声が耳につく。この数日前から、とみに賑やかになったことに智一も気づいている。

車のダッシュボードの時計は七時五十分をさしていた。

ダイニングキッチンにあかあかと灯がともり、外のテラスの方にもあふれ出ていた。

前の車からおりた粟田巡査と川名刑事の姿が、玄関にまわらずに、まっすぐにテラスの方にむかった。勝手を知った村の人たちは、たいていこのコースの訪問をするのだ。

智一たちも車からおりた。テラスの光の中に歩み込んだ二人が、急に何か大声をあげながら、走り始めたのが見えた。

だが二人は上りぎわで、つんのめるようにしてとまる。そして二言三言《ふたことみこと》、声高《こわだか》に声を交換しあってから、慎重なようすで靴をぬぎ始めた。

智一たちも駈け出した。

忍び足めいた歩きかたで、中に入り込もうとしていた二人のうちの川名刑事が、ふりかえって鋭くいった。

「入ってもかまいませんが、中の物を触ったり、動かしたりしないでください！」

二人の姿のむこうに、転倒している椅子が見えた。そのそばの床に、倒れている人の姿があった。

刑事がかがみ込んだ。すぐに声がもれた。

「もうだめだ……」

智一は靴をぬいだ足を、ガラス戸のレールの上に置き、上半身だけをのめりこませるようにしてたずねた。美緒はまだあがっていない。

「花島先生ですか？」

栗田巡査がふりかえっていった。

「そうです。死んでいます……」

刑事が起きあがって、テーブルの上を見た。アイス・バケットやウイスキー壜、つまみの入った幾枚かの皿が散らばっていた。

刑事は手は横にたらしたまま、大きく体をまげて、鼻をグラスの上に持って行った。どうやらとくいのアイス・フロート・ウイスキーの入ったものらしい。

やがて刑事は体をのばしていった。

「濃い水割りウイスキーだな。だが青酸独特のにおいもする……」

栗田巡査がコップから少し離れたテーブル上をさした。

「警部、あそこに何か……」

智一はよく見ようと、無意識のうちに、少し奥に歩み込む。それにつれて、美緒も部屋の中にあがって来た。

テーブルの上のものは、新聞の切り抜きだった。小さな記事らしく、一段ぶんで、横も五センチくらいの長さしかない。

その上に、よく光る黄色い物体の断片があった。

「これは三日におこった、この山蔵の轢き逃げ事件の報道だ！　それからこの黄色い破片は、車のウインカーのプラスチック・カバーだ！」

「警部、ここに何か薬の壜のようなものが……」

栗田巡査が、床の上の絨毯《じゅうたん》にのばそうとする手を、警部がおさえた。

「君、だめじゃないか！　事件現場に立ち会った時の心得を忘れたのか？」

「はあ、すみません。あまり馴れていないもので……」

刑事はポケットから取り出したハンカチで、壜をおおうようにしてとりあげた。市販の風邪薬壜くらいの大きさだった。壜の口はゴム栓である。中に白色の錠剤があった。

「分析してみなければわからないが、おそらく青酸カリだろう」

「警部、すると花島先生は自殺を……」

「おそらくそうだ。栗田君、先生の車庫に忍び込んで車を調べた時、先生に見られたというようなおぼえは？」

「その点はよく注意したつもりですが、見られなかったと断言はできません」

「当日のアリバイを再度調べた時、気づかれたようすは……」

「その点は必ずしも自信はありません。先生としては身におぼえのあることですから、私がいくら注意したとしても、気をまわすでしょうし……」

「けっきょく感づいて、自殺したということかな。この新聞の切り抜きや、事故当時壊れたと思われるウインカー・カバーの破片は、自分の罪を告白する遺書がわりなんだろう」

そばに寄って来た美緒が、智一の耳に鋭くささやいた。

「ちがうわ！」

「何がちがうんだ!?」

智一も鋭く低く問い返す。

「花島先生が自殺ということよ」

「自殺じゃなければ、どうだというんだ!?」

「もちろん他殺よ。殺されたのよ。吉爺さんを殺し、あなたの頭を殴ったのと同じ犯人に」

美緒は自信にあふれていた。

「……すると君が目前の敵と何度かいっていたのは、花島先生のことだったのか？」

「そうよ」

「しかし花島先生が、敵として何をしたというんだ？　ぼくを殴ったのも、吉爺さんを殺してぼくに罪をなすりつけようとしたのも、花島先生じゃないことはアリバイの上から確かだ。それでなぜ敵というのだ？」

中庭の藤棚の下のベンチだった。庭園灯もつけられているので明かるい。

事件発見から、小一時間後のことだった。

光のあふれるダイニングキッチンでは、捜査員や鑑識課員の姿が動いている。

隅の方に小さくなって立っている苗場鏡子や、家政婦のさだ婆やの姿もあった。独り住まいの花島医師である。そこで粟田巡査が気をきかして、二人を呼び寄せたのだ。

「仲城さんが、花島先生を敵と気づかないのは当然のことよ。敵と気づかせないで、仲城先生を思う壺に持って行くことが、花島先生の任務だったからよ」

「よくわからないね」

「仲城さん、シャーロック・ホームズの探偵小説の中に、〝赤髪連盟〟とか〝赤毛組合〟とか訳されている題名のものがあるのを知っていて」

「知らない」

美緒の気むらの話の運びに、智一はいささかふきげんであった。

「赤い髪の人を高給で募集するという広告に、ウィルソンという人が応募して合格するのよ。ところが与えられたしごとというのが、事務所で百科辞典を書き写すというだけの、まったく役にもたたないしごとなの。仲城さん、これ、どういう意味かわかる?」

「さあ……」

「ねらいは実は銀行と背中合わせに建っている、ウィルソンの家にあったの。ある大泥棒が、彼の家の地下室からトンネルを掘って、銀行の金庫に到達する計画をたてたの。でもそれには、そこに住んでいるウィルソンがじゃまでしょ? そこで、たまたまウィルソンが赤髪だったことを利用する計画を、思いついたの。つまり赤髪の人間を募集などといって、ウィルソンを応募に合格させて、昼間は家を留守にするようにしむけたの。そしてその間に泥棒はウィルソンの家の地下室に入って、トンネルを掘り進んだわけなの……」

さすがに今頃になると、夜気も冷え始める。美緒はいささか寒そうに、ショートスカートから出た脚の膝のあたりをさすりながら、話を続ける。

「……仲城さん、あなたはこの赤髪組合の中に出てくるウィルソンなのよ」

「だが不幸にしてぼくの家の裏手は、銀行じゃない」

「仲城さんのばあいは、銀行ではなくて、C=16コンクリート調合設計の欠陥研究よ」

智一はおやという顔をした。

「ずいぶん詳しい名称まで知っているね。だが、まだ君の話はよくわからないな。もっと詳しく説明してほしいね」

「その前に、仲城さんの口からも、研究の概略を聞きたいわ。私にわかる範囲でけっこうだから」

「しかしそれがこの事件と関係が……」

「あるのよ」

美緒の話の展開には、じりじりさせるところがある。だが、好きな道を話すとなると、智一もつい口がほぐれる。

「C＝16調合設計というのは、馬山建設の技術部が開発した、ダム用のコンクリートの材料のまぜかただ。ダムの建設でたいへんやっかいなもののひとつに、コンクリートの水和熱がある。硬化の時に起こる発熱だ。ダムでは大量のコンクリートが打ち込まれるだけに、その熱は高くなる。そして内部で発熱し、表面で放熱してキ裂が生じることも多い。そこで人工冷却装置が設備されたり、わざとキ裂を一定箇所に作るようにし、あとからそれを継ぐというような方法もとられている。ともかくこのために、ずいぶんの費用と手間がかかる。もし発熱量が少なくて、しかも強度も落ちないコンクリート材料があれば、これに越したことはない。だがこれは相反する要求だった。十数年前、馬山建設はこの二つの要求に、同時にこたえるコンクリートの調合法を開発した。つまり発熱量も少なく、キ裂も出さず、しかも強度も落ちないコンクリートだ。馬山建設はこの調合法に特許をとり、以後、いくつかのダム作りに使用して来た……」

「仲城さんは、その調合法に欠陥を見つけたわけね？」

「理論的にね。馬山建設だって、あらゆるテストをして、絶対大丈夫だと確信を持ったから、実用に踏み切ったのだ。だが、実験室内でのテストは、あくまでもやはり実験室内のもので、圧縮強度、曲げ、引張強度、せん断強度、弾性度、耐熱度、耐水度というように、個々のもののテストになって、条件が単純になっている。だが自然の条件は複雑だ。まったく読み切れないほど数かずの条件が錯綜している。

「むずかしい専門的な説明は抜きにして、大ざっぱにわかりやすくいおう。ぼくが疑問を持ったのは、C＝16で作られた重力ダムのばあい、暑さと寒さを反復する条件下では、その温度応力は、その他の外力とからみあって、おそろしく弱いのではないかということだ。ぼくは理論的にそれを計算し、それが原因でもしダムにキ裂が入るとしたら、どれくらいたってからかも算出した。だが、いってみればこれも紙上の計算で、しかも条件の要素だってそうたくさんは入れていない……」

「それでその理論を証明するために、長期間の温度変化の実験を、見本を使って始めたわけなのね？」

「供試体は三沢ダムの打ち込みの際とり出した試験用のコアだ。それに自然下の重力ダムが受けるさまざまの条件を、なるべく現実に近く加えることにした……」

「もし仲城さんの考えがあたっているとしたら、その供試体のコンクリートに、キ裂が入るわけね？」

「そうだ」

「計算の上では、それはいつ頃だったの？」

「九月一日から四日までの四日の間だった。それに追加念認テストと名づけた、念のためのテストを、あとに四日間つけ加えて、九月八日には実験を打ち切る予定だったのだが……」

「計算した予定の四日の間には、キ裂は入らなかったのね？」

「ああ、だめだった」

「でも、もし念のためにくっつけた四日の間にキ裂が入ったら？」

「あるいはぼくの計算に、大きな誤りがあったという可能性もある。ぼくの理論を再検討の余地がまた出てくる」

「もし理論が正しかったとして、現実のダムでそういうキ裂がおこったら、どうなるの？」

「固い物質のキ裂は、いったん入ったらすごい速さでのびる。そして直後に崩壊という危険につながることが多い」

「仲城さんの考えが正しいとして、現実上、そういう崩壊の危険があるダムがあるの？」

「不幸なことにダムというのは、たいてい山奥の寒暖の差のはげしい、峻厳な気候の地に多いとだけはいっておこう」

「いやだな、そういう慎重めいて、実は逃げているような仲城さんの態度は」美緒はきびしい顔つきになった。「でも、きょうは追及するわ。じゃあ、今の実験で供試体に入れている温度や外力条件は、どこのダムのものをモデルにしたものなのかしら？　だいたい見当はついているけど」

智一はいささか渋しぶの調子だった。

「やはり三沢ダムだ」

「そうだと思った。相原さんが仲城さんの所に出入りしていることで、大体はわかっていたけど……。それでもし実験中の供試体にキ裂が入ったとしたら、それから計算して、本物の三沢ダムに崩壊の危険があるのはいつ頃になるはずだったの？」

「遠い未来じゃあない」

「また逃げる。現在か近い未来ではいけないの？」

智一の口は重かった。

「いけないことはない」

「追加の念のための四日の実験期間に、もしキ裂が入っても、同じことがいえるのでしょ？」

「ああ」

「仲城さん、もしダムに突然決壊事故がおこったら、どんな悲劇になるか知っていて？」

「世界ではいくつかのダムの大事故があったとは聞いているが、よくは知らない。また知ってもしかたがないだろう。ぼくはぼくの知っている範囲内での研究をして、結論を出すだけだ」

「さっきもいったけど、仲城さんのそういうところが、逃げているというか、甘えているというか、ともかくいけないのよ。大げさにいえばそういう態度が、こんどの事件をひきおこしたともいえるわ」

「冗談じゃない！　どういう遠因があるか知らないが、風が吹いて桶屋が儲かるの論理だ」

「そうかしら。ともかくダムの決壊事故の話から聞いてちょうだい。きのう、いそいで調べてみたの。世界一被害の大きかったダム事故は、一八八九年におきたアメリカのペンシルバニアのソース・フォーク・ダムの決壊事故で、二千二百人以上の死者が出たそうよ。一九五九年のフランスのマルバッセ・ダムの事故も、五百人の死者ですって」

「よく数字を頭に入れるね」

「規模こそ小さくなるけど、日本でもこういう事故があったの。昭和十六年の六月のことだけど、北海道の幌内川で、完成したばかりのダムが決壊して、六十六人の死者が出たことがあるそうよ」

「それは初めて聞く話だ」

「こういうダム事故の恐ろしいことは、まったくの突然に襲ってくることが多いことよ。その前に、台風があったとか、大雨が降ったとかいう何かの前触れもないこともあるらしいわ。一家団欒の夕食時間、昼さがりの眠たい昼寝どき、決壊したダムからの水の巨大な壁が、ドーンと大衝突をして来て、あっという間に人も家も家畜ものみこんでしまうの。避難も、予防策もあったものでないわ。仲城さん、もし日本でダムが決壊したら、水源から海に出るまで、川の長さが短かい所が多いだけに、たいへんな悲劇がおこるんじゃない?」

「あるいはね」

「そしてもし仲城さんの理論が正しければ、近い未来にそれがおこるおそれが非常にあるのでしょ?」

智一の口調は、鉛のように重くなる。

「まあそうだが……」

「仲城さんは、ほんとうはそれを知っていて、知らないふりをしているんだわ」

「ちょっとそれはひどい言いかただ。もしぼくの考えが正しければ、現在、あるいは近い将来に、危険なことになると思われるダムが、五つか六つあることくらいは知らないではなかった。だが、ぼくの考えは、今のところあくまでも仮説だ。いたずらなパニックをおこしたくなかった。それでぼくはひたすらに研究だけを続けるということで、あとは工学部長である君のお父さんに、すべてをまかせたのだが……」

「そうよ。それが甘えというの。父も昔型の学者だから、それを正しいことだと思って、あなたをかばいだてしているのかも知れないけれど、私はまちがいだと思うわ。社会常識を欠いた変人ほど、昔はほんとうの学者としてありがたがる傾向がないでもなかったわ。でも今はもうそんなことは通用しないわ。社会が巨大化し、それと同時に複雑に組織化された現在では、自分の研究が社会的に持つ役割りも、徹底的に理解した、円満な社会人でなければいけないの」

「例えば黒岩先生のような？」

「違うわ！　黒岩先生は社会に迎合しているだけよ」

「手きびしいな。じゃあ、今評判の心臓手術のW教授などはどうだ？」

「あの人は社会を自分の研究と功名に利用しているにおいが強いわ。現在の真の学者というのは、自分の研究が、この社会でどういう意味を持ち、どう影響を与えるかを確実に認識していなければならないのよ。特に科学者にはそれが要求されるの。ノーベルがダイナマイトを発明したあとで、この世の中に破壊をもたらしたことを悔んだり、アインシュタインが自分の物理理論が原子爆弾に利用されたのを嘆いたりした話はゆうめいだけど、これからの科学者はそういう未来に対しても、責任を持たなければいけないと思うの」

「男には持って生まれた狩の本能がある。つまり一家を支える肉を手に入れるためには、ほかのことはまったく目に入らずに、狩に熱中する本能だ。今は多様化したさまざまの男の仕事がその狩だ。そして男のその狩の精神が、今までの人間の運命を支えて来たんだ。今になってその狩の精神が、人間の破滅に導かれることがあるといっても、どうすることもできないよ」

「でもここまで文化……特に科学が進んだ今は、もう男の狩の本能などとはいっていられないのよ。ほかのことも冷静に目に入れて、狩をしなければいけないのよ。人工胎児が作れるとか、人間の寿命がますますのびるとか、一発で全世界を破壊できる爆弾も可能とかいう時代になって、未来に不安を持つ人たちは科学の凍結なんていうことを唱えているわ。でもそんなことは、あなたがいう男の狩の本能ということを考えてみても、不可能なことはわかりきっているわ。それならば、まだ自分の研究に対して、個々の科学者が社会的に責任を持つということのほうが、はるかに可能じゃない？」

この興奮した論客の弁舌には、ブレーキをかけなければならない。

「美緒君、それでぼくの研究者としての態度に問題があるということと、この事件とどう結びつくんだい？」

「C＝16コンクリート調合法に欠陥があるという、理論的な仮説ができあがった段階で、仲城さんはそれを広く世間に発表することが必要だったのよ。そして、さまざまの声を聞いたり、反応を見たりしながら、しかもそれらに影響されずに、独自に研究を進めなければならなかったの。それをいろいろの逃げ口上に隠れて、自分ひとりでこそこそと研究を続けたために、まちがいがおこったのよ。いいえ、もっと悪いことには、半端な形で馬山建設の相原さんなどには漏らしてしまったからいけないの」

「しかし供試体を手に入れたり、ダムに加わる外力の実際データーを知るためには、そうせざるをえなかったのだ」

「そのために仲城さんの研究は陰湿な状態で、けっきょくはその世界に知られてしまったのよ。しかも実際には仲城さんひとりで研究を進めているのだから、その結果について、何かコントロールできそうだという考えを、犯人に与えてしまったと思うの」

「犯人？　ようやくそのことばが出て来たようだが、つまり犯人はぼくのC＝16調合法コンクリートの欠陥研究を何とかしようとして……つまり〝赤毛組合〟とかいう方法をとったというのかい？」

「そうよ。ウィルソンのあなたを山蔵の村の中に閉じこめておいて、その間に留守の実験室に何らかの工作をほどこしたり、あるいは実験結果を変えてしまおうとしたにちがいないというのが私の推理なの。仲城さん、もし犯人が実験室に忍び込んで、今いった実験結果を変えてしまおうというようなことをしようとしたら、どのくらい手間がかかるのかしら？」

「どのように結果を変えるというのだい？」

「例えば供試体のコンクリートを、ほかの丈夫なものに変えてしまって、キ裂が入らないような結果にもっていくといったようなことだったら？」

智一はあきれた顔だった。

「とんでもないことを考えるね。もしできるとしても、かなり手間がかかるだろう。供試体は一立方メートルの立方体のコンクリートで、二・三トンの重さがある。前のを運び出して、新しいのを運び込むだけでもそうとうな手間だ。

「それから新しい供試体を加力装置にかけるのがこれまたたいへんだ。三沢ダムのもっとも苛酷な力が加わると思われる部分の圧力を計算して、それと同じ力を加えてあるから、圧縮機の力もぴたりとそこにくるように持っていかなければならない。

「だがまだやっかいなことが控えている。供試体には、一定時間ごとに、変化を自動グラフに記録する装置のついた、超音波測定機や放射線測定機がセットされている。こういったものをはずして、再セットしなければいけない。その時、機械はいちじ停止してしまう。その間の停止がないと見せるためには、自動グラフの記録ペンを手動《マニュアル》でうまく改竄《かいざん》しなければいけないだろう。改竄といえば、旧と新とに供試体を変えた時点での、自動グラフの線のつなぎ目も、うまくくっつけなければならない。これまでの供試体に変化はなしといっても、微妙に疲労はしている。新しい供試体もその変化した所から出発しなければならない。また以後の変化もそれをもとにして持続していく必要がある。こう考えると、これには計測機自体をうまく狂わせるほうがいいかも知れない。そうだ。それよりもやっかいなのは、供試体自体の問題だ。C＝16調合法のコンクリートの外部面は、目で見てもほかの普通のコンクリートとかなり違う……」

「さっきの話だと、供試体は相原さんを通じて手に入れた、三沢ダムの打ち込みの時のコアとかいう試験見本だとか……？」

「そのとおりだ」

「じゃあ、まだほかにも同じようなものがたくさんあるんでしょう？」

「ああ、三沢ダムの倉庫の片隅にかなりの数が転がっているとか……」

「それなら、それを持ち出してすりかえればいいわ。C＝16調合法コンクリートは、仲城さんの理論どおり、ほんとうにキ裂が入るとしても、それがおこる前に、また新しいものとすりかえれば、実験の打ち切りまでもつことになるんでは？」

智一の返事は、溜め息といっしょだった。

「君の空想力には脱帽するよ。だがそれだけのことがおこなわれたのだったら、黒岩先生もチェックの時に何か気がつくんじゃないかな？」

「でも黒岩先生のチェックというのは、専門外のことだから、そんなに詳しくないんでしょ？」

「そりゃあそうだ。自動記録装置のグラフを見て、何かの異変が少しでも観察されたらすぐしらせてくれるというだけだが……」

「もしいま考えたような供試体のすりかえがおこなわれたとしたら、どのくらいの時間が必要かしら？」

「むずかしい問題だな。あとからそれを見たぼくや友倉君が、何の異変も感じないためには、そうとう手の込んだ工作が必要とも思う。しかし、まさかそんな信じられないことがおこなわれたとは考えもしまいから、案外、こまかい所は見逃がすかも知れない……」

「大ざっぱなところでいいわ」

「何人でやるかでも話が違ってくる。ともかく一人か二人で、夜の時間にひそかにおこなわれたと考えて……供試体を運び込んだり、手動のウインチですりかえたりするだけで二日から三日、機械をセットしなおしたり、グラフを改竄するだけで二、三日……やはり最低四日はかかるかな……」

「うん、だいたいあってるわ。それで花島先生の日を追っての行動や、あせりもわかってくるわ。ともかく初めの四日間は、あなたをこの村にキープしておくということで、必死の努力を始めたのよ。でも、必死になればなるほどボロが出て、奇妙な行動になってしまったのね。私が最初の手がかりをつかんだのも、あなたが先生の言動にどこか妙なことがあるといったことからよ。でもそれだけでは、あまりに漠然としていたわ。それでその中から具体的なことをとりあげて、ひとつふたつ、調べてみたの。そのひとつは、父に紹介してもらって、きのう、ゆうめいな脳外科の先生を訪ねたこと。つまりあなたの怪我のことについてたずねてみたの。するといくら専門外の医者でも、そういう検診法や処置法は、ちょっと考えられないという返事なの」

「やはりそうか！」

「いくら安静といっても、それでは長い間放っておくというだけで、もし脳に出血や腫脹があったら、手遅れになるばかりだそうよ。ふつうの医者で、もし脳に万が一の疑いを持つなら、すぐに専門医に送るのがあたりまえだそうよ。頭のレントゲン写真というのも滑稽で、レントゲンで頭蓋骨骨折はわかっても、脳の異常まではわからないというの」

「だが、専門医のレントゲン写真判定があったぞ」

「ほんとうにそういう先生が実在したかどうか怪しいものよ。仲城さんは、花島先生が写真を送ったとか、返事が来たとかいう話を聞いただけで、その先生に会ったことも、実在を確かめたこともないのでしょ？」

「それはそうだが……」

「花島先生は上総亀山の駅の前であなたと会った時から、あなたを自分の家に招いて、長い間ひきとめておく必死の大運動を開始したのよ」

「というと……花島先生は偶然、ぼくに会ったのではなくて……」

「そうよ。わざとあなたに会うようにしたのよ。考えてみてもいいわ。いつも車を運転してあちこちに出かける先生が、どうしてあの時だけは車なしで出かけたんでしょう？」

「そういえば山蔵は景色がいい所だとか、じゅうぶん二、三日を過ごせる所だとか、たいした客引きだった。だがぼくは都会育ちの先生が、独り暮しの田舎生活で、ひどく淋しがっているのだと思いこんだ。だからこそいささかずうずうしく思ったが、先生の家に泊ることをすぐ決めてしまった……」

「でもそれから以後は、あまりうまくいかなくなったというべきね。先生はそのあと妙見家の昔話などのおどろおどろの雰囲気でも、あなたの興味をひこうとしたらしいわね。でもクールな理論主義者のあなたには、あまりアピールするところがなかったらしいわね。だからあせりのあまりに、つい龍神池の生贄の話などを創作してしまったのは、これはもう失敗に入るわ」

「なるほど！　それで郷土史に詳しいはずの苗場浩吉氏も、そんな話は知らなかったわけか！」

「本郷先生の残していったというメモや日記の件も、あなたを引き留めるための手段だったと私は思うの」

「つまり、そんなものは実在しなかったというのかい？」

「ええ。どこまで計算してそんなことをいったのか、はっきりしたことはわからないわ。その場で思いついたという感じが強いみたい」

「確かにおかしい話だった。納戸のどのあたりで見たかくらいは記憶していいはずなのに、それもひどくあいまいなのだ。ぼくにもだんだんわけがわからなくなってきた……」

「そして最後の弁解に、盗まれたということにしたのは……これはある意味では怪我の功名というか……予期せぬ角度から、事件に真実味をつけ加えることになったみたいね。もし盗まれたとすると、あなたの弟さんの死の真相を知られることを、たいへんおそれている者が実在しているという感じを作ることになったからよ」

「確かにぼくも今までそう思っていた」

「先生は落着かないきもちだったでしょう。そんな折も折、あなたが月曜に帰る予定をくりあげて、日曜にするなどといい出したから、先生はますますあせり始めたにちがいないわ。六日の金曜の夜に、あなたが通りがかりの廊下で漏れ聞いたという、先生の『……いっしょうけんめいやっていますが、そんなに長くは……』ということばは、電話のむこうの人物に、もうこれ以上長く、あなたをひきとめておくことはできないという哀願だったのじゃないかしら？」

「そうか！　医者だったので、ついぼくはそれを別の意味に聞きとってしまったが……。思い出すと、それ以後も何度か先生は何か理由をつけて、診察室に行って電話している。あれは、そのたびに謎の人物に連絡をつけて、相談をするためだったんだ」

「ええ。それからその人物にあなたの村での行動や調査の進みぐあいを報告することも、命じられていたのよ。あなたのボストンバッグを調べたり、山道であなたを尾行したりしたのも、そのためだと思うわ」

「それらは花島先生のやったことだというのかい？」

「ええ」

「わかった。じゃあ、ききたい。背後で花島先生を操っていた謎の人物とは誰なんだい？」

「それはさっきもいったようにまったく不明。でもあなたを赤毛組合のウィルソンにしておこうとしたほんとうの敵……おそらくはあなたを襲い、吉爺さんを殺した犯人だと思うの」

「しかしなぜ花島先生は、そんな男に操られていたのだ？」

「そこよ。そこのところがよくわからないので、私は目前の敵と犯人とのつながりがわからないといったの。でも、今ははっきりしたわ。つながりは轢き逃げ事件よ。つまり犯人は花島先生のおこしたその事件を目撃して、それを種に、自分の指示通りに動くように脅迫していたのよ。緑色のしゃれた車に乗った都会風の男が、事件の頃に現場ふきんを通ったことはまちがいない事実でしょ。そしていまはその人物が轢き逃げ事件の犯人でないことははっきりしているわ。としたら事件の目撃者になりうる可能性が、じゅうぶんあるんじゃないかしら？」

「というとその男が吉爺さんを殺したり、ぼくを殴ったりした犯人だというのかい？」

「ええ。変装とはいえないかも知れないけど、色眼鏡をかけたり、帽子をかぶったり、かなり自分自身の正体を隠そうと努力しているところがあるわ」

「待ってくれ。すると君はここでこんど起こった事件は、弟の死とはなんのつながりもなく、ぼくの研究に工作をしようとした誰かがやったことだというのかい？」

「そうよ。こんどのここでの事件は、弟さんの死から始まったのではないのよ。あなたが弟さんの死の真相を調べに行くと、人に語ったその時から始まったの。あなたの研究を何とかしたいと前からねらっていた犯人は、あなたの留守を利用して、うまく自分の目的をはたすことを思いついたの。そこであなたが来る前にこの山蔵にひそかに現われて、いろいろとようすをさぐったんだわ。そしてたまたま花島先生の自動車事故にぶつかったの。このあたりはまったくの想像でいうほかはないけれど、ひょっとしたら花島先生は、轢き逃げしようとは考えなかったかも知れないわ。そこを犯人が目撃者の自分さえ黙っていれば何もわからないことだと、気弱な花島先生を引き込んだのではないかと考えるの。あるいは先生はその時、かなり酔っていて、それもまたひとつの弱味になったかも知れないわ」

「その可能性は強いね。先生はかなりの酒飲みだった。そして職業上、晩酌中でも、病人が出たら、車を運転していかなければならぬことだってあることを、ぼくは実際に観察している……」

「考えてみると、このへんは医者の抱えている一つの悩みね」

「それで思い出すんだが、花島先生は、げんに酒で身をほろぼしつつあるかも知れないと、かなり虚無的にぼくにいったことがあるんだ。あるいはそれはまったく別の意味でいっていたのかも知れない」

「ともかく自動車事故のばあい、警官のこないうちに現場を立ち去ったら、もう轢き逃げよ。先生はずるずると、どうしようもない立場に追いつめられて、犯人のいうなりにしなければならなくなったの」

「つまりぼくを自分の家にうまく招待して、できるだけ村に長くひきとめておくことを要求されたんだな」

「その間に、犯人は大学の実験室に忍び込んで、毎晩、すりかえ工作を始めたにちがいないわ。さっきの話を聞くと最低四晩はかかるというから、仲城さんがここに来た日の夜からかぞえて四晩たった翌日が月曜で、まずぎりぎりに間に合うという計画だったのでしょう」

「どうして犯人はすべてを運命にまかせて、実験打ち切り日までほうっておく気にならなかったのだろう？　ぼくの計算の上でのキ裂予定日はもう過ぎていた。あとの追加念認テストでキ裂が入る可能性も、ほとんどないといってよかったのに……」

「そのへんが、もうひとつはっきりしないんだけど、ともかく犯人は初めからあなたの研究をどうこうしようと考えていなかったことは確かね。たまたまあなたが研究室を不在にするということから、絶好のチャンスと急に飛びついたのだと思うわ。念認テストでキ裂は入らないと思っていても、やはり不安だったところに、チャンスが転がり込んで来たので、あえてそれに賭けたというのじゃないかしら？　ところがこの計画はいったん始めたら、もうひっこみがつかないものだったの」

「確かにそれはいえる。途中でやめたら、あちこちにその証拠が残って、工作がばれてしまう」

「そこで犯人は時間をのばしに、非常手段に出たのか？」

「いったん悪に踏み出した者が、ほとんど必ずといっていいほどたどる道というのかしら。だんだんぬきさしならぬ所に追い詰められていくわけ。でもこれで犯人があなたをひどく殴るというだけで、殺しはしなかった意味もはっきりしたわ。殺す必要はなかったからなのよ」

「しかし犯人は、なぜあの夜、わざわざこの山蔵に来たのかな？　花島先生に命令してぼくを殴らせてもよかったとも思うが？」

「弱気の花島先生では、それを実行できるかどうかも危ないと思ったのよ。それに万が一犯人の疑いが先生にかかったら、すぐに陥落して、命令した犯人のことまでしゃべってしまうにちがいないわ。そこで犯人は、まちがってもそんなことのないように、花島先生にはむしろちゃんとアリバイがあるように行動しろと、命令した形跡もあるわ」

「あの夜、友人のうちに碁をうちに行くといっていたのがそれか！」

「ところが急に産気づいた妊婦さんか何か出たんでしょ？　もちろんこれの方がアリバイとしては固いので、先生はそこに飛んで行ったのよ。また犯人は花島先生に殴られたあなたの怪我をできるだけオーバーにいって、山蔵にひきとめておくようにも指示したの。それが奇妙な検診や、見当ちがいのレントゲン写真になったりしたわけよ。毎日、遅くまで眠ってしまって、寝起きの体調が悪いというのも、実は先生の工作よ」

「あれもかい？」

「あなたは先生の指示で、寝る前にガラスの管瓶に入った錠剤を一つのんでいるといったでしょ？　調べてもらったら、あれはかなり強い睡眠薬だったのよ」

「調べてもらった……？」

「実をいうと、おとといここに来た時、あなたにその薬のことを聞いて、どこかおかしいと思って、中身をそっくり入れかえてしまったの。車のグローブ・ボックスに、色も形もとてもよく似ている栄養剤があるのを思い出したの。それでケントを取りに行くといって車に行って、その薬も持って来て、あなたの隙を見て、入れ換えてしまったのよ」

「すばしっこいね」

「東京に帰って、入れ換えた錠剤を調べてもらったら、睡眠薬とわかったわ。脳外科の先生に投薬の方法として、そういうことがあるかと聞いてみたら、ナンセンスだというの。いや、脳の後遺症のことを心配しているのなら、ほんとうの症状がまぎれてしまうから、のますべきでないというの。つまり花島先生はわざとそんなものをのませて、症状が必ずしも予断を許さないという状況を作りあげたのよ。だから私が薬を入れ換えた翌日、あなたが朝早くすっきり目がさめたのは、あたりまえなのよ。このことで私は、花島先生があなたを山蔵にしばりつけているという意図を、はっきり確信したの……」

「しかし、それが……」

「待って、そのあとのことも、ともかく一気に説明させて。あなたを襲うことで犯人は、どうやら滞在引き延ばしに成功したように思えたのに、ここでまたとんでもないことがおこってしまったの」

「学校閉鎖か？」

「状況から考えて、犯人はあと一晩か二晩の工作の必要を残して、学校閉鎖にあってしまったというのが私の推理よ。閉鎖が長びけば、そうあなたの怪我もごまかしてはいられないわ。そして解除になったら、すぐあなたが飛んで帰ってくることは疑いないわ。ところがその解除が、また急におこなわれたのだから、犯人は慌てたにちがいないわ。そこでこんどは思い切った手段に出たのよ」

「吉爺さんを殺して、その罪をぼくに着せるということか？」

「そう。犯人は花島先生から、あなたのここでの調査の進みぐあいを逐一聞いていたはずだわ。だから、あなたをうまくはめこむ計画をたてるのは、簡単だったと思うわ」

「じゃあ、犯行現場にあったライターとかケントのあき箱は……」

「もちろん、花島先生を通じて手に入れた犯人が、わざと犯行現場に落として行ったものにちがいないわ。でもこれで花島先生は、あまりに知りすぎていた男になってしまったことは確かかね。小心の先生がいつ崩れて、ことの真相をぶちまけてしまうかわかったものでないわ。そこで犯人は先生もまた始末してしまうことにしたの……」

「つまり花島先生は自分で毒をのんだのではなく、犯人に毒をのまされたというのかい？」

「ええ。さっき検死の人の話をちらりと聞いたのだけれど、死亡推定時間は、私たちが発見する一時間前くらいだそうよ。犯人は花島先生とダイニングキッチンで話し合っていて、隙を見て先生のウイスキーに毒を入れたにちがいないわ。青酸カリはウイスキーには水ほど溶けないそうだけれど、においがわからなくなるのには絶好だそうよ。おまけに話に聞くと、先生はすごく濃い水割りが好きだそうだから、何の疑いもなく飲んでしまったのだわ。あとは簡単よ。青酸カリの入った壜を下に転がしておく、あらかじめ用意しておいた、轢き逃げ事件の記事の切り抜きや、ウインカーのライトのプラスチック・カバーを机の上に置いておく……。プラスチック・カバーの方は、犯人が轢き逃げの時、花島先生を脅迫する動かぬ証拠として、とっておいたものかも知れないわ。つまり犯人はそういうもので、それが花島先生の遺書がわりだと思わせようとしたのよ」

「死ぬ気のない花島先生に、遺書を書かせるわけにはいかないからな」

「そうよ」

「よし、警察にそれを教えよう」

「待って。今はその時ではないわ。何事も時期ということがたいせつよ」

「わかったようなことをいうね。つまりは花島先生他殺説を証明づける、確かな証拠に欠けているからじゃないか?」

「そこで今、その証拠を、あのダイニングキッチンに行って、おさえようと思うの」

「どういう意味だい?」

「さっきあそこから出て来る時、これはと思う物があったの。これから行って、捜査員の人に、それを証拠として押収してもらうわ」

美緒はベンチから立ちあがると、ショートスカートの裾を引っ張った。引っ張って長くなるというわけでもないのに……。

「何か名探偵の自信があるね。その調子なら、一番重要な問題である真犯人もかなり見当がついているのじゃないか？　ぼくが読んだ数少ない探偵小説の中にも、そういう探偵がいたぜ。犯人の目星はついているのだが、もったいぶっていわないのだ」

「そのくらい気障《きざ》をやってみたいんだけど、ざんねんながらそのほうは皆目見当がついていないの」

「しかしぼくの研究の妨害をねらっているというなら……かなり対象は限定されるのでは？　馬山建設の人間とか……」

「馬山建設のライバルの大泉組とか……」

智一は眉をひそめた。

「わからないな……。大泉組にしたら、C＝16調合法に欠陥があるというぼくの仮説が、正しいと出たほうがいいんじゃないか？」

「そのへんが複雑で、私にもまだ考えきれないの。仲城さんの実験結果がどう出るかにもよるだろうし、ほんとうのところ誰がどういう結果を望んでいるかもよくわからないし……。関係者がどういう利害関係で結びついているかも、実際のところはわからないんですもの。だから、学校の人たちだって、みんなじゅうぶん容疑者になりうるわ」

「学校の人たちというと、友倉君とか……」

「黒岩先生とか……」

「黒岩先生!?」

「そうよ。黒岩先生は大泉組の技術顧問をしているのをごぞんじ?」

「知らない。しかし顔の広い先生だから、そうであってもおかしくないが……」

「そして実験室のすりかえをおこなうとしたら、もっともやりやすい立場よ」

「まさか君は……」

「ええ、疑ってるわ。数多い容疑者の一人だけど。そのほか灰谷先生、仲城先生の所に出入りしている馬山建設の相原さん……いっぱいいるわ。どうもそのへんのことが、まだとても考えきれないの。ひと晩、ゆっくり考えさせて。そして次の方針をたてるわ」

女名探偵は、光の中に人影がちらつくダイニングキッチンの方に、歩み去って行った。

7

九月十五日（日曜日）

「……これがあんたが証拠品として押収しておいてほしいといわれた、ダイニングキッチンのマガジン・ラックにあった新聞です……」

川名刑事は机の上に、毎朝《まいちょう》新聞の朝刊を置いた。

きょうも晴れていた。陽射しももうきつくない。署内は昨日とちがってひどく静かである。日曜のせいかも知れない。警察には土、日曜はないという。とはいえ、日曜はやはり休みの日にはちがいない。

こののどかなムードに、殺人の容疑をかけられているという智一でさえ、何かのんびりしたきもちになっていた。

川名刑事にも、きのうのような攻撃性がない。きのうはもう一人いた刑事が、きょうは欠けているせいかも知れない。

ただしきょうは、刑事はふきげんだった。智一をこれ以上追及する手だてがないと知ったためだろうか？

それとも今まで展開された、佐川美緒の吉爺さん殺し犯人別人説、花島医師他殺説に、あてられたせいだろうか？

「四日の朝の同じ新聞の別版は手に入りましたでしょうか？」

美緒は川名刑事のむっとしたようすなど、まるで感じていないようだった。

「C版とD版というのが手に入りましたよ」

川名刑事は引き出しを開け、新聞を机の上に置いた。いささか乱暴だったので、飲み残した番茶の茶碗の中に、その端が浸った。

美緒はこのてきぱきしたビジネスライクの調子で、きのうの夜も、ダイニングキッチンの捜査員に、証拠品の新聞の押収や、別の新聞の調達を頼んだにちがいない。

美緒は証拠品となった新聞の一枚を取り出して開くと、裏表にしばらく目を走らせた。

それから刑事の目の下のテーブルに大きく開いた。

「刑事さんは、これに気づかれましたか？」

刑事は新聞を呆然と見た。

「気づかれた……というと……何か……。別に何もないようですが……」

「これは花島先生の所にあった九月四日の朝刊で、ほら、ここに山蔵の轢き逃げ事件が、小さく報道されています」

「そのとおりですが、それが……」

「花島先生が轢き逃げ事件の記事を切り抜いたのなら、なぜここに穴があいていないのでしょう?」

刑事は瞬間ためらい、それからすぐさま答えた。どこか対抗意識に燃えている調子があった。

「よその家の新聞から切り抜いたんでしょう」

「自分の家に同じ新聞があるのにですか?」

「ひょっとしたら、花島医師は同じ新聞を二通とっていたのではないかな? 住いと病院とに。ほら、病院の待合室などには、よくそういう新聞が置いてあるじゃありませんか?」

川名刑事は、この思いつきに、悪くないという顔になった。

「きのう、婆やさんにききましたが、そういう事実はないそうです。とっているのは一通だけだったということです」

「では近所とか、知り合いの新聞から切り取ったのでしょう」

「花島先生は轢き逃げの罪の意識におびえていたはずです。そういう先生が、知人の家から新聞をもらったり借りたりして、人の注意をひきおこすようなことをするでしょうか……?」

美緒はちょっと口をとめた。だが、刑事が何かをいおうとすると、それをおさえるようにして、また続け始める。どうやらしゃべる技術になると、美緒の方がはるかに上手《うわて》だった。

「……それにその切り抜きは、近所の人たちの新聞から手に入れたものでないという証拠もあるのです。きのう、テーブルにあった新聞の切り抜きは、ここにあるでしょうか？」

「あるにはありますが……」

「ちょっと持って来ていただきたいのです」

川名刑事は、このてきぱきした都会の娘のペースに、完全に巻き込まれていた。いささか不承不承《ふしょうぶしょう》のようすはあったが、立ちあがった。

木の階段に音をたて下におりて行く。どうやら証拠品として、階下の金庫にでもしまわれていたらしい。やがてマニラ紙の書状封筒を持ってもどって来た。

刑事は節くれだった短かい指で、封筒からスクラップをつまみ出した。美緒の前に置く。

対照的なすらりと長い指がそれを取りあげて、裏をかえした。

それからその指は、証拠品の新聞にのびて、その裏をかえした。

それから最後に、刑事が用意したというC版、D版の新聞にのびた。

美緒の親に微笑が浮かんだ。快心の表情があった。

「刑事さん、このスクラップの裏の所を見てください。この裏はスポーツ欄だったらしくて、何かテニスの記事のようなものが書いてありますわ。地方の社会記事の掲載される紙面の裏は、ちょうどスポーツ面になっているんですね」

「それがどうかしましたか？」

川名刑事はふきげんを隠さなかった。

「ところがこの証拠にしてもらった新聞の、轢き逃げ事件記事の裏を見てください……ちょうどここにあたります……」美緒は手前の左手の人差し指の先と、むこうにまわした右手の指先とで、新聞をはさんだ。「……スポーツの記事は出ていることは確かですが、テニスの記事ではありません。何かゴルフの記事のようです……」

刑事の目が机のスクラップと、鼻先にささげもたれた新聞との間を、何度か往復した。

「なるほど。で……それが？」

「つまりスクラップは、ここにある版のものから切り抜いたものではないのです。証拠の新聞はA版です。山蔵は山の奥の方にありますから、やはり一番早刷りの版が輸送されるのですわ。でも、スクラップの裏はA版と一致しません。ですから、それ以後のもので、組み替えがおこなわれた遅版のC版かD版のものではないかと思って、いま調べてみるとやはりそうでした。D版のものとぴったり一致するのです。刑事さん、おかしいですわ、花島先生が手に入らないはずのD版のスクラップを持っているなんて……」

川名刑事は黙った。やがてむっとした返事があった。

「それじゃあ、花島先生は何かの拍子で、その遅版の配達される地区の新聞を手に入れて切り抜いたのでしょう？」

「何かの拍子というのは、どういう拍子です？」

「そんなことは私にはわかりませんよ」

「それになぜ自分の所にその記事の新聞があるのに、わざわざ別の新聞から切り抜いたのでしょう？」

刑事は美緒のからみかたに、とうとう腹をたてたようだ。多分にやけぎみだった。

「わかりました。つまりあなたはこのことを、さっきから主張されている花島先生他殺説の裏づけにしたいというのですね？　つまりその切り抜きは、先生でない別の人間が作ったものだと？」

「そうです。刑事さん、花島先生が自殺なら、どうして簡単なメモていどでもいいというのに、遺書を書き残さなかったのでしょう？　スクラップ記事と事故の時に壊れた品物をテーブルの上に置くだけですませるというのは、不自然ですわ。犯人が自殺の状況を作るために、苦しまぎれに遺書がわりに置いたものとしか考えられません」

「いいでしょう。ひとつの考えかたとして、花島先生は自殺ではなく、他殺だという見かたもあるとしましょう」

「とすれば、その犯人は吉爺さんを殺した犯人と同一と考えるほかはありません。それ以外に花島先生を殺す動機を持っている人間はいないからです」

「つまり、花島先生は真犯人にあやつられていた人間で、そのことに関係して殺されたというのですか？」

「おそらく、あまりに知りすぎていたためでしょう」

「そんなものですかね」

刑事は故意に気抜けしたような答えかただった。

「そして吉爺さん殺しと花島先生殺しが同一人なら、仲城さんの無実は、もう自動的に証明できるわけです」

「へえー」

「だって仲城先生は、花島先生殺しの時には、確かなアリバイがあるんですもの。死亡推定時間が、発見の一時間前といえば、仲城さんはちょうど町の料亭の玄関で、粟田巡査と話していたところです。そしてあなたも、それを見ていらっしゃいました……」

川名刑事はあっけにとられたように、わずかの間、声もなかった。それから皮肉っぽく返して来た。

「そういうことになりますかね。ともかくあなたが仲城さんを弁護なさるきもちはわかりますよ。そこでそのきもちを汲んで、一応東京に帰っていただいてもけっこうということにしましょう。必ずしも私の本意ではないんですがね、何か重大な研究を大学でなさっているとかで……」

どうやら美緒の権謀家としての手腕が、効を奏し始めたらしいけはいが感じとれる。

「私が身元引受人になりますからご心配なく」

美緒の多分にふざけた調子も相手には通用しなかった。

川名刑事は彼なりの権力に対する反抗の怒りの色を、ことばに示した。

「私としては不本意なんです。だが、警察もひとつの組織ですからね。上からこうしろといわれれば、従わないわけにはいかないのです」

妙な圧力で、自分が解放されるのでは、智一としても不本意であった。

だが今はそんなきれいごとにこだわっている時ではなかった。

ともかく一刻でも早く東京に帰りたい。大学の実験室に行って、美緒の推理の真実性を確かめたい。

智一は意気ごんで刑事にいった。

「実験室に行って、ぼくが細心に供試体や計測の自動グラフなどを見れば、研究に不正な工作がほどこされているかどうかはすぐわかります。もしほんとうにそうだったら、佐川君の推理は正しいといえるでしょう……」

美緒がそのあとを続けた。

「……そうなったら、犯人がどういう範囲の人かも、あるていどおしらせできると思いますわ。ともかく気がかりのことでしょうから、毎日、連絡します」

川名刑事はむっとした調子だった。

「こちらからも、必ず連絡がつけられる所を、教えておいてください」

「ぼくの大学の研究室と自宅の電話番号を教えましょう」

美緒が続けていった。

「私のいる大学の事務所と、自宅の番号もお教えしますわ。もし仲城さんに連絡がとれないようだったら、私にどうぞ。私が責任を持ちますから」

二人はそれぞれに電話番号を教えると、立ちあがった。

川名刑事は太い腕を組んだまま、椅子の上で不動だった。

車は三百メートルばかり続く、両側に赤土の壁を露出した切り通しを脱けた。道は下りとなって、山間《やまあい》に開けた畑の中へとくだり始める。

やっと町を出たのだ。

それが美緒に、解放感を与えたらしい。ようやく口が開かれた。

「きのう保留しておいた、仲城先生の研究をめぐる利害関係だけど、大体のまとめはついたわ」

「話してくれたまえ」

美緒以上に解放感を味わっていた智一であった。解放感というよりは、捕われの身から、自由となったという感じだった。

だがまだ追尾の手がうしろからひっぱっているような感覚が残っている。もう一度もどってほしいと、いつうしろから引き止めが、来ないとも限らないという気がする。それだけに百メートルでも、二百メートルでも、ともかく川名刑事のいる警察署から遠くに離れたい思いだった。

さいわい美緒は、快速と軽いハンドルさばきで、車を走らせていてくれる。

「仲城先生、きのう、私たち、なぜ犯人がほとんど結論は出かかった九月四日過ぎになってからでも、研究に工作をしようとしたかということで、ちょっと話し合ったでしょ？」

「たまたまぼくが山蔵に行って、実験室を留守にするといった、絶好の機会が、鼻先にぶらさがったからだ」

「でも、もうひとつ大きな理由があるの」

「どんな？」

「研究の結論ひとつで、莫大なお金のかかった国家的な事業のひとつがどうなるかがきまるからよ。そして、仲城さんは、うすうすそれを知らないでもないはずよ」

「ぼくが？」

「そうよ。じゃあ、公団からはじめに九月十三日と日を区切って、研究結果報告を求めて来たのを、仲城さんはどう考えているの？」

「それはただ……危険があるのなら早く知って、手をうたなければならないと……」

智一の返事はいささか怪しい。

「でもそれなら〝可及的速やかに〟……ということばがあるんですって……そういう速やかさで返事をしてほしいという要求があるんじゃないかしら？　公団やお役所って、どんなことにも認識が甘くって、スローモーションで、ほんとうのところ、仲城さんの研究にどれだけ緊急の危険性を感じているか、わかったものではないわ。日を区切っての結果報告を求めて来たのは……別のことがあったからよ。はっきりいいましょう。父からこういう話を聞いているわ。こんど岐阜県の恵那郡に鳴川ダムというかなり大規模な多目的重力ダムが建設される予定で、馬山建設と大泉組がその請負ではげしく争っているんですって。そしてその入札の日が九月十六日……といえば、あとは詳しくは説明しなくてもいいでしょ？」

「馬山建設が新しいダム建設をするかも知れないという話は、相原君からちらりとは聞いていたが……」

「そうでしょ。それから、そのほかにも、何かそれらしいことで、さまざまの人が父のもとに出入りしているくらいは、仲城さんでも気づいていたはずよ。それなのにあなたは、学者は研究のための研究をしていればいいと、知って知らぬふりをして……」

「わかったよ。君の学者健全社会人説は、きのうたっぷり聞いた。確かにぼくはその新しいダム建設で、馬山建設やその他の土木会社が何か運動していることも、薄うす知っていたと告白する。だがそのことから、犯人はぼくの研究に、どういう工作をしようとしたのだね？　君のきのうの話だと、新しいものとすりかえて、キ裂が入らないという説を、完全にしたかったのだというふうに受け取れるが？」

「ストレートな考えとしてはね」

「としたら犯人は、馬山建設か、または馬山建設に関係ある人間というのかい？」

「でも、C＝16調合法に欠陥があるのではないかという話は、工事発注の公団も、それからこの業界一般も、もう非公式には知っていることよ。だからこそ公団から、結果がわかりしだい、至急通報してほしいといって来たのよ」

「としたら、あるいは馬山建設としては、欠陥があるなら欠陥があるとして、至急その方法で作られたダムに、緊急設備や処置、補修などを加える。そして新しい工事はC＝16を使用しないという前提で入札すると宣言したほうが、いいんじゃないかな。ともかく出すべき膿《うみ》は出してしまおうという考えかたのほうが正しいと思うね」

「そのとおりよ。とすればキ裂は起きないという結果を望むのは、むしろ大泉組の方よ。ほんとうはキ裂が出るものを、そうでないということで、馬山建設がこんどのダム建設を落札してしまったら、どうなるのかしら？　つまり落札した見積りは、C＝16調合法によるものなの。そしてそのあとで、この調合法の欠陥がわかったら、これは契約キャンセルは決定的よ。むしろこれの方が、確実に大泉組の勝となると思うの」

「そういうことかな」

「でも、これをもうひとつひっくりかえしてみることもできるわ。ほんとうにキ裂は入らないという確証がとれるなら、やはり馬山建設にとっては、それのほうがありがたい話にきまっているわ。欠陥ダムに緊急に処置や修理を加えるといっても、そう簡単にはできないのでしょ？　それに費用もたいへんなのでしょ？」

「それに処置法や修理法自体が、そんなにすぐには考え出されないかも知れない。場合によってはダムの水を抜いて、使用中止ということも考えられる……」

「だったらたいへんだわ。会社の受ける損害もたいへんだけど、水とか電気とかいうことで、社会機能が一部麻痺してしまうこともおこるのでは？」

「ありうるかも知れない」

「としたら、とりあえず今の危険を避けて、先の危険に賭けるほうがいいという考えも出てくるんじゃないかしら？」

「あるいはね。しかしそうなるとどの会社がどちらの結果を望むのか、ぼくにはわからなくなる」

「だから、きのう、私は答を保留させてもらったの。そしてさんざん考えたすえ、出て来た答はこうよ。仲城さんの研究に対して、敵がどういう結果を希望しているかは、敵がどちらの結果に対して、よりたやすく、より経済的に対処できるかのお家の事情だって。そしてそういう事情になったら、もう私たちにはわかりっこないわ」

「やれやれ」

「とすれば、ダム建設について、何かの利害関係を持っている人は容疑者として、ともかく一応ぜんぶリスト・アップしてみたほうがよさそうよ」

景色はようやく山地の雰囲気から、平地めいたものに変わり始めていた。視界が開け、畑が拡がり、道もうねりが少なくなる。

美緒はしゃべりながらも、運転にはまったくそつがなかった。

「しかしダム建設関係では、漠然としすぎている」

「でもその中からまた、いくつかの限定がつけられるわ。犯人はダム建設に利害関係を持つ人で、しかも仲城さんがしばらく学校をあけて山蔵に行くことを知っていた人、しかも実験室に工作ができる以上、その方の知識も詳しい人となると、そうはいないわ」

「確かに」

「それにもうひとつ具体的な限定もできるわ」

「どんなことだ？」

「犯人は下調べに山蔵に自分で車を運転して来ているわ。つまり車を運転できる人ということになるわ」

「なるほど」

「こういう限定をつけて考えてみると、ほんとうに浮かび出てくる人は、五人ばかりよ」

「どんな人たちだい？」

「まず筆頭は黒岩先生」

「きのうの夜も先生の名が出た。そうだ、大泉組の技術顧問をしているとか……」

「そうよ。しかも車も運転できるし、仲城さんが山蔵に行くことも知っているし、それに実験室の工作をやるには、もっともやりやすい人の一人でしょ？　ほかの人だったら、毎日のチェックの時にも、異常に気づかれないように、それなりのこまかい工作が必要でしょうけれど、黒岩先生にはまるでその必要はないでしょ？　そうよ、助手の友倉さんはその間、ずっと京都の方に行って不在だったはずよ。ひょっとしたら、黒岩先生に巧みに遠ざけられたということだって考えられるわ」

「そんなふうに疑いだしたら、きりがない」

「やだな。探偵としての捜査は疑うことから始まるのよ。そう、その次に疑わしいのはいま出て来た友倉さん。仲城さんの実験のことを知っているという点になったら、友倉さんは黒岩先生より上なのでしょ？」

「もちろんだ。かなり専門的にいろいろと手伝ってもらって来たからね」

「だったら、黒岩先生のチェックにはひっかからないように巧みに工作しながら、すりかえをすることは可能じゃなくて？」

「まあ、それはそうだが……」

「車が運転できるとか、仲城さんの山蔵行きを知っているとかいう条件もみんな持っているし、これはうろおぼえだけど、確かお父さんは大泉組かその関係の会社かの人よ」

「その調子で、そのほかに誰を疑っているのだ？」

「灰谷先生」

「やれやれ」

「馬山建設の嘱託か何かしているはずよ」

「それは知っている。しかし車を運転するのかい？」

「ええ、学校には乗っていらっしゃらないけれど」

「先生の所に出入りしている、相原さんという技師の人も疑えるわ」

「しかしぼくが大学を留守にすることは……」

「知っている可能性はじゅうぶんあるわ。よく大学に出入りしているのだから、どこかで耳に入れたということはじゅうぶん考えられるし……。そう、山蔵に行くと初めておっしゃった日も、相原さんは学校に来ていたのじゃなくて？」

「うん、来ていたが、直接、彼に話した記憶はない」

「あとは車の運転だけど、おそらくダムなどにいるのだから、できると思うわ。それからもう一人、大泉組の横川道夫という人を追加しておきたいわ」

「ちょっと聞いたような名だが……」

「この前、工学部の事務室の建物に入って行くのを、渡り廊下から私といっしょに見たんじゃなかったかしら？」

「ああ、あのバリッと服を着こなして、帽子をかむった……？　あいつとは、君のお父さんの部屋の前でもすれ違ったよ」

「ああ、そうだったわ。今となったらもういってしまうけど、あの人、仲城さんをうちの会社の顧問にしたいから、ぜひとも口ききをと、父の所にうるさいくらい何度も押しかけて来てた人なの」

「なぜ直接ぼくの所にこなかったのだろう？」

「腹に一物《いちもつ》あったからよ。ほんとうのねらいはC＝16調合法の欠陥の研究を、仲城さんごと自分の会社のものにして、敵対会社の馬山建設をねじ伏せてしまおうというところにあったらしいの。だから父はそういう雑音で、あなたの研究をかき乱してはいけないと、自分の所でとめていたのよ」

　薄うす、何かがあると気づいていないでもなかったことだ。だが智一は知らぬふりをしていた。このへんの所が、美緒には不満なのだろう……。

横川の姿が、不意に、あることを思いつかせた。

「そういえば、山蔵に下調べに来た都会風の男……何となく彼に似ていないか？」

美緒も考えていないことだったらしい。驚いた調子だった。

「そういえば、気障《きざ》に帽子なんかをかぶって、服がしゃれのめして歩いているような感じ……共通しているともいえるわ」

「これで五人の容疑者の名がわかったが、さて、それで、どうする？」

「捜査の原則としては、次にこの人たちのアリバイを調べることね。犯人は三日の昼間は山蔵に来ているからアリバイがないはずだわ。それから七日の夜にはあなたを襲っているし、十二日の昼前後には吉爺さん殺し、そして十四日の夜には花島先生を殺しているのよ。私のバッグにくわしくメモした紙があるから、出してくださらない」

美緒は二人の座席の間に置いたハンドバッグに、軽く視線をやった。

メモの紙は一番上に、水平の形で入っていた。小さ目の文字で、きっちりと字間、行間をとって書かれている。

九月三日　午前五時頃と午後六時二、三十分。

九月七日　午後十時十分頃。

九月十二日　午前十一時～午後十二時半。

九月十四日　午後六時五十分頃。

「それが事件があった時間、ないしは犯人が山蔵で目撃された時間よ」

「五人の容疑者について、これからいちいちこれだけあたるのはたいへんだ」

「もうけさ、調査を依頼したわ。明日までにできるかぎり調べてくれって。私もこれから東京に行ってから、私なりに調べるわ」

「まるで特別の秘密調査機関でも持っている口ぶりだね」

「それほど大げさなものではないわ。でも、この前もいったとおり、これで学校経営もなかなかたいへんで、そういうものをいつも必要とするのよ。そのひとつのいい例がこんどの早い学校閉鎖解除よ。ほうっておいたら、いつまでたっても学生大会がもたれなくて、事態は泥沼化するばかりよ。そういう時、電話連絡や口コミで、できるだけ多くの学生に、大会の日時をしらせることが必要じゃない？」

「つまりそういう時、そういうことをやってくれる所があるのかい？」

「ええ、そのほか、学生の思想動向調査や、学校出入りの業者の信用調査や……」

「つまり探偵社まがいのものか？」

「そういう看板は出していないけれど、まあそうね」

「過激派の学生が聞いたら怒るぞ」

「だからもちろん秘中の秘よ、ともかく優秀な所だから、きっと何かがわかると思うわ」

車は久留里の町の中に走りこんでいた。

智一はフロント・グラスのむこうに、知った姿を認めた。紅葉館のおかみさんの小谷直子だった。

ふつうなら、智一はそのまま行き過ぎてしまったことだろう。

それなのに彼が車をとめさせたのは、小谷直子の小背、小肥りの体にたまらない愛嬌を感じたからだった。この前会った時のしたしみ深い印象が今も残っている。

美緒に車をとめてもらう。手短かに事情を説明しながら車をおりて、小谷直子の姿に追いすがる。

ふりかえった小谷直子は、瞬間、当惑した。それからすぐに思い出した。

智一はその時の協力の礼をいい、これから東京に帰るのだと告げた。

「そうですか。それじゃ、お母様に……」といいかけてから、小谷直子は慌てた。

「そうでした、お母様は亡くなって……。でも、お父様は……お父様はご健在なのでしょう？」

「いや、父もずっと前に死んで……」

「そうなのですか。いつ頃なのです?」

智一はつまった調子で、答えないわけにはいかなかった。

「いつ頃って……戦前もかなり前に……」

「あら、それじゃあ、私の思い違いかしら……確か仲城君のお父さんも二度ばかり私の旅館に泊って面会をしようとされて……じゃあ、あれはほかの生徒さんのお父さんだったのかしら?」

「そうでしょう」

「いいえ、思い違いじゃないはずですわ。けっきょく、二度とも、お父さんは仲城君には会わずに、帰られたのをよくおぼえているんですから。部屋の窓から、みんなといっしょに道を行進じて行く仲城君を見ただけで満足されたんです」

智一の額は、不審の皺にしかめられていた。

「ぼくの父というのは、どんな男でした?」

「背のお高い……けれどお痩せになった、どちらかといえば色の黒い……」

「頬骨が高くて、目の鋭い……ちょっとカラスのような感じではありませんでしたか?」

悪口に近いこの表現に、小谷直子はためらいながらもうなずいた。

「そして小鼻の横に、かなり大きめないぼがありませんでしたか?」

「ええ、ありました」

智一の表情が険しくなった。目に嫌悪の色がぎらつく。

「母は……母に、父が来たことを話されましたか？」

「さあ……そこまではよくおぼえていませんが……」

「ありがとう」

智一は車にもどり、美緒の横に坐った。

車はスタートする。

智一が急に押し黙ったことには、美緒も気づいた。だがハンドルをあやつる彼女は、彼の表情までが急変しているのには気づかなかった。怒りというよりは、憎悪に狂っている表情に変わっているのには……。

第四章

殺意のとき

1

〔承前〕 九月十五日（日曜日）

「絶対あるわ。何かあるわ。久留里で旅館のおばさんという人に会った時からだわ」

美緒は車のスピードを落しながらいった。

「もしあったとしても、これは事件とは関係ないし、また君の心配することでもないんだ」

智一は頑《がん》としていた。しかもそれをもう道中《どうちゅう》の三時間以上も続けて来たのである。そうなればそうなるほど、気の強い美緒も意地ずくになる。

車をとめてドライブ・インに入っても、押問答は続いた。それからまた車に乗っても同じだった。

だが智一は頑固を押し通した。

新小松川橋を渡って東京に入る頃には、とうとう美緒のほうが負け始めた。

東京に入って、一番初めの繁華街でおろしてくれという智一の要求にも、とうとう応じてしまっていた。亀戸の駅近くでおろすことになったのだ。

その前に、美緒は智一の沈黙やふきげんの原因を教えてくれと、もう一度押してみた。

だが、やはりだめだった。

「わかったわ」

美緒は車を左によせてとめた。

「それでこんな所でおりてどうするの？」

「ともかく緊急に連絡したい所があるんだ。それを終ったら、大学の実験室に行く」

「供試体にすりかえの事実があるかどうか調べるのね？」

「そうだ」

「結果をすぐに報告してね。私はまっすぐうちに帰るから。もし外出するようなことがあっても、わかるようにしておくわ。実験室の仕事が終ったらどうするの？」

「家に帰る」

「じゃあ、実験室で連絡がとれなかったら、家に電話するわ」

智一は車をおりると、車道とを区切るガード・レールをまたいで歩道に立った。

公衆電話ボックスが、すぐ近くに見つかった。

歩み寄りながら、ポケットからアドレス・ブックを取り出す。

中に入った時には、高峰雄一の番号を、もうさがしあてていた。

初めに出て来たのは妻君だった。しかしすぐに本人にかわった。

不快な怒りに胸が重苦しかったが、高峰の声で少しばかり晴れた。大学時代の親友なのである。いまは警視庁警務局の警視正である。

型どおりのあいさつももどかしく、智一は高峰に用件を切り出した。

「大至急、調べてもらいたいことがあるんだ。ぼくにとっては非常に重要なことだ」

「何だい？」

「戦前のことだが、特高の刑事をやっていた、大熊弘三という男の行方を知りたい」

「何だ、それは？　どういうことなんだい？」

「理由はあとで説明するよ」

いつもにもない智一のぎりぎりした調子に、高峰もすぐ話に乗り始めた。

「戦前の特高刑事の何という男だって？」

「大熊弘三だ。品川警察署あたりにいたんじゃないかな。今はもう六十を過ぎている歳だろう」

「なぜ理由はあとでないといけないのだ」

「それが話せるくらいなら、今話すよ」

「いつまでだ？」

「できるだけはやくだ」

「きょうは日曜だから、調べるとしてもあすからだが……」

「おい、きょうはだめなのか？」

「きょうにも返事をほしいというのかい？」

「頼む」

「約束できるかどうかわからないが、ともかく努力してみる」

「ありがとう」

「しかし……」高峰は途中までいって、きもちを変えたらしい。「わかったら、どこに連絡すればいい？」

「大学のぼくの実験室か研究室に頼む。そこがだめだったら、自宅にかけてくれ……」

智一は三つの電話番号を教えてつけたした。「こちらからも連絡するよ」

「しかしこの用件で、出かけなければいけないかも知れないぞ。ときどき家に連絡して、なるべくわかるようにしておくがね」

「悪いな。頼む」

いったん電話を切った智一は、別の電話番号をまわした。黒岩教授の家だった。しかし不在だった。出て来たのは、教授の母親だった。

「……何か本を買いに神田の方に行くともうしておりましたが、詳しいことはぞんじませんで……。夕刻にはもどってくるということで……」

しゃっきりしたものいいだった。それだけで電話口の相手の姿が想像ついた。

もう一度電話を切った智一は、ここでちょっとためらいのようすを見せた。

だがすばやく決心したように、次のダイヤルをまわし始めた。麻川マキ子の所だった。

「いま、東京にもどりました」

「ずいぶん長いご滞在になって……。何度か電話をしてみようかと思ったのですが……」

『してくれればよかったのに』とでもいったら、話は嬉しく進んだことだろう。だが智一にはそれができない。ひとつにはもっと重大なことで、いま、頭がいっぱいのせいもあったが……。

「ええ、ある事情がありまして……」

「何ですの事情って?」

「お会いした時、話します」

「今夜、お会いできません?」

「今は……ちょっとわかりませんが、ともかくまた連絡します」

電話ボックスの外は、もうそこはかとなくくたびれた陽射しになっていた。

車で行こうか、電車を利用しようか迷った。けっきょく電車にした。夕刻のラッシュ時では、その方がはやいと判断したからだ。

それでも大学の門についた時は、もうすっかりたそがれていた。

守衛に身分証明書を見せて中に入ると、まっすぐに別館の実験室にむかう。

建物に近づくにつれ、不安の心臓の高鳴りがひどくなる。

いつの間にか佐川美緒の推理を信じるきもちになっていたのだ。だがやはりまさかと思うきもちも大きい。いや、そうあってほしい。

もしそうなら、この三ヵ月あまり、精魂をかたむけて調べて来た供試体のコンクリートは、行方不明になってしまっているのだ。

かわってそこにあるコンクリートは、質も体積も重量も同じでも、智一にとってはただの廃棄物なのだ。

自分の仮説が正しかろうと、誤りであろうと、レポートを作成する重大な根拠物が失われてしまったことになる……。

建築工学科の別館は天井の高い、倉庫ふうの建物であった。

金属のドアの錠をあけて、すぐ横手の壁のスイッチを入れる。

中には建築構造物のさまざまのミニチュア模型、実物大の部分見本等々が、乱雑に置かれている。

その隙間に割り込むようにして、風力実験用の扇風機、模擬地震用の震動台、移動用変圧器やコンプレッサー、照明灯、手押し車等々が散らばっている。たいていが塗りが禿げ落ちたり、ひどい傷がついている。

床にはさまざまの太さや色のコードがはいまわる。

天井近くには手押しのクレーンやレールが構築され、手巻用のウインチのチェーンが数ヵ所からぶらさがっている。

ある見学者がこの中を見て、「まるで映画会社のスタジオみたい」といった。そのとおりである。天井の方に照明装置や足場が少ないくらいが、大きな違いだ。

変温実験室はその一角に、二十平方メートルばかりのスペースで、しつらえられてある。

テレビ会社の、ダビング・ルームと思えばいい。ただし壁は防音ではなく、防熱である。

しかし、その部屋と並んで、中を監視できる小部屋があるところなどは、ダビング・ルームの調整室と同じである。

だが、ここの調整室の方は、温度装置や自動グラフの機械などが入っている。

空漠とした建物の中に、智一の靴音が響く。

彼の足は数歩、まっすぐに変温室の方にむかおうとしてからとまった。

一角のテーブルにある、電話機の方に行先を変える。

電話をかけた先は、高峰雄一の家であった。

呼出し音が一つ半もならないうちに、高峰自身が出た。あるいは電話をかけていて、いま切ったところなのか……。

「よお。いま中間報告をしようかと思っていたところだ。品川署にはそういう特高刑事はいなかったかも知れないぜ。ただしはっきりしたことはいえない。昔の名簿にざっと目を通してもらっただけだからな。しかしこれだって、上からの命令という、いささか職権乱用ぎみの手口で調べさせたことだ……」

「すまない」

「しかしね、おれは特高のことはあまり知らないんでね、その方面に詳しい知人に電話してみたんだ。皮肉なことに、そういうことをよく知っているのは、警察の人間よりも、左翼運動家とか、社会思想研究家とかいった連中なんだ。彼もその一人でね。その男がいうには、特高とひと口にいうが、警視庁の特高刑事と、署の特高刑事と二種類あって、実際に特高として活躍したというのは、警視庁のほうなんだそうだ。この大熊弘三というのは確かに品川署の刑事なのかね？」

「いや、わからない。そうではないかと思っただけだ。そういわれてみると、警視庁の刑事かも知れない」

「そうか。ともかくせかされているので、いちおうそう考えて、こんどは別の知人に、いま電話してみた。この人はいまは退職しているが、戦前から警視庁にいた……いわばおれの大先輩なんだが、その人もざんねんながら、大熊の名を知らなかった。ただ、当時、警視庁の生き字引きといわれた、同僚を知っているというので、その人にたずねてもらうことにした。今日が日曜でなければ、おれが庁の総務に行って調べるんだが……もし最悪のばあいはそういうことになるぜ」

「ああ、ほんとにもうしわけない」

「これじゃあ、一度、うんとごちそうしてもらわなくてはな」

友だちの厚い好意に、沈鬱な思いも少し軽くなる。冗談も飛び出した。

「警視庁の旦那に、ごちそうしても汚職にならないのかい？」

「大目に見る」

電話を切ると、智一は変温室に足速にむかう。

途中で壁にかかっている、変温室のドアの鍵をはずす。そんな不用心なことをしているのは、盗難を防ぐためという意味はあまりなかったからだ。むやみに部屋に出入りされて、中の温度をかき乱されたくないためだけなのだ。

だからドアのまわりにも、断熱のゴム・カバーがつけられているので、開閉にもほとんど音がしない。

中はむっとした熱気にみちあふれているか、あるいは震えあがるような冷気が張りつめているかである。それが供試体に対するこんどの主要な実験だからだ。

だが今は外界温と変わりない。九月八日のスト以来、変温装置のスイッチは切られているからだ。

部屋の中央に、一立方メートルのコンクリートが置かれている。超音波測定機や温度伝導測定機、長さ変化測定機等につながるコードが、供試体にとりつけられている。どの測定機も、コンクリートの疲労……特にひずみ、キ裂、クリープなどを検査するものだ。特にこんどの実験のばあい、供試体に計算外のよけいな力を少しでも与えないための配慮がされている。

長さ変化測定にも、試験体にゲージプラグやカールソンひずみ計を埋めこむ方法は避け、顕微鏡で変化を捕えるコンパレーター法が使われている。

超音波測定機は、コンクリート中を伝播する音の変化の速度をはかって、内部のキ裂や空隙を検出するものだ。通常より遅い速度で超音波が伝わる時は、キ裂などが起こったと考えていい。これも供試体の表面に送受信端子を接着すればいいのだ。

そしてこれらの機械は、一定時間（一時間置き）に自動的に測定をして、付属する調整室の装置に記録をすることになっていた。

それらの測定機の端末と試験体のコネクトの部分を、動かしたり、いじったりした形跡はないだろうか？

智一は供試体のまわりを、ゆっくりとまわった。かがみこんで、コネクトの部分を凝視した。供試体の表面を触ってみた。

いやなきもちであった。気のせいではなく、どこか違うような気がする。だが断言はできない……。

供試体の表面には、マジックインキの書き込みチェックが、七、八ヵ所あった。虫眼鏡やルーペで観察して、あるいはと思われる表面変化の所に、記入しておいたものだ。

その点や字も、何か前とは違うような気もする。巧みにまねて、すりかえた供試体に記入したもののようにも思える。

しかし、智一の記入したものでないものも多いし、ざらつくコンクリートの表面では、筆跡に自分の癖が出ないので、前と違っているとは断言できない。

その時、ふと智一は、別の検定方法を思いついた。いそいで調整室の小部屋に飛び込む。

室温の温度変化を自動記録してあるロール紙をもどしてみる。

五日の夜のぶんを見てみる。次に六日の夜、七日の夜……。

あった！　すりかえの痕跡があった！

ささいなことなので、誰にもいったことはないのだが、変温室に人間が出入すると、その前後二、三分の間に、室温に微妙な変化があるのだ。ドアの開閉にともなって、外気が入り込んでくるからである。

低温状態の時には温度は上昇するし、高温状態ではさがる。といっても、一、二度の範囲で、やがてすぐに回復する。つまりこれは人の出入りを暗に教えるものになるのだ。

その温度の乱れが、人が変温室に出入りするはずもない、五日の夜にも、六日の夜にも記録されているのだ！

温度変化は、休みなく動いてロールに巻きつけられて行く紙に、記録ペンであらわされて行く。だから、何時に人が入って作業をし、何時に終えたかもわかる。

五日の夜は午後十時に、線が微妙に乱れて回復し、午前一時半にもう一度同じものが観察される。

つまり午後十時に、何者かが温度管理室に侵入し、午前一時半に出て行ったと解釈できる。

六日の夜は午後九時に始まって、午前三時半までの長い間、たびたび温度は乱れる。時に三度近く温度が狂う状態もある。

智一の記録紙をささえる手が震えた。顔がひきつる。

「ちくしょう！　ちくしょう！　ちくしょう……」

譫言《うわごと》の声がしだいに大きくなり、狂気じみてくる。

何者かの侵入を暗示する室温の乱れは、毎夜続いて、九月八日の午前十一時が最後になっている。それからはストによる学校閉鎖で、すべての機械は動かなくなっているからだ。

智一は試験体の計測装置の記録の自動グラフも、かえしてみた。

計測は一時間置きにおこなわれる。犯人がすりかえをおこなうには、このチェックの目をくぐらなければいけない。どうしても一時間以内ではできない作業が、すりかえの仕事の中にはいくつかあるはずだ。

犯人はこの時は計測の記録装置をとめて、おそらくはあとからマニュアルで記録紙にタイプをしたり、記録ペンを動かしたりして工作するほかはないだろう。

だが、機械と人間の手の違いは隠すべくもないのだ。

大学院時代である。無精をきめこんで、わかりきったデーターの資料として、一度、この手法で記録紙を捏造《ねつぞう》しようとしたことが智一にもあるのだ。だがどんなに苦心しても、機械の記録と人間の手の記録の間には、違いができてしまうのだ。

もちろんそう意識して見なければ、見過ごしてしまうくらいのものである。だが良心の苛責を背負っている者には、その違いは実際以上に目につくものらしい。

いま、智一はその違いを見抜いてやろうと目を光らせた。

だがだめだった。それかと思われる所もあるが、はっきりはわからない。

これだけのことをやりとげようとする犯人だ。そのへんのことは、よほど計画をねってとりかかったにちがいない。

あるいは智一がいまよくは考えきれない、別の方法をとったのかも知れない。例えばあとから偽の同一の状況を作って、計測機自体にはからせるといった方法だ。

だがこの細心な犯人も、人の出入りによる室温記録装置の微妙な変化までは知らなかったのだ。そのまま自然に作動させておいてさしつかえないと考えたのにちがいない。

智一は逆上した。そして次の行動もとれないでいた。

すぐそばの机上の電話の音が、智一をやや現実に呼びもどした。

といっても、受話器をとりあげたのは、なかば反射的だった。

高峰の声が耳に飛び込んで来た。

答えるまでに智一は唾をのみこみ、息を整えなければならなかった。

「おい、仲城、この迅速さには、お礼をいってもらわなければ困るぞ。わかったぞ大熊弘三のこと……」

「そうか……」

「警視庁の退職生き字引きは、よく知っていたそうだ。警視庁の特高刑事の中でも、かなり峻烈な奴で、当時の左翼主義者や思想家はずいぶんひどいめにあったらしい。おい、それで思い出したんだが、おまえのおやじというのも、当時の進歩的な学者で、そういった連中には、ずいぶんいためつけられたという話を聞いたことがあるが、その大熊っていう奴、何かそれとかかわりあいがあるんじゃないか？」

「あとで話す」

「おい、何か混み入った話なら、おれに話してくれよ」

「今も……その男、生きているんだろう？」

「ああ。しかし左翼運動家を拷問して殺したとか、共産党のある幹部を自分の手先のスパイだったと暴露して騒ぎを起こしたとか、どうも身辺にはただならぬ黒雲が渦巻いている存在だそうだ。もっとも今はもう七十も二つか三つか過ぎて、かなりおいぼれているらしいが……」

「どこにいるんだ」

「生き字引きも詳しい住所までは知らなかったが、長男の息子が江東区の富岡でかなり大きい、トンカツ・レストランをやっていて、大熊弘三もそこにやっかいになっているという話だ。近所で〝豚金《とんきん》〟ときけば、すぐわかるそうだ。おい、何かいやな感じがするんだが、やはりおやじさんに関係あることか?」

「あとから話す」

智一は電話を切った。

「秀二君はわしの子なんだ。あんたのお母さんとわしの間にできた子でな……」

老人のことばを、最初、智一はまったく理解しなかった。

「何ですって?」

問い返す智一の声は平静だった。

「だから、秀二君はわしとあんたのお母さんとの間にできた子なんだ。もちろんそのことは本人のお母さんがよく知ってるし、あんたの親父さんにしても、けっきょくは承知のことだ」

かなりしょぼくれていた老人が、急にいばり始めた感じだった。

だが、智一はことばを理解しても、事実はまるで理解していなかった。

この老人は歳のせいでぼけているか、狂っている。あるいはことばの表現機能を侵されている。そうとしか考えられなかった。

事実、トンカツ料理店の、脂っ臭い厨房の隅の急傾斜の階段からおりて来た時の大熊弘三の動作は、ひどくのろくて、危っかしいものだった。高峰が使った〝峻烈〟ということばの面影など、もうどこにもなかった。

しかし智一のおぼえている不気味さだけは、ますます陰に籠もった感じを強めて不愉快に迫ってくる。

昔、彼が家を訪れてくる時、子供の智一が連想した、カラスの雰囲気はそのままだ。

大熊老人に案内されて、橋のたもとの川端に来るまでは、智一は名を明かさなかった。ただ昔の警視庁時代のことについて、少し話をききたいといっただけだった。

老人は黙って歩き出した。うらぶれた足取りだった。どうやら彼は客を接待するスペースも、自分の住まいには持てないのだ。

老人は途中で立ちどまって、袂から煙草を取り出した。だがその手つきも、緩慢にもどかしげで、微かに震えてさえいた。

だがそれが、突然に、いきおいづき始めたのだ。川端に立ち、話が始まり、それがもつれて秀二は自分の子だといい出した時からだ。

智一はこのたまらない冒瀆《ぼうとく》の訂正を静かに求めた。

「何か……へんなことをいっておられるようですが？　どういう思い違いか知りませんが、秀二や母はあなたとは何の関係もありません」

「あんたがそう思っているのも無理はない。だが事実は事実だ。だからこそあんたが今いったように、私は鶴舞にも訪ねてみたのだ。そうでなくば、誰がわざわざあんな所に行くものか」

ようやく智一は、大熊老人のいうことに、事実としての理解を始めていた。

しかし……やはり信じられない！　バカげている！

「大熊さん、どういう考えから出発して、何の妄想が生まれたか知りませんが、あまり迷惑のかかるような話は、やめてもらいたいものです」

「迷惑？　とんでもない！　迷惑なのは、むしろ私の方だ！　今更語りたくないことを、あんたから開き直ってきかれたから、答えたようなものだ。そりゃあ、あんたが、まあ、信じられんきもちはわかる。しかし当時の事実が、すべてを如実に物語っているんだ」

大熊老人は雄弁になり始めた。自信を前に突き出してくるようすになる。元特高がよみがえってきたのか……。

「どういう事実だというのです？」

「秀二君は昭和十一年の六月十日生まれだ」

この断定は、智一にショックだった。智一の方は秀二の誕生日を知らないのだ。

「それがどうしたのです？」

「君のおやじさんは昭和十年の四月治安維持法違反で検挙されて、二ヵ月間の拘置所暮しのあと、懲役六ヵ月の刑を受け、四ヵ月で仮釈放になっている。つまり昭和十年四月からその年の暮までは、獄中の身だったわけだ。これと秀二君の翌年の六月十日の誕生日と噛み合わせて、計算がなりたつか？」

「ばかげてる！」

ばかに明かるく青い街灯の光に照り返される、大熊老人の横顔を、智一はにらみつけた。高い頬骨にへばりついた、乾いて皺だらけの皮膚の顔は、妖怪じみてさえいる。

老人は赤い火の弧を描かせて、短かくなった煙草を川に捨てた。火は浮かんでいる材木で一度はねて、そのむこうの川面《かわも》に微かな音をたてて消える。

そしてその時には、彼はもう新しい煙草を取り出し始めていた。智一以上にチェーン・スモーカーなのだろうか？　あるいは興奮のためだろうか？　だが、智一のほうは興奮すると、かえって煙草を吸わなくなる。

水面からは、微かな酸臭を籠めた、生木《なまき》のにおいが立ちのぼってくる。ここは木場に続く貯木用の川なのだ。

老人は智一を子供扱いするようすである。本質的に傲慢のためかも知れないが、智一の幼児の頃を知っているせいもあろう。

「バカげていようと、何だろうと、事実は事実なのだ。嘘だと思うなら、調べてみるがいい。あんたは、私をいやな奴と思うかも知れない。汚い奴と考えるかも知れない。だが私は平気だ。昔からそんなふうにいわれ続けて来たのだから。そういう男だと認めてもいい。だがな、そういう男でも、人を愛することだってできるんだ。いまはやりのことばでいえば、人を愛する権利だってあるというやつだ。そして私はあんたのお母さんを愛した。あんたのお母さんは、ほんとうに美しかったからな……」

「やめてくれ！」

「いや、やめない。ここまで私にいわせた以上、私は続ける。横恋慕だろうと何だろうと、私は私なりに、ひたむきにあんたのお母さんを好きになった。あんたのお母さんのためだったら、身を屈して、憐れみを乞うてもいいきもちだった。奴隷になってもよかった……」

そんなせりふになり始めてから、急に智一の方に、まじまじと顔をふりむけるところに、この大熊老人のサディズムがあった。同時にまた、自分の愛などというものをぬけぬけと語るところに、マゾヒズムがあった。

その二つがとりまぜあわされる時、何ともたまらぬ変質のにおいが漂う。もはや犯罪者である。

「……私は悪役だ。敵役《かたき》だ。君のおやじさんを調べ、追いつめ、検挙した第一の理由は、もちろん当時の国家の大きな方針の流れであることにはまちがいない。だが、私の執拗さ、意地悪さには、個人的嫉妬が、無意識のうちにも働いていたことは、認めなければならないだろう。君のお母さんを計画的にどうしようと考えたわけではない。ただ時がくれば何かが起こると待っていたことは確かだ。そしてその時がほんとうに来た。君のおやじさんは検挙された。当時は、私の裁量ひとつで、取り調べを長びかせて、未決のまま長い間置いておくこともできた。君のお母さんは私の所に何度か現われて、私の温情ある処置を求めた……」

「やめてくれ！　あんたのひとり勝手の空想など、聞きたくはない」

「ひとり勝手の空想と思うなら、そう思ってもいい。だがそれならなぜあんたのお母さんは、秀二君をあんなに幼い頃から里にあずけてしまったというのだ？　生活が苦しいためとか何とか聞かされていたかも知れないが、あんたはそれを一度も不自然に思ったことはないというのか？」

「ない！」

智一のおそろしく断定的な強い調子は、かえってそうでないことを物語っているようなものだった。

「あんたのお母さんが、おやじさんの死亡の直後に、秀二君を里にあずけたのは、私の所から秀二君をできるだけ遠くに引き離したい、私の目につかぬ所に隠したいといううきもちからなのさ」

「ああ、そうかも知れない。しかしその真意は、ひとり勝手にへんなことを思いこんでいるあなたが、秀二の身辺に出没することを迷惑に思ったからにすぎない」

「だが、事実は事実だ。それなら、なぜ私が鶴舞などというあんな僻地に、のこのこ出かけて行ったかは説明できないことになる。だからあんたと話す用件は何もなくなったわけだ」

「いいとも。だがこんなバカげたことを、人にいい触らしてもらいたくはない。母への冒瀆だ！　第一、母が秀二を、あんたの子と認めたわけではないだろう？」

「それはそうだ。認められるわけがない。だが、わしとの間に何度かの肉体関係が……」

「やめてくれ！　バカバカしい！」

智一の握った両手には、汗がにじんでいた。

「しかし当事者の片割れの本人であるわしが、確かだといっているのだ」

「だが、あんたの子とは限らない」

「じゃあ、あんたは、あんたのお母さんが、ほかにも情事を持ったと主張するのか？」

元特高刑事の賢こさが顔を出す。

「父が獄中にいた期間と、弟の誕生日がどうとかこうとか、そのへんの計算からばかげているのだ」

「あんたのお母さんもそういい張った。赤ん坊は十月十日《とつきとおか》で生まれるとは限らないだとね。一ヵ月も二ヵ月も早いこともあれば、逆にそのくらい遅いこともあるとね……。だが、成長すればするほど、秀二の姿かたちが、無言のうちに事実を証明し始めた」

「弟を呼び捨てになどしないでくれ！」

智一の頭の中は、逆上の赤い焔《ほのお》に彩《いろど》られていた。

「だが私の息子だ。その息子が戦時中の母子家庭の苦しい食糧事情の中で、目に見えて痩せ細って行くのは見るのに忍びなかった。さいわい私は立場上……あまり感心したことではないが、脇からいろいろの物資を手に入れられることも多かった。そこで何度か君のお母さんにそっと声をかけて、そんなものをわけてあげようとしたが、断固とした拒否にあ

研究は跡かたもなく消えてしまった。ぼくの人生も……」

「そうでもないわ！」美緒は智一のうわごとめいたことばをふっ切った。智一のようすが、何かこわくさえなったのだ。「起こったことは起こったことでも、まだとりかえしがつくわ。だって供試体はすりかえられただけなのでしょ？　だとしたら本物のコンクリートもどこかに隠されているはずだわ。それだったら、ともかく犯人をつかまえればいいのよ。そして本物のあり場所を告白させて、回収すればいいのよ」

絶望と混乱に曇っていた智一の目に、急に新鮮な光がよみがえった。

「そうだ！　そのとおりだ！　ぼくにはまだ研究が残っているのだ！」

「そうよ。絶望することはないわ」

だがそこでまた智一はつまずいた。

「しかし……そうだとしても……ぼくはこれからどうすればいいんだ？」

「考えて。事件をもう一度、よく考えなおしてみて。まず、想像的仮説をたてて、そのあとで実証して行くというのが私の手法よ。それでどうやら事件の第一段目くらいはあばくことができたけど、このあたりが限界みたい。いささか行き詰まりよ。このへんで科学者としてのあなたが、理論的仮説をまずたてて、それを実証してほしいものだわ」

「だめだな。こういうことには、まるで頭がまわりそうにもない」

「体が疲れているせいよ」

「いや、今まで死んだように眠っていたのだから、体の疲れはもう回復しているつもりだ」

「でも山蔵での積み重なった疲労があるわ」

「いや、あっちでの生活はむしろ休養だった。特に頭を殴られてからは、花島医師のインチキ診断で、一日中ブラブラしていたようなものだ」

「おまけに夜は、知らずに睡眠薬をのまされて、ぐっすり眠らされていたんですものね」

「ああ、その睡眠薬だが、ちょっと君が誤解していることがある」

「誤解？」

「あれは……九月十二日になるか。ぼくがいつもになく朝早くめざめたのを、君は薬瓶の中身をすりかえたためと思っているらしいが、そうじゃないんだ。まあ、結果的にはあの薬は睡眠薬ということになるんだろうが……」

「ねえ、それはいったいどういうこと？」

　美緒はいらだたしげに、話の先をせかせた。

「花島先生はあの前の晩、今日からあの薬はのまなくっていいとぼくにいったのだ。だからぼくは君がすりかえたという栄養剤さえのんでいないのだ」

美緒の涼しい目がいっぱいに見張られた。

「なんですって、花島先生がもうのまなくていいっていったんですって？」

「そうだよ」

「どうしてそのことをいってくれなかったの？」

「いおうとしたが、あの時、君は最後まで説明させてくれと、話にむちゅうになっていた。そして君の話が終った時には、ぼくのほうもそんなことをすっかり忘れていた」

「ということは、花島先生は、もうあの時にはあなたに脳ショックの後遺症はないと思わせても、かまわないと見きりをつけたのかしら……」いってみて、美緒は自らそのことばを否定した。「そんなことはないわ。それ以後も、花島先生は、実在しない脳神経科の医師の返事というのを、もったいぶって引きのばしていたのだし……」

美緒の顔が、ゆっくりと輝やき始めた。知恵の勝利の色は、彼女の顔に似つかわしい。よりいっそう魅力的にする。

「読めてきたわ。だんだんと……。だったら……まず、どうしたらいいかな。そうだわ、やはり山蔵に行くことだわ！」

美緒は椅子から、いきおいよく立ちあがった。

「これから、山蔵に行くというのか？」

「ええ、いそいで行って、夜には帰ってくるわ」

「しかし何をしに？」

「うん、動かぬ証拠というのかな……。そうだわ、写真をとってくる。そして仲城さんに見てもらうわ。仲城さん、カメラ……そう、ポラロイドカメラというの？　写真ができてすぐ出てくるの……あれを持っていない……わね？」

「ああ、持ってないね」

「いいわ、安いものを途中で買って行くから。顔さえ、ばっちり写っていればいいんだから」

「何をいってるのか、さっぱりわからないね」

「推理小説でいえば、ここで犯人を推理するデータはぜんぶ出つくしたというところなのよ」

佐川美緒ははずんだ声でいうと、智一の家を飛び出して行った……。

キ裂破局
クラック・カタストロフィー

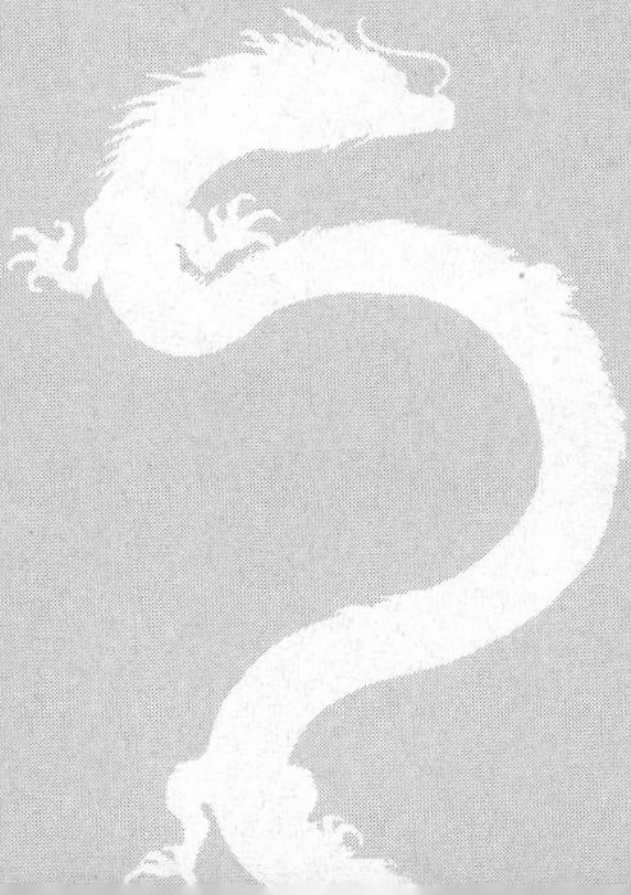

1　解　決

〔承前〕　九月十六日（月曜日）

「……タクシーを飛ばして、すぐ来て！」

美緒の電話が研究室にかかって来たのは、午後八時を少しまわっていた。

智一はただ呆然と坐ったままでいた。どのくらいの時間がたったのか……。ともかく黒岩教授と友倉が帰ってから、二時間くらいはたっていた。二人は智一のようすを見て、けっきょくは事後の相談もとりたてせずに姿を消して行ったのだ。

美緒の声を聞いても、智一はまだ完全に普通の意識状態にもどっているとはいえなかった。

「君か……何の用だい？」

腑抜けたその声に、電話の声はいらだっていた。

「何の用だはないわ！　事件よ！　事件の犯人よ！　完全にわかったわ！」

「そうかい……」

「ともかく来て！　供試体の隠し場所をも、きっと探しあてられるわ」

そのことばで、ようやく智一はよみがえった。

「どこに行くのだい？」

「銀座の〝キャッスル〟というバーよ。タクシーを飛ばして来て！」

「しかしこの学校の付近じゃ、タクシーはなかなかつかまらないと思うが……」

「そこから近くのハイヤー会社を呼んで」

「ハイヤー会社って……どうすればいいんだ？　その会社に電話をするのかい？」

美緒のじりじりしたようすが、電話線のむこうでもわかる。

「いいわ！　私が電話して、行先もバーの場所も教えておくわ。すぐ研究室を出て、校門の前に出ていてちょうだい。学校がよく使う、近くのハイヤー会社を呼ぶから、すぐ迎えに行くと思うの。むこうから『仲城先生ですか？』ときくように手配しておくから、そうしたらすぐ車に乗ってちょうだい」

あいかわらずのビジネスライクな手際のよさである。智一は操り人形のように動かされる。もっとも今日の彼は、初めからどこか人形なみの、気抜けした魂のなさなのだが……。

研究室から校門まではかなりの長さだ。五分はかかるだろうか……。

智一が校門を出ると、一分と遅れずに車が走り寄って来て、手筈どおりの『仲城先生ですか？』の声がかかった。「そうだ」と答えて、車に乗る。

車を運転しない智一は、地理をよく知らないから、車がどこをどう走っているかわからない。

ともかく初めは夜のベールに包まれた林や畑が多かったのが、灯の色がしだいに多くなり、やがてはどこまでも光が続くようになったなと思ううちに、どこかで高速道路にあがったらしい。もう夜も少しふけているので、車のスピードもかなりあがる。

このへんになると、智一も少し知った場所がないでもない。ここは池袋あたりで、その次は護国寺あたりかと思ううちに、もう車はどこかのランプをおりていた。

それからあとが、またどこをどう走っているのかわからなくなって、ともかく電光看板とネオンサインの光の海の町をいく曲りかして、車はとまった。

運転手が窓から首を出して、前後を見まわすと、「ああ、あった、あった！　あれですよ。三階ですよ」といった。

縦一列に上に並んだ、電光看板のひとつを指さしている。なるほど〝キャッスル〟という字がある。

智一が料金を支払おうとすると、運転手がいらないといった。どうやら別途に支払われるものらしかった。

智一は当惑とためらいの足取りで、看板の出ているビルに入った。入って右に曲ったとたん、エレベーターのドアと対面する。

ボタンを押したとたんに、エレベーターが口をあけたのに驚かされる。

箱の中の黒革張りは豪華だった。だが、かなり汚れていて、破れて中身がはみ出た所も数ヵ所あるのは幻滅である。

とまったエレベーターから出たとたんに、鼻をぶっつけんばかりにして重おもしい扉が立ちはだかった。堅木《かたき》の鏡板をはめこんだ枠はすべて金属製で、鋲うちである。〝キャッスル〟とレリーフされた銅板の文字を読んで、智一は多分におずおずと扉を開いた。

光と暗がりのまじりあった、沈んだ雰囲気がたゆたっている。

カウンターの端の方でストールに坐っていた姿が手をあげた。それが紛うかたなく美緒であることで、智一はほっとした。

「供試体が回収できるかも知れないというんで来たんだ。そうでなければ、ぼくは今、こんな所にくる心境じゃないんだ」

智一はふきげんを隠さなかった。

「でもここでなければ、話は始まらないのよ」

智一の横に女性が坐って、ウイスキーの水割りを作ってくれる。美緒はその女性に、ちょっと混み入った話があるからと、しばらくひきとってもらった。

「よかったわ。ともかくばっちり間に合って。いつ帰るといい出すかわからないので、心配してたのよ」

「誰が、いつ帰るというのだい？」

「ほら、あの隅のテーブルに、二人の女性の間に坐って、かなりいいゴキゲンでいる男よ」

美緒はまったく首を動かさず、目だけでその方向を見た。

三十半ばの男である。ラフな感じに上衣《うわぎ》をひっかけ、ノーネクタイである。

「あの男がどうしたのだ？」

「よーく見て。どこかで見た感じがしない」

「そういわれれば、そんな感じがしないでもないが……」

「どこだか思い出さない？」

「さあ……ぼくたちの大学かな」

「御正解！　工学部の機械学科の研究室にいた助手よ。名前もバッチリ知ってるわ。堀込というのよ。五年ばかり前にやめて、どこかの会社に行ったと聞いたけど……」

「彼がどうしたのだい？」

「ママ！」

美緒はカウンターの向う端にいる女性に声をかけた。

呼ばれたママが近づいてくる。

「ママ、ちょっと教えていただきたいんだけど、あのテーブルにいる方、なんておっしゃるの？」

ママはちょっとためらい、どっちの客にもさしさわりないことを気遣うように、低い声でいった。

「黒岩さんとおっしゃるんですけど……」

「確か関東大学の先生じゃない？」

「あら、ごぞんじですの？」

「そんなバカ……」

大声の出かかった智一の手を、ママの目の見えないところで、美緒は強く握る。

「知っているといってもあの先生の講演というのを聞いたことがあるだけなの。とてもおもしろい話だったわ」

「そうだそうですね。ラジオにも出られているとか……」

「ここによくいらっしゃるの？」

「ええ、よく。もう一年近くになるお客さんで……」

「どうもありがとう」

ママを退散させると、美緒は低くすばやい声でいった。

「仲城さん、大声を出さないで！　それからあまりあっちを見ないで話して」

「これはどういうことなんだい!?」

「つまりあれは、にせもの黒岩先生というわけ。でも、ママ以下すべての女性も、ほんものだと思っているわ」

「思い出した！　キャッスルという名は……確かアリバイが問題になった九月七日の夜、黒岩先生がいたというバーの名じゃ？　あのリストに書いてあったはずだ」

「そうよ。でもその時いたのは、ほんとうはあのにせ黒岩先生だったの。Dの項目の九月十四日の夜のクラブ〝バーディー〟の客も、まったく同じで、あのにせ黒岩先生だったのよ」

智一は昨日からのひっかかりを、この時、すべて忘れた。同時に頭の回転を、この事件に対して集中的に働かすことができるようになった。物いいもはきはきしてきた。

「思い出した！　ぼくが山蔵にでかける数日前だ。黒岩先生が自分の名を騙《かた》って飲み歩いているらしい男がいると、ぷんぷん怒っていた。ひょっとするとあれが……」

「その黒岩先生を騙った男よ」

「しかし、黒岩先生はつきとめて、カタをつけたのでは……」

「なかったのよ。つきとめたことはつきとめたけれど、その事実を皆にはあばかないで、利用することを考えたのよ」

「利用する？」

「ええ、自分のアリバイ作りに」

「自分のアリバイ作り？　すると君は黒岩先生がぼくを襲ったり、花島先生を殺したりした……」

「犯人よ」

智一はコップの水割りをなめた。ちょっと話に熱中しているうちに、氷が溶けて、かなり水っぽくなっている。

「つまり自分の犯行の時間の頃にアリバイが成立するように、その時間にバーやクラブに行って飲んでくれと、あのにせ者に頼んだのか？」

「頼んだというより、脅迫したにちがいないわ。さもなければおまえの詐欺行為を世間に公表するとか、警察に突き出すとかいったのよ」

「なるほど、顔も姿も黒岩先生とかなり違うが、欺されているクラブやバーの女性は、そう信じこんでいるのだから、確かに何の疑いも抱かない」

「にせものは大学にいる当時、黒岩先生と面識はないのだけれど、きっと離れて見たり聞いたりして知っていたのよ。そこで黒岩先生が有名になったのを利用して、ふと、そんな詐欺を思いついたのでしょう」

「待ってくれ！」

「しーっ、静かに！　低い声で話して。まだあのにせものには気づかれたくないわ」

「七日と十四日のことはそれで納得しよう。しかし十二日はどうなるのだい？　その日は黒岩先生は大勢の学生という、断固とした多数証人の前で講義をしているのだぜ。ぼくと交代してくれた〝建築大意〟の講義だ。まさかこれまでにせ黒岩先生というはずはないし……」

「この日のアリバイは、特別に凝った工夫をこらしているのよ。前後のにせ者のアリバイは必ずしも上質のものとはいえないわ。でも、十二日のにせアリバイをがっちり作ることで補強しているのよ」

「話してくれ、そのにせアリバイというのを」

「その前に、これを見て」

美緒はカウンターの端の壁によりかからせたハンドバッグの中から、一枚の写真を取り出した。

店内の照明は、かなり暗かった。だが、写真は半身像だったので、それでもじゅうぶんだった。

「これは吉爺さんだ。どこで手に入れたんだい？」

「私が撮ったのよ」

「いつ？」

「きょうよ。買って行ったポラロイド写真で撮ったのよ。私がきょう、とんぼ帰りで山蔵に行った最大目的はこれだったのよ」

智一はしばらく写真をにらみ続けた。

「……とすると、吉爺さんは殺されてはいなかったのか……」

「いいえ、吉爺さんは殺されていたわ。だって、吉爺さんはこの人ではないんですもの。この人は大柏辰平という人なの。やはり吉爺さんの近くの山に独り住まいをしているの。といっても、小さな谷ひとつへだてた所に住んでいるのよ。どうやら仲城さんは、たいへんなとりちがいをしてしまったのよ」

「とりちがい？」

「吉爺さんの所を訪ねた日のことを、ちょっと思い出してみて」

「苗場鏡子さんに道を教わって、石仏のある二また道のある所まで行き……」

智一の声は思わずとぎれた。はっと胸につきあたるものがある。

「そうか……確かにそこでぼくは右か左に行くか忘れてしまって……そう、孤独の気むずかしい住まいをしている吉爺さんだから、右手の道が細くて、電線が走っているだけの方にいるのだろうと推測した……」

「電線が走っているだけ？　おかしいわ。だってその日の夜、吉爺さんから腹痛だといって、往診を求める電話があったんでしょ？　山の中の独り住いの吉爺さんが、はげしい腹痛だというのに、いったいどこから電話をかけたの？　吉爺さんの家は、電線が走っているだけの右の道ではなかったのよ。電線以外に電話線も走っている、左の広い道だったのよ」

「まいった。確かにぼくはとんでもないとりちがえの誤りをおかしていた事実を認めよう。この爺さんの顔を見た時、思ったより若いなとも思ったのだが、それ以上疑わなかった。それでこの写真の爺さんに……何という名かな……」

「大柏辰平」

「うん、この辰平爺さんに、ぼくはあなたは伊葉吉助さんですかと確認したわけではない。そうだと信じ込んでいたので、すぐに話にとりかかってしまった。しかも辰平爺さんは田舎住いの人によくある無口な人で、どちらかといえばかなり愚鈍そうな感じだった。だから、『ああ』という返事と、『何も知らねえ』という答だけで、すべては終ったようなものだった。だが今思えば、この『何も知らねえ』は、関係者でないから『何も知らねえ』ということだったんだ……」

「花島先生がそのとりちがえに気づいたのは、あなたのあとをひそかに尾行した時じゃないかしら。もしその時、先生は尾行していなかったとしても、往診に行って、吉爺さんと話した時には、確実に気がついたはずだわ」

「だったら、なぜその事実をぼくにいわなかったのだろう？」

「時間をひきのばして、できるだけあなたを山蔵にひきとめておくためよ。そのために花島先生は、ありとあらゆる努力をしたことを、もう私たちは知っているわ。だからこのとりちがえは、むこうから転がり込んで来た、ねがってもない状況だったわけよ。それは黒岩先生にしても同じきもちだったでしょう。花島先生の報告を聞いて、そのままにしておけと命じたにちがいないわ。でもこの時には、それを吉爺さん殺しに利用しようとは考えてはいなかったと思うの。第一、吉爺さん殺しということも、頭になかったはずよ」

「すると十二日の日の午前、十時四十分から十一時に病院を訪れたのも辰平爺さんだったわけか？」

「私がそれに気づいたのは、その前日の夜、花島先生があなたに睡眠薬をのまなくてもいいと、指示した事実なの。あなたを山蔵にしばりつけておく必要はまだまだあったのに、どうしてそんなことをいったのかしら？　この疑問に対する、答は簡単よ。朝から起きていてもらいたかったため。じゃあなぜ朝から起きていてもらいたかったのだろう？　朝に何があったのだろう？　この答もたったひとつ。吉爺さんの来訪ということ。そして考えてみると、花島先生のこの日の行動は、あなたに吉爺さんを見てもらいたいという努力にあふれていることがわかったわ。これから吉爺さんがくると予告してみたり、わざわざ診察室の窓を開けてみたり、まるで吉爺さんをよく見てくれといわんばかりじゃない？　そしてなぜかその時、看護婦の苗場さんも、家政婦のばあやさんも病院にいなかったと気づいた時、私の得意の想像的仮説が生まれたの」

「吉爺さんはにせもので、花島先生は犯人……つまり黒岩先生の指示で、わざとぼくの目に触れるように、その時間に辰平爺さんを呼び寄せたというのだな？」

「さっき、辰平爺さんに話を聞いて来たわ。あの時は伊豆の温泉に行くための、旅費と小遣いをもらいに行ったんですって」

「温泉に行った？」

「ええ、花島先生から、こういう話を持ちかけられたんですって。ある温泉宿が自分を無料招待してくれているが、忙しくていけない。といってせっかくの無料招待をむだにするのもったいない。おまえ行ってみないか？　旅費と小遣いくらいは持ってやる。ただしこんなうまい話をおまえにだけしたことがわかると、村の者にどうそねまれるかわからないから、秘密にしておけ。私がいいというまでは、むこうにずっと滞在していなさいというような話だったんですって。考えてみればへんな話よ。でも、花島先生はかなりことば巧みだったらしいわ。その上、辰平爺さんはあなたのいうように、かなり愚鈍で、しかもうまい話なら何でも飛びつくという田舎者的な欲張りだったので、少しも疑いを持たなかったのね。そこで花島先生から旅費をもらうと、その足でさっそく伊豆の……確か雲見とかいう温泉に行って、のうのうと保養していたんですって」

「つまりぼくの目に、辰平爺さんの姿を触れさせないようにしたわけだ」

「それが今日の朝、花島先生の知り合いだという人から宿に電話がかかって来て、花島先生が死んだことをしらせ、山蔵に帰ったほうがいいといって来たんですって。もちろん電話をかけたのは黒岩先生にきまっているわ」

「ぼくが山蔵からひきあげたので、もう辰平爺さんをもどしてもいいと見きわめをつけたのだな。だが、佐川君、そうすると……ぼくがほんとうはまだ一度も会っていない吉爺さんが殺されたのは……いつということになるんだ？」

「あなたが吉爺さんと考えている辰平爺さんが、病院を訪れたずっと前よ。状況から考えて、あの日の午前九時以前じゃないかしら」

「どうしてそんな時間が出てくるんだ？」

「黒岩先生は午後一時からの講義に出ているのよ。そして山蔵から東京の入口までは、どんなに車を飛ばしても三時間、そこから東武東上線の郊外の大学までも一時間と考えると計四時間で、午前九時には山蔵を出ていなければいけないという計算なの。そしてこのほんとうの犯行時間と、にせの犯行時間のずれを考えると、釣糸のついた杭とも、槍ともつかぬものや、塗られた赤いペンキや、糸が焼け切れたあとも、すらすらと解釈がつくのよ」

「つまり犯行時間のずれと、それらのへんな証拠品と関係があるというのかい？」

「そうなの。犯行時間は午前九時前、だが自分のアリバイ作りのために、黒岩先生はにせの吉爺さんを使って、それを午前十一時以後に見せることはできたわ。でも死体が早く発見されて、医学的な検死で、死亡時間が推定されると、どうなるかしら？　死体変化の詳しいことは私もよく知らないわ。でも特別知識がなくても、死体が死亡後早く発見されればされるほど、死亡推定時間の幅は小さくなることくらいは、誰でもけんとうがつくはずよ」

例えば午前九時に死んだ死体が五、六時間後の午後二時や三時に発見されたら、午前九時の前後に三十分ぐらいの幅を持った八時半から九時半までという推定が出てくるのじゃないかしら？　ともかくまちがっても午前十一時以降という線は出てこないわ。これでは話が矛盾して、せっかくの吉爺さんのトリックもばれてしまうわ。でも発見が遅れれば遅れるほど、死亡推定時間の幅は大きくなって、ついにはにせの犯行時間と重なるはずよ。だから犯人の黒岩先生は死体発見を遅らせるために、あの妙な小道具だてのトリックを考えたの。つまりあれは被害者を殺すためのしかけではなくて、被害者の死体発見を遅らせるため……と同時にまたあまり遅らせないためのしかけでもあったの」

「何だい、あとに『あまり遅らせないため』とつけたのは？」

「だって発見があまり遅れたら、こんどはまた死亡推定時刻に幅ができすぎて、かえって自分のアリバイがなくなってしまうでしょ？　例えば三日後に発見されて、死亡推定時間が、九月十二日頃というような幅の広さになってしまったら、にせ吉爺さんを使った意味もなくなってしまうわ」

「つまり正確にいえば、あのへんな小道具は、死亡推定時刻を調節するためのしかけだったわけか？」

「そうなの」

「じゃあ、吉爺さんはほんとうは何で殺されたんだい？」

「あの槍のようなもので、心臓を刺したことはまちがいないわ。ただ手で持って刺したので、釣糸だとか、赤ペンキだとか、焼け切れたあとなどというものは、殺すこと自体には関係がなかったの。でも、そうすることで、殺した方法に何かのメカニックがあったように錯覚させて、捜査を混乱させようとしたことは確かだわ。くぬぎの若木にしばられて、先端が燃え切れていた釣糸も、そういう錯覚に導くためと、殺人現場が池の北岸のあたりだと思わせるためのものにすぎなかったの」

「というと、別にあそこの木には、何のしかけもなかったというのかい？」

「ええ、釣糸も初めからだいたいあのような長さと形で、ただぶらさげておいて、その先端を少し燃やしておいただけなの。あなたのライターや煙草の箱を、あの近くに落しておいたのも、やはり犯行現場があそこだと思わせる意味もあったのよ。もちろんライターには、そのほかに犯人をあなたと思わせるため、また死体をたき婆さんに見つけさせるきっかけを作るためと、全部で三つもの意味を含ませていたのね」

「じゃあ、ほんとうの殺人現場は別にあったのかい？」

「ええ」

「どこだい？」

「池の上の龍神様の祠のあたりよ。黒岩先生は何かの理由をつけて吉爺さんとあの祠のあたりまで行って、あらかじめ草むらか木のうしろにでも隠しておいたあの木の槍で凶行を犯したの。問題はそのあとよ、死体はしばらくは発見されたくない。しかし一定時間後は発見されたい。そこであの小道具が生き始めるの……」

美緒はまたママを呼ぶと、スプーンとつまようじと糸を請求した。糸の方はカウンターのうしろにあるはずもなかった。

ママは店の片隅の、従業員用更衣室らしい小さなドアのむこうに消えた。やがて三十センチばかりの長さの黒い縫糸《ぬいいと》を持ってもどってくる。

ママは何が始まるのかといぶかしがったが、美緒は何とかごまかして、またむこうに行ってもらう。

美緒は細いしなやかな指つきで、つまようじに糸をしばった。

「これがあの槍と糸と考えてちょうだい。それからこれがスプーンよ。このスプーンの首の下に、こう糸をぐるりとまわしてもどって来て、つまようじと糸と結ばれている所で、下から上にひっぱりあげ、スプーンを持った手をはなすと、ほら、スプーンは当然ぶらさがるわ。事件ではこの縫糸が釣糸で、スプーンが死体よ。釣糸を死体の脇の下あたりにまわして、同じようにすれば、ほら、このとおりぶらさがるわ……」（図参照）

美緒はカウンターから手前の空間に、スプーンをぶらさげてみせた。

「つまり……君は……死体があの龍神池の崖の上から、これと同じようにして、ぶらさげられたというのかい？」

智一のあきれた声に、美緒はうなずいた。

「そうよ。崖の上の方は木の枝や葉におおわれていて、死体はそのうしろに隠されているから、万が一下の岸を人が通ってもまるで見えないわ。そして釣糸のもう一方の端は、おそらく龍神の祠の奥の狐格子あたりに結びつけられたにちがいないわ。それからピーンと

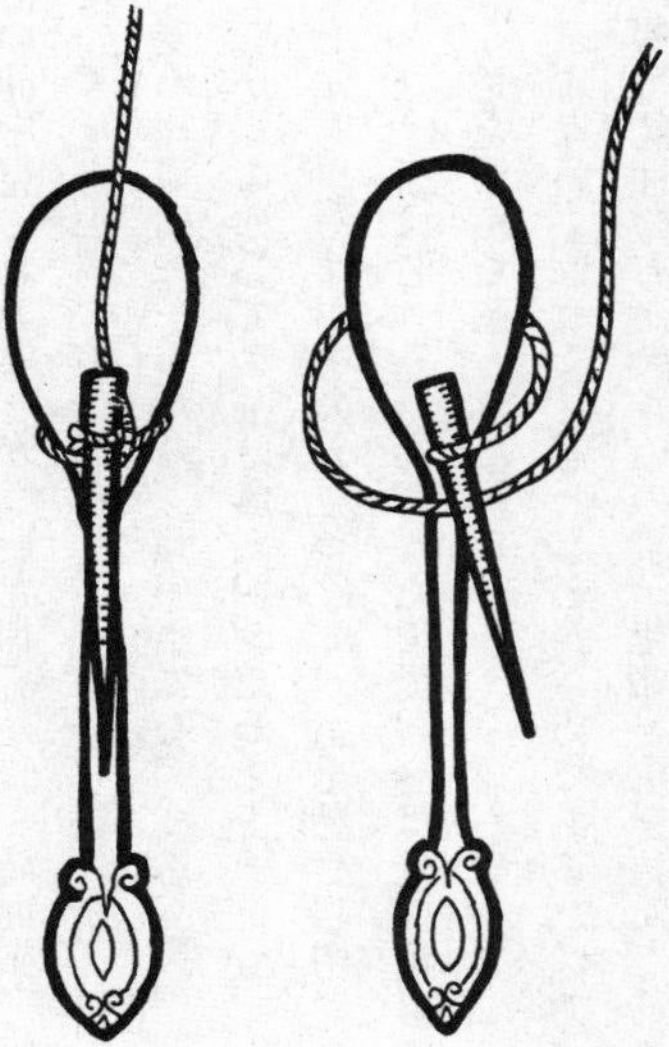

張っている糸に、その下端のあたりがくっつくようにして、火のついた蠟燭が立てられたの。おそらく狐格子のすぐ前の岩の上あたりだわ。これが釣糸を切る自動切断装置だったの」

「つまり蠟燭がだんだん短かくなって行って、ついにその焰が糸に触れて、焼き切ったというのか？」

「どのくらいの時間で釣糸が焼けるしかけになっていたか、詳しいことはわからないけれど、十二日の昼間中は、切れないしかけになっていたことは絶対確かね。ともかく日が暮れて、もう誰にも池の面を見られることがないと保証がつく時間に、蠟燭の焰が糸に触れる計算ができていたの。蠟燭が祠の中にあるというのも、犯人にとってはありがたい話だったはずよ。天候が変わって雨になったり、強い風になっても、火が消えるという心配はなかったからよ。ともかくこうして釣糸は燃え切れたわ……」

美緒はカウンター上にあったマッチの火をつけて、糸を燃やし切った。

スプーンは床に落ちた。下はじゅうたんだったので、音は低く籠もっていた。スプーンは一度はね、つまようじを結んだ糸とはなれる。

「たいていのばあい、こういくはずよ。もともとからめてあるだけで、しばってはないのだから、糸はほどける可能性の方が大きいのよ。死体と杭を結んだ釣糸のばあい、落ちた所が水面だから、あとは浮力が働いて、もっとはなればなれになる可能性が大きかったし、実際そうだったのでしょ。状況が悪くて、もし釣糸と死体とがからまった状態であっても、どこにも結び目などはないのだから、どのみちトリックのしかけまで見抜かれる心配はなかったわけね。さあ、これであとはたき婆さんが、三の日の好例で祠の掃除に来て、死体を発見するのを待つばかり。……

黒岩先生は村の誰か……あるいは花島先生からか、たき婆さんの龍神のおもりの話を耳にして、これを巧みに利用する方法を考えついたのよ。つまりこんどはあまり遅くならないうちに死体を発見してもらわねばならぬ方に、話は変わったというわけ。そしてそのために、おそろしく目につく赤いペンキを杭に塗ったのよ」

「そうなのか？　ぼくたちは赤く塗ったのは吉爺さんがその色に目をつけて、怪しんで近寄ったか何かの時、それが凶器となって飛び出し心臓を刺すというようなことを考えたが……」

「赤い色で人目をひきつけるという意味では、まちがいなかったのよ。ただそれは吉爺さんの目をひきつけるためではなく、たき婆さんの注意をひきつけるためだったのよ。龍神池は水の澄んでいる所で、おまけに死体は水を飲んでいないので半分浮いているから、ふつうよりは目につきやすいわ。といっても、池の岸からの浅い角度の視線では、水面への朝日の斜め光線の反射等ということも考え合わせると、死体はなかなか見つけにくいと思うの。げんにたき婆さんは岸からは赤い物は見えたけれど、それ以上のことはよくわからないで、祠にむかう山道の途中まであがって、初めて死体を発見したのでしょ？」

「そうだ」

「もしたき婆さんが池の岸でその赤い杭も発見しなくても、あの山道の途中の見晴らしのいい所では、それを見逃がすはずはないと思うわ。あそこはすばらしい景色で、その上きつい坂道で、何度来た人だって、必ず息抜きに足をとめて下を見たくなる所ですもの」

「もしひどく運が悪くて、たき婆さんがそこでも死体を見すごしたらどうなったんだろう？」

「最悪のばあいは、花島先生に電話をかけ、何かの理由で池に行って、偶然、発見したようにさせる……ということも考えていたのじゃないかしら。黒岩先生のことですもの。その点はぬかりなく、細心のはずよ。くぬぎの木にしばりつけておいたごまかしの釣糸の先端を焼いたり、実際の犯行現場から何かの形で持って来た被害者の血を草になすりつけたりして、犯行現場を池の上の崖などとは誰も考えないようにしたのも、そのぬかりない所ね。その上、トリックをしかけた現場に残るはずの小道具も、周囲のものに紛れて目立たぬもので、それもすぐにたき婆さんの手で取り払われてしまうだろうと、そのへんのところも、細心に計算していたのよ」

「そうか！　あの祠の中には灯明用の蠟燭の燃え残りや蠟の溶けたあとがいっぱいある。しかけの釣糸を燃やした蠟燭の燃えあとも、その中に紛れてしまう……」

「狐格子には、釣糸が短かく残っていたにちがいないわ。でもあのあたりは薄暗いから、あまり人目につかないし、第一、事件とは何の関係もない所と思われているから、注意して見る人もいないわ。気がつくとしたら、掃除に来たたき婆さんくらいかな。でも、事件に関係あるなんて考えもしないから、ほどいて屑として始末してしまったかも知れないわ。ともかくさっき私が調べに行った時は、狐格子にはもう何もなかったわ。たきお婆さんに会ってきいてみたかったんだけど、あいにく木更津の親戚に行っていてだめだったの。もしたきお婆さんから、釣糸の存在の証言がとれたり、それが回収できたりしたら、バッチリした証拠になるわ」

「ぼくが祠の前に呼び寄せられていろいろきかれていた時、たき婆さんはちょうど祠を掃除していた。ひょっとすると、その時、ぼくたちの目の前で、蠟燭とか釣糸とか、動かせぬ証拠が始末されていたかも知れないんだな」

「でもあるいは、たきお婆さんはその時は釣糸に気づかずに、そのままになっていたかも知れないわ。けれど、それでもかまわなかったわけ。黒岩先生は花島先生殺しのために、その翌日は山蔵にひそかに現われたのだから、その時、回収すればいいでしょ。黒岩先生の犯行計画は柔軟さと注意深さと、その上に大胆な賭けが入りまじって、サスガーという感じよ。釣糸が見つからないという計算がちゃんと成り立ってはいるけれど、最後の段階では、大胆に賭けている所があるわ。仲城さんが吉爺さんの死体を見ることはないという予想もそれね。死体発見は朝早いことだし、死体認定に土地の人間でもないあなたが呼び出されることはない。あなたが現場に現われるのは、ずっとあとのことになって、死体を見る機会はまずありえない。そう計算した上で、最後の段階では賭けているわ」

「花島先生を殺そうという計画は、いつ頃から考え始めたのだろう」

「吉爺さん殺しを決心した時からだと思うわ。それまでに黒岩先生が、自分の計画や今までやったことを、どれだけ花島先生に打ち明けたかはわからないわ。注意深い黒岩先生のことだから、できるだけいわないようにしていたのでしょう。でも、吉爺さん殺しともなると、ことが殺人だけに、もうこの知りすぎていて、しかも気弱な人間をいつまでもほうっておくわけにはいかないと決心をしたのでしょう」

「吉爺さんを殺すことで、どうしてももうひとつの殺人まで犯さねばならなくなったのか……」

「ひとつの殺人は次の殺人を呼ぶのじゃないかしら」

「とすれば問題は最初の殺人にどうして踏み切ったかだ。その目的とする所は、ぼくの研究結果の妨害だとは……」

「理解いかないとはいわせないわ。この前、あなたは男の仕事論で、それは男の本能だといったわ。黒岩先生にとっては、あなたの研究を妨害するというのは、狩であり、仕事ではなかったのかしら？」

「だがそのために自からの手で人が殺せるとは……」

「でも、ここで男の仕事論や殺意論をやっていてもしかたがなくてよ。ともかく黒岩先生の目的は達成されつつあるという感じね。さっき聞いた情報なんだけど、きょうの鳴川ダムの入札は馬山建設に落ちたんですって」

「十四日のC＝16調合法に欠陥なしという臨時の経過報告が前提になっているわけか？」

「でしょうね」

「とすると……」智一の声はこわばった。目が異様に輝やき始めていた。「最終的にはC＝16には欠陥が出てくるという確信があるから、黒岩先生はまず初めには欠陥なしと持っていこうとしたのだろうか？　つまり君がこの前考えたように、入札が決定し、請負の事実がかなり決定的になったところで、C＝16の欠陥がわかれば、馬山建設の請負事実も文句なく白紙撤回されるし、もはや失地回復も不可能だ。しかし状況をそう持って行けるという黒岩先生のそんな確信は、どこから来るのだ？」

　美緒も当惑する。しだいに自分の考えに自信がもてなくなるようすだ。

「このあたりは、私の想像的仮説の弱さかな……。でも、ひょっとしたら黒岩先生は、C＝16調合法に欠陥ありという状況を作るため、このあともうひと芝居うつつもりかも知れないわ」

「畜生！　事実はひとつしかないんだ！　そう勝手に〝なし〟だ〝あり〟だと、ぼくの研究を勝手にいじられてたまるか！　こいつはどうでもいいというわけにはいかなくなったぞ！」

「なに、どうでもいいって？　智一さんはそんな気になっていたの？」

　なぜか智一はひどく慌てた。だが慌てながらも少しは認めた。

「そりゃあ、多少はそういう気にもなるさ。だがやめた。この方のカタだけは必ずつける」

「でもあまりトサカにこないで。もし本物の供試体を回収し、きちんとした結論を出すことが目的なら、『黒岩、おまえがやったな！』と、いきなり飛び込んで行っても、何の意味もないわ。ただ頭から否定されるだけにきまっているもの。それよりは搦《から》め手からゆっくりと攻めて行って、相手に精神的な重圧を与えて、いちじは妥協するように見せても、まず供試体の隠し場所を手に入れることだわ」

「権謀家の君らしい。何か考えがあるのかい？」

「ええ、だんだんできあがっているわ」

「それであそこにいるにせ黒岩はどうするんだ？」

「しばらくは泳がせておきましょう。いまここで追及をしたら、すぐに黒岩先生にも伝わってしまうことになるでしょ？　それにたいせつな証人ですもの。どこかに逃げられても困るし……」

「じゃあ、これからどうするんだい？」

「まずそれとなく黒岩先生の所に電話をかけてみて、所在を確かめるわ」

「何かいらだたしいな。いきなり行って、奴の首ねっこをつかまえ、絞めあげるわけにはいかないのかい!?　ぼくには時間がないかも知れないのだ……」

「おねがい、カーッとならないで」

美緒はスツールをおりて、カウンターのむこう端の電話のほうに行く。

だが、すぐにもどって来た。

「いないそうよ。お母さんが出て来て。帰宅の時間も、はっきりわからないと……」

智一はカウンターの上のスプーンと、糸の結びつけられたつまようじをにらみつけていた。

美緒のことばに返事もしない。やがてつまようじの方をとりあげる。指先で糸をのばしてみる。糸の先端を持って、ぶらさげる……。

「佐川君、ぼく、ちょっと行くぜ！」

「待って！　どうしたの!?　ねえ、まだあとのこと、打ち合わせていないじゃないの！」

「その前にもどうしてもやらなければならないことができたんだ」

「ねえ、へんよ！　仲城さん、しばらくもとどおりのあなたになっていたけど、またへんよ！」

二人の姿はドア口の所で搦《から》み合った。

店のすべての人びとの目が、二人に注がれる。

美緒が低く鋭くいった。

「ひとりで黒岩先生をつかまえに行くというんじゃないでしょうね?!」

「ちがう！　ともかくぼくひとりで、ちょっとカタをつけたいことがあるんだ」

「いったい、何があるの!?　きのうから、仲城さん、なんだか遠い人になったみたい」

智一はドアを押して外に飛び出すと、エレベーターの横の階段を、いっさんに駈けおりた。

光と色に溢れた町の中を、盲滅法に歩き出す。それでよかったのだ。ここがどこで、どういう地理の所かは問うところではなかった。ともかくもそれで、目的とする公衆電話を見つけたのだから。ボックスのものである。

中に飛び込むと、智一はためらうことなくダイアルをまわした。

「麻川さん……仲城です。わかったのです。弟の死の真相が！　それからもっとたいへんなこともわかったのです。ぼくが山蔵という所で経験した、いろいろの事件の真相も。これからそちらに行きます……ええ、一時間、……いや、一時間半くらいで……」

2　もうひとつの解決

〈承前〉九月十六日（月曜日）～九月十七日（火曜日）

「仲城さんがそんないろいろの目に会われて、そんな人が犯人だったなんて……私、少しも知らないで……。そうだったのですか、それでそんなに長い間、山蔵にいられたのですね……」

マキ子はからになった紅茶茶碗の受皿のスプーンを、もて遊びながらいった。

もう十一時をまわっていた。

マキ子のうしろの窓の外には、やや俯角《ふかく》の所に、青い光を放つ街灯があった。道をはさんだむこうの邸の、高く濃く繁茂した木立ちを、明かるく照らし出している。もう確実な秋となっていた。智一の話のさいちゅうに、マキ子は「少し涼しくなりすぎましたね」といって、半ば開いてあったそのうしろの窓を閉めに行っていた。

「そんなぐあいで、弟の死の方はいささかおあずけになった形だったんです。だが、佐川君から事件の推理を聞くうちに、ぼくはその中に弟の死の真相を暗示する重要な事実が、いくつか隠されているのを発見したんです」

「でも、今の話では、山蔵で起きた事件は、仲城さんをその場にしばりつけておきたいという目的のもので、それ以外のことでは秀二さんの死とは何の関係もなかったのでは？」

「その点では、佐川君はまちがっていたのです。いや、彼女はそのほかのいくつかの点でも、小さな考え違いや、浅い読みをしているのです。むりもありません。彼女はぼくからくらべれば調査量も時間もはるかに少ないからです。しかしぼくは彼女から推理の方法について、大いに学びました。そしてその学んだ方法で、今まで調べて来たことを検討してみると、ぼくは調査の初めにあなたに会った時から、すでに重要な手がかりをつかんでいることに気づいたのです」

「私に会った時からですって？」

「そうです」

「私が何気なくいったことに、何か秀二さんの亡くなったことの真相を教えるようなことが……」

マキ子の柔かい面立《おもだ》ちが、かなり深刻げに曇った。

「その秀二さんです」

「えっ？」

「初めて会った時も、あなたは弟のことを、〝秀二さん〟と名に〝さん〟づけで呼んでいました。その時、軽くひっかかったんですが、すぐに忘れてしまいました。だが、今考えてみれば、それはひっかかる意味を持っていたんです」

「意味というと……？」

「佐川君は推理には想像的仮説が必要だといっていました。それを用いると、あなたは弟が今も生きていることを、その名づけの〝さん〟で証明しているといえます」

「…………」

マキ子の無返答を、智一は無視した。強引に話を進める。おずおずとした恋人の姿はどこにもなかった。むしろどこかに憎しみさえにおわせていた。マキ子もまた敏感にそれを感じているように、恐れの色さえ見せ始めている……。

「……戦前東京の小学生というのは、学校の中では友達のことを、名の方で呼ぶことはめったにありませんでした。男の子は同性の間では、仲城君とか仲城とか、〝君〟づけか呼び捨てで、女の子は麻川さんというように〝さん〟づけでした。そして男の子が女の子を呼ぶ時も麻川さん、少し乱暴な子が呼び捨てでした。女の子が男の子を呼ぶ時は、一様に〝さん〟づけでした。智一君とかマキ子さんとか名で呼ぶのは、近所に住んでいる子どうしで、これも学校に行くと、よそよそしくなってたいていは姓呼びに変えてしまったものです。ぼくたちの家《うち》と麻川さんの家とはかなり離れていて、あなたと弟との間には近所の子供というつきあいはありませんでした。ですから、当然、姓に〝さん〟づけで呼びあっていたはずです。ところがあなたは〝秀二さん〟と、名に〝さん〟づけで呼んでいるのです。あなたのほかに、青田京子さんとか本庄明さんにも会いましたが、やはり仲城さん、仲城君と姓呼びでした。小学生時代に仲城さんと姓呼びだったはずのあなたが、どうして今になって〝秀二さん〟と名呼びになったのでしょう?」

一理はあるが、たいして強固な論理でもない。だがすでにマキ子が崩れ始めのようすを見せたのは、心やさしき人だからにちがいない。といっても、少しは突っ張った。

「でも……それはただ……そんなに深い理由からではなく、何となく名で呼んだだけで……」

「ぼくはそう は考えません。つまりはあなたはげんに弟が生きていて、〝秀二さん〟という呼びかたでつきあっているからだと思っているのです」

「生きていた⁉　そんな！　だって、秀二さんは疎開の時死んで……」

「いや、死んでいなかったのです。実際は秀二と思わせて、ほかの子供が死んでいたのです。いや、正確にいえば、その子供が殺されていたのです。その殺された子は妙見義典……あなたたちが蔵の窓からちらりと顔を見た白い顔の子です」

「仲城さんは、何かひどい勘違いをなさっているのでは……。妙見義典さんは病気がなおってからは、高崎の方に行って……そこの学校に入ったはずでは……」

「どうしてあなたがそんな詳しいことを知っているのです？」

　マキ子はひどく慌てた。

「誰かに……誰かに、そんなことを風のたよりに聞いたのです」

「誰です？」

「それはおぼえていませんが……」

「病気がなおって、高崎の小、中学校に通ったというのは、実際は妙見義典ではなく、弟の秀二だったのです。つまりあの溺死事件の時、人間がすりかわったのです。秀二が義典になり、義典は秀二になって溺死したということになったのです」

「どういうことなのか……」

弱よわしく少しいってはみたものの、それ以上の力はないというように、マキ子は口をつぐんだ。

智一は何かに憑《つ》かれたように、しゃべり始めた。単なる説明ではなく、そこにははげしい物思いが籠められているようだった。

「弟の死の直後の母のようすに、ぼくは何とも納得のいかないものを感じていました。母がしらせを聞いて駈けつけて来た時には、弟はすでに茶毘に付せられていたというのです。それなのに母は怒りもしなければ、抗議もしなかったのです。ぼくはそのあまりのひどいやり方に、母はいつの日かの報復を誓って、その時は何もいわずにひきさがったのかと思いました。しかし腹はくやしさでいっぱいで、いっしょうけんめいに事件を反芻していた。そして早すぎた火葬は弟の死には不審があるためだという確信に達し、それが最後には、『秀二は殺されたのだよ』ということばになったのだと思いました。

だが実際にはもっと簡単で、納得できる解答があったのです。母は死んだのは秀二ではなく、だから茶毘に付せられたのももちろん秀二ではないとよく知っていたからこそ、抗議もしなければ、怒りもしなかったのです。つまり母は秀二と義典のすりかえをよく知っていた……というより、積極的にそれを進めたのだとぼくはいま理解しています。

「ではなぜそんな、奇妙なことをしたか？　答はどうやら妙見義典という人の、生まれついての病気にあるようです。さっきもちょっと話に出た苗場鏡子さんという人の話によると、義典という人は、生まれついた時から精神がおかしかったということです。そこでそれを隠すため、早くから義典を村人の目から遠ざけて、母屋から離れた蔵座敷で育てていたというのです。そのため苗場さんなども、生まれた時から妙見の邸内に住みながら、かなりの歳になるまで、そういう子がいることさえ知らなかったというのです。

しかし生まれついた時から、精神がおかしかったというのはどういう意味なのでしょう？　乳児の精神異常などというのは、ある成長段階に達するまでは、はっきりわからないはずです。こう考えると、ことの真相はほぼ推定がつくようです。その子は精神的におかしいというばかりではなく、まだそのほかにもっと大きい問題があったのではないでしょうか？

「それがどういうことかはあなたの御想像にまかせます。ともかく、その子が山蔵の独裁的な長《おさ》としての資格には、とてもたえられなかったことは確かです。妙見家を存続させるためには、何かの手をうたなければなりません。つまり妙見家のあとをつぐ者という、ひそやかな……しかし大きな悩みを抱えている時、弟の秀二がお呼ばれで、あなたといっしょに妙見家にあらわれたことはまちがいないと、ぼくは想像するのです……」

チェーン・スモーカーの智一は、短かくなった煙草を灰皿に潰す。そして新しいものに火をつける。だがその間のわずかの沈黙ももどかしげに、話をまた始める。

「……弟は知ってのとおり、見ただけでも、いわゆる目から鼻へぬけるような賢こそうな感じがありました。しかも歳も、義典という子といっしょくらいです。妙見家の人たちは弟がすっかり気に入り、この子が妙見家の子になったら……と、考え始めたのでしょう。妙見家の両親とぼくの母とが、どこでどうして連絡をとり、どのように話し合い、どのように了解が成立したか、詳しいことはわかりません。ともかく母がその前に何度かもぐり面会に行っていること、その時には母と秀二のほかに植木先生までまじえて裏山などに行って話しあっていること、また植木先生がぼくの父の思想に共鳴し、母にも特別に好意的だったことなどは、確かなヒントになると思います」

マキ子が口を入れた。微かな溜息のようなものがまじっていた。

「でもよくお母さんは、秀二さんを手放すきもちになられたと思いますわ」

智一はちょっとつまった。それから強い語調でいった。

「それはそれなりに、よほどの事情があったからですよ。ともかくそれが弟の長いしあわせになると、母は確信したからですよ」そして智一はいそいで話をもとにもどした。

「ともかくこうしていよいよ大胆な計画が実行されたのです。といっても閉ざされた山奥の村で、しかも小さな独裁組織形態の中でおこなわれたのですから、実行はそんなにむずかしいことではありませんでした。犬のように忠実だったといわれる吉爺さんが、主人の命を受けた実行役です。妙見義典という子をつれて行って、龍神池で溺死を装おって殺すのです。そしていかにも自分が偶然、発見したように見せます。駈けつける石池巡査も、番頭の苗場浩吉も、もちろん妙見家の命令のもとにこの計画に加わっているのですから、義典を秀二と認めます。死体を調べた本郷医師も同じことです。そして、しらせを聞いて植木先生も駈けつけます。もちろん先生も計画に加わっていますから、秀二が死んだという事実を認めます。

「二度のお呼ばれの時までは、いつも相手があなただったのが、植木先生が突然、青田京子さんに変えたのも、もちろん意図があってのことです。あなたはクラスの女の子の中で、一番利発だったそうです。どこでどうまちがって、計画の何かを嗅ぎとられるかわかりません。そこでその時のお呼ばれに限って、そういってはちょっと悪いんですが、どちらかといえば薄ぼんやりした青田京子さんを、植木先生は選び出したのです。

「これだけの人が組んでことをおこなえば、すべてはうまく運びそうですが、悪事は必ず漏れるもので、危ないことがいくつかあったようです。例えば当時まだ小さい子供だった苗場鏡子さんは、吉爺さんの肩にかつがれて邸に入って来た子供の死体を見て、父親にひどく叱られ、追い払われています。さいわい、顔までは見られなかったので、話はそれですんだようです。早過ぎた火葬も、危ない芸当でした。ほんとうをいえば母親が来てからやりたいとは思っていたのでしょう。だが、長く死体を置いておけば、いつ誰に見られないとも限りません。そこで不自然は承知の上で、早い火葬に踏み切ったのにちがいありません。そしてその時はどうやら不審を持たれずに終ったのが、皮肉なことに二十三年たった今、私に気づかれて、真相を知るひとつの手掛かりになってしまったのです。

「また事件の直後、吉爺さんに責任があるとか、吉爺さんが殺したというような話が拡ったことも、単なる噂ではなく、案外相当な根拠があったのかも知れません。さっき吉爺さん殺しの事件の推理の時ちょっと話しましたが、水死体はふつう死亡直後は沈むものなのです。弟の事件のばあいも、もしほんとうに溺死なら、死体は水底にあったにちがいありません。あの池はいくら澄んでいるといっても、岸辺に立っただけでは、足元のあたりを除いては、そう深くまでは見通せません。だからこそ吉爺さんを殺した黒岩先生は、赤い杭を浮かせたりして、人目をひこうとしたのです。ところが、状況からすると、吉爺さんは弟が死んでからすぐに、簡単に死体を発見しているようです。おかしなことです。村の人たちはこんなことから、どこかおかしい、何かありそうだと感じ、それが弟が殺されたという噂になったかも知れません。

「いや、ひょっとしたら、あるいは誰かが吉爺さんが弟を……正確には妙見の子供を、水に押し込んで殺しているようなところを、何かの形で見ているのかも知れません。ああいう閉ざされた山奥の村は、ひっそりとして人気《ひとけ》がないようで、実はひそやかで鋭敏な目や耳が、あちこちにあるのです。そのことは、こんどあそこに行って、ぼく自身が実際に経験しています。だが、それが噂で終ってしまったのは、死んだ者がよそ者の子供だったためかも知れません。閉鎖的な冷淡さで扱われてしまったのです。あるいは吉爺さんの犯行の目撃者自身が、ことをあまりいいふらさないようにしていたのかも知れません。表沙汰にすれば、村の仲間を告発することになりますからね。いや、もしその目撃者が何かいったところで、村の権力者である妙見家の当主や駐在の警官も噛んでいる事件なのですから、たちまち押し潰されたにちがいありません。ともかくあらゆる面で閉鎖的な山蔵のできたが、事実を覆い隠し、ただ噂という形でわずかに顔を出したというところでしょう。

「もちろんこのすりかえの計画には、弟の了解ということも重要でした。といっても、弟がすべての事実を聞かされたわけではありません。おそらくは義典という子供の存在は知らされず、ただ妙見家の養子になるのだと、母や植木先生から聞かされたのでしょう。母はうちの経済状態などを理由に、弟をこんこんと説得したのだと思います。幼くても頭のよかった弟のことです。何かはっきりはわからないままに、そうしなければならぬやむをえない事情があるのだと、直感したのだと思います。それに弟は小さい頃からよそにあずけられ、その次にはまた学童疎開というかわいそうな境遇の連続でした。だからそういう運命にも馴れていたのかも知れません。ともかくも弟は弟なりにその話を了解したのです。

「弟が本庄明という親友に、新田丸《にったまる》のガラス文鎮を死ぬ前に贈りものにしたという話は、あなたにしましたね。あれはほんとうは、親友に対するお別れの意味を籠めたプレゼントではなかったかとぼくは思っています。よほどのことがないかぎり、あんなに好きだった物を、人にやるはずがないと思うのです。

「弟は問題の日の溺死死体が発見される少し前、人目に触れないようにして、山蔵から連れ出され、そのまま、まっすぐ高崎に行ってしまったと思います。連れ出したのは、おそらく妙見義朗氏の奥さんでしょう。青田京子さんが昼寝をしている時、弟が溺れたとしらせに来たのは奥さんだったと、青田さん自身も、またあなたもそう聞いたと証言していますす。だが、翌日、山蔵を訪れた工藤先生は、妙見の奥さんは旅行で不在だったといっているのです。あの騒ぎの中で、翌日には奥さんだけが、すーっと消えているのは、どうしたわけでしょう？　この事実は、奥さんが弟といっしょに山蔵を脱け出したというぼくの仮定と、ぴったり符合します。

「もちろんすぐに山蔵から去ったのは、そのあたりで弟の姿が見られて、弟が生きていることがわかったら、すべての計画は台なしになってしまうからです。弟が小学生の残りと中学生時代は、一度も山蔵にもどらなかったほんとうの意味も、これでわかったと思います。ともかく昔の秀二を人に思い出させるうちは、もどれないからです。そしてその間に、義典の病気はすっかり回復したという噂をゆっくりと流し、高校生になってからは、時おり、山蔵に姿を現わすようにして、しだいに動かしがたい事実を作りあげて行ったのです……」

智一は少し話を切って、煙草に火をつける。マキ子の沈黙を、当然のように受け取るようすで……。

「ここまで話しても、麻川さんは、そうはいうが、その弟の妙見義典も自殺して死んだはずではないかと反論しませんね？」

智一の調子には、悪意めいたものさえ籠められていた。

マキ子は悲しい顔になった。弱よわしく答えた。

「自殺したって……私……そんなことまでは聞かされては……」

「いなかったというのですか？」

マキ子はうなずいた。それで彼女はすべてを告白したようなものだった。

だが、智一はいまそれをせっかちに追及しようとはしなかった。むしろ自分の説明に夢中のように、話を続けた。

「……それでは教えましょう。昭和三十二年の夏です。二十一歳になった妙見義典は、山蔵の邸の自分の部屋で、服毒自殺しているところを発見されたのです。もしこれが真実なら、義典は秀二なのですから、ここで弟は死んだことになるはずです。としたら、秀二は生きているというぼくの想定は成立しなくなってしまいます。だがこの時にもまた、秀二は死んでいないと、ぼくは確信するのです。

「吉爺さん殺し、秀二の謎の死……と考えて行くと、ぼくはこの二つの事件の中に、一本の通った筋があることに感づきました。人間のすりかえということです。被害者が何かの形で、他の人間になっているのです。まだ似ていることがあります。弟の偽装溺死事件の時に組んだスタッフのうち、残っている人たちが、ここでもやはり事件に携わっていることです。妙見家の大奥さん、駐在の石池巡査、そして本郷医師……。

「しかしここでも悪事は漏れるもので、その死にまつわるおかしな事実が、ふとあらわれているのです。事件は服毒による自殺であったはずなのに、その翌日、妙見家の大奥さんが裏の庭の隅で、血のついた服を焼いているのを見たという話があるのです。目撃者は邸の女中さんでした。苗場鏡子という女性は、さっきから何度か出て来ましたが、彼女は妙見義典……いや正確にいえば、秀二が好きでした。普通の人とは違った態度で、秀二を見つめていました。そして秀二が自殺するようなようすは、何ひとつなかったというのです。その上に、血のついた服というような、おかしな話も耳にしました。また妙見の大奥様の発言で、彼女には秀二の死はずっと遅れてしらされ、死に顔も見られなかったという事実もあるのです。そこで彼女は、この自殺には納得できないところが多いと、強硬な主張を始めました。だがけっきょくはその主張も、閉じ籠められた村の中で、単なる噂としてもみ消されてしまいました。

「だが順に話を追って行くと、これではっきりわかることがあります。ぼくの母の『秀二は殺されたのだよ』ということばです。母は秀二が妙見義典となって、元気でいることを知っていました。ところが誰かの通知か……風のたよりか、ともかく妙見義典が自殺したと聞いたのです。溺死事件以来、山蔵に行くこともなかった母が、なぜかその直後に、二度も行っている理由も、これでわかるというものです。そして村の噂や、あるいは苗場鏡子の話から、義典の自殺にはどう考えてもおかしな所がある、どうやら殺されたのかも知れないと感じたのです。しかし母もまたそれ以上はどうすることもできません。もやもやした暗いきもちを胸に溜めて黙っているほかはありませんでした。そしてそれが死のまぎわに『秀二は殺されたのだよ』ということばになったのです。秀二が生きていることを知っているはずのあなたには、これがまちがいであることは、よくわかるはずです。

「確かに殺された者はいたのです。だがそれは義典こと秀二ではなく、同じ齢頃の別の山蔵の若者だと、ぼくは確信しています。大柏なみという人の息子です。この人物は妙見義典の自殺とまったく同じ昭和三十二年の夏、村を飛び出て行方不明になっているのです。しかも歳も同じ二十一歳くらいで、以後一切消息が聞かれないのです。これが偶然の一致でしょうか？　妙見の大奥様が焼いていたという血のついた服は、ここで意味を持ってくるはずです。しかし母親のなみという婆っちゃまは、今もなおいつかは息子が帰ってくると信じて、暇さえあれば、家の庭から村の入口の道を眺めています。だが、かわいそうですが、永遠にそれはおこらないでしょう。殺されて、秀二の身代りになり、茶毘に付せられるという、十二年前とまったく同じようなことがおこなわれたのです……」

「でも……でも、殺されたなんて……ほんとうにその人は村を出て、消息不明というだけではないのですか？」

「あなたがそう考えるきもちもわかります。だが、秀二が今も生きているということは、あなたももう暗に認めています。としたら妙見義典の自殺の時始末された死体は、いったいどこから降って来たのでしょう？　そんなものがそう簡単につごうできるはずがないのです……」

「でも私はそんなことは秀二さんからは……」

「聞いていないというのですか？」

「ええ。ただ山蔵で生活をしていても、何の発展性もなかったので、飛び出て来たとだけ……」

「ところがそうあっさりと、あの村から出ることは、妙見家の者にはできないのです。

『妙見家が封建時代の殿様のような存在だったことは、あなたもよく知っているはずです。げんに今もなお〝殿様〟と呼ばれているくらいです。そんな殿様が、わしはもうここにいるのはいやだからといって、みんなを放り出して、さっさとどこかに行ってしまうわけにはいきません。第一、土地、邸、財物などを放り出して行くのももったいない話です。戦後は売り食いの一方といっても、妙見家にはまだかなりの財産が残っていたようです。だがこのまま山蔵にいて、妙見家の権柄《けんぺい》を張っていこうとすれば、痩せ細る一方でしょう。そこで秀二は村を捨てても、あとから村人には追及されない方法、しかし財産だけはがっちり自分のものにして持って行く方法を考えたのです。もともと秀二は山蔵の土地に育っていません。素波の血も受けていません。だから、そのへんは割り切った考えだったのです。そしてどうやらこの計画は、大奥さん……秀二にとっては義母の賛成もとりつけたようです。妙見家という家名のために、十二年前の恐ろしい計画にも加わったんです。毅然《きぜん》とした……およそ人間感情を持たない、冷血な女性のように、私は想像します。

「ともかく、秀二は妙見の財産を、ひそかにかたっぱしから処分して、動産化していきました。その中には素波の秘伝書といった、門外不出の歴史資料もあったようです。またこうなると、もともとが村人たちに秘密で盗むという感覚ですから、村の共同財産にも手をつけました。いや、ひょっとしたらこっちのほうがねらいだったかも知れません。戦後の土地改革や財産税などで、妙見家自身の財産というのは、かなり目減りしていたとも思われますから……。

「しかしこういうことは、全部が全部、秘密にはしておけないものです。そこで秀二は女道楽がはげしいとか、金銭感覚がゼロだとか、そんな噂をみずからまいて、ほんとうの意図をカモフラージュすることも忘れなかったようです。秀二を好きだった苗場鏡子は、秀二に女道楽の事実はないと否定していました。あながちこれは恋する者のひいき目ではなく、ほんとうだったように思えます。

「また彼女は大奥様自身が、息子の女道楽の噂をまいていたともいっていましたが、これもほんとうでしょう。彼女もまた計画の共犯者だったのですから。しかし苗場鏡子のほうは、このことを息子を恋人にとられる母親の嫉妬というように、誤解していたようですが……。

秀二は、こうして妙見家の財産をひそかに処分し、動産にしてどこかに溜め込み、最後の仕上げをおこないました。龍神池事件の時と同じ人たちを抱き込み、人ひとりを殺すことで、自殺という状況を作りあげ、実際には動産とともに山蔵を離れて、新しい生活を始めたのです。大奥さんはしばらくは山蔵にいたようですが、それから行方不明という形で、実際には先に逃げた秀二とどこかで合流したことでしょう。

「秀二は小さい頃から、なかなか抜け目ない賢こさを持っている子で、時にはかなり悪めいた印象を受ける時もありました。この偽装自殺事件にも、何かそんな弟の感じがあると思うのは、ぼくの考え過ぎでしょうか？」

智一が新しく煙草に火をつける隙を見て、マキ子が口を開いた。かなりむきに弁解調だった。

「でも、私には秀二さんが人殺しをしてまでそんなことをする人とは……」

「思われないというのですか？」

「ええ」

「もしほかにもいくつかの殺人や、傷害事件をやっているとしてもですか？」

「ほかにも秀二さんが殺人をしたと……」

「しらばくれるのはやめてください。あなたはさっき私から黒岩先生の吉爺さん殺しや、花島先生殺しを聞いているのです。そして黒岩先生イコール秀二であることを知っているのですから……」

二人の間に、四、五秒の沈黙があった。

それからふたたび智一はしゃべり出した。

冷静になろうと、必死におさえている。

「黒岩先生こそ秀二であるという証拠は、こんどの山蔵の事件の中に、いくつかの事実となって潜在していたのです。佐川美緒君も残念ながらその点は、考え違いをしたり、見過ごしたりしていたのです。

「佐川君はぼくを殴った犯人が、殺すことまでしなかったのは、赤毛組合の理屈で、殺す必要がなかったからだと推理しました。なるほど、それはひとつの理屈でした。だがよく考えると、殺す必要はなかったかも知れないが、殺してもかまわなかったのです。実際のところ殺したほうが、あとあとめんどうがなかったはずです。花島先生を叱咤《しった》して、頭の後遺症だなんだと芝居をさせたりする必要もありません。吉爺さんを殺して、ぼくを容疑者にしたてあげるような、手のかかることをすることもありません。そして目的の研究の結果にしろ、ぼくを殺してしまえば、ゆっくりと、自分の好きな結論を作りあげることができるはずです。それなのになぜ黒岩先生は、あえてそんな手のかかることをしたのでしょう？　答はひとつしかないようです。感情的に殺せなかったのです。

「別の面からも、いくつかの暗示的なことが発見できます。佐川美緒君は、黒岩先生は苗場たき婆さんが、三の日の朝の日の出の頃、龍神の祠の掃除に行くのを見越し、その時に吉爺さんの死体が発見できるようにトリックをしかけたと推理しています。しかし黒岩先生が山蔵に対してまったくのよそ者なら、どうしてそんな話を知ることができたのでしょう？　たき婆さんが黒岩先生を見ていたのと同じように、黒岩先生もたき婆さんが龍神の祠に行くのをそっと見ていたとしましょう。としても、それだけのことで、黒岩先生がこのお婆さんは、三の日の朝早く、龍神の祠にいつも掃除に行くのだと理解したのだとは、とても思われません。そうかといって、村人の誰かに聞いたというのもむりな話です。粟田巡査の調査によると、三日に山蔵に現われた都会ふうの男……つまり黒岩先生は、村のどの家も訪問もしていなければ、人にも会っていないのです。もちろんたった一人だけ、会っている人が例外としています。花島先生です。しかし車の事故をめぐって、脅し脅されるといった二人の間に、そんなたき婆さんの龍神詣りのような悠長な話が出る機会があったとはとても思われません。一番自然な考えは、黒岩先生は、山蔵に詳しい人で、初めからたき婆さんの龍神詣りのことを知っていたと考えることです。

「吉爺さん殺しの犯行現場についても、同じことがいえます。ぼくたちは初めはそれを池の岸だと考えていました。だが、ほんとうは池の崖の上の、龍神の祠のすぐ近くであるとわかりました。黒岩先生が山蔵にとってまったくのよそ者だったら、面識のない吉爺さんを、そんな所まで……しかもかなり朝早く、どうしてつれてくることができたのでしょう? 何かじょうずにいいくるめてということも考えられないこともありません。だがこれも、一番自然な考えは、黒岩先生は山蔵をよく知っている人で、吉爺さんと面識があったからと考えることです。

「秀二すなわち黒岩先生であることを暗示するようなことがまだあります。吉爺さん殺しに使われた長い釣糸のしばりつけられた槍状の棒です。ぼくはふとあの凶器から忍者刀というのを思い出したのです。忍者とか素波とかいわれる忍びの者が使った刀で、ふつうのものよりひどく長い下げ緒がついていました。忍者はこれをものにからみつけたり、人を縛るのに利用したり、さまざまの用途にあてたそうです。ぼくの見せられた忍者刀は、妙見家に伝わっていたものだそうです。さっき佐川美緒君にスプーンと縫糸で、犯人の黒岩先生が計画したトリックを実演してもらった直後、ぼくははっとこれも忍者刀の使い方のひとつだなと気づいたのです。あるいは黒岩先生はそれを利用したのではないか? ということは黒岩先生はそういうことを知りえた人……あるいは妙見家に関係のある人……と、こういうふうに連想作用が働いた時、ぼくは黒岩先生すなわち妙見義典という、とんでもない仮説を思いついたのです。だがそれはとんでもない仮説でないことが、ちょっと考えるうちにすぐわかってきました。その仮説をもとに、まだ不可解だった事実、たいして重要でもないと思われた事実が、これまでに説明したように、次つぎといきいきとした意味を持って来たからです。

「そしてそう考えると、吉爺さん殺しには、もっと重要な意味があったことが、わかって来ました。佐川君の推理するように、それはぼくを犯人として陥しこむ意味もありました。しかしもっと重要なことは、戦時中の溺死事件や、その後の妙見家当主の自殺事件の陰謀の鍵を握る人物を、始末したかったということです。この二つの事件で組んでいた人たちは、妙見家の当事者を除けばもうほとんど死んでいます。残るのは吉爺さんくらいです。もし吉爺さんの口さえ閉じてしまえば、もはや大安心です。黒岩先生は……いや、今はもう秀二といいましょう……秀二はこの一挙両得をねらって、吉爺さんを殺したのです」

智一は灰皿の中で、乱暴に煙草をひねり潰した。

「山蔵に行く前に、ぼくはあなたと二度会っています。その時、ほんとうは事件の真相に触れるようなおかしなことが、いくつかあったのです。〝秀二さん〟という呼び名もそうでした。それから座敷わらしの件もそうです。青田京子さんから聞いた座敷わらしの話が出た時、あなたは初めて聞くという顔をしました。しかし青田京子はあなたから教わったといっていると突っ込むと、あなたはあまり理屈にならない理屈で、忘れたというようにごまかしましたね。あなたは生きている秀二の口から、溺死事件の秘密を聞いていました。そして座敷わらしの話は、その事件の暗い真相に触れる部分でした。だからあなたは、そんなものは知らないということで通そうとしたかったにちがいありません。

「だがこれはまだひどい誤りではありません。あなたはもっと大きな誤りをおかしているのです。最初にぼくがここを訪問した時です。ぼくが母の死のきわのことばを話すと、あなたは『何かのまちがいでは？　ひょっとしたらお母様は熱に浮かされて、頭が混乱なさっていたのではありませんか？』といいました。だが考えてみればこれはおかしな話なのです。なぜかといえば、ぼくはその時にはまだ母がどういう病気で死んだかは、ひとこともいっていなかったのです。それなのになぜ、あなたはそんなことを知っていたのでしょう？　答はただひとつです。誰かが……母の死をよく知っている誰かが、あなたに話したのです。もちろんその誰かとは黒岩先生にちがいありません。

秀二と黒岩先生の像は、こうして多くの点で、きっちりと重なるのです。そしてそう考えると、ぼくが最初訪れた時からのあなたの反応や行動も、つぎからつぎへと納得がいくのです。ぼくが秀二の兄だといって入って来た時の、あなたの普通でない驚き、母の最後のことばは何かのまちがいではないかというあなたの無意味な反対……。翌日、あなたの方から積極的にかかって来た何度かの電話、そしてけさはぼくの家にまで訪ねて来たのは、実は秀二が背後でそうしむけていたのだと思います。ぼくの事件への調査の進みぐあいに、探りを入れてこいと命令していたのです。それをどうやらぼくは別の意味に誤解して……」

「ちがいます！」マキ子は鋭い声で覆いかぶせた。「確かに頼まれはしましたが、でも、それをいい口実にあなたに会うことのほうが……」

マキ子の訴える目の光も、攻撃に狂った智一の目には、入らなかったようである。

「ぼくが秀二こと黒岩先生の顔を初めて見たのは、一年半ばかり前でしょうか……。確か教授会の席ではなかったかと思います。隠れた血のつながりが何かを呼びさましたというなら、少しは話になるでしょう。だが、そんなことは、まったくなかったと告白するほかはありません。弟は小さい頃から里にあずけられ、ほんとうの意味でぼくたちがいっしょにいたのは、弟が小学二年生だった間の一年くらいだったのです。ぼくのイメージの中で、弟は顔や姿の点で具体性を欠いたものになっていました。

「しかも二十年以上の歳月があって、すべてを過去の暗闇の中に押し流していました。長い年月が兄弟、友人、知人という事実さえ冷酷に無にしてしまうといういい証拠は、あなたが母に声をかけられた時のことです。その時にはまだ終戦から十五、六年の経過だったそうですが、それでも母はあなたのことはすぐにわからなかったようです。そしてあなただって、〝仲城〟という表札のかかった門の家から、母が出てこなかったら、何も思い出さなかったというではありませんか。ましてや弟のケースのばあい、さまざまの要素がいくつも重なっています。弟は肉体的変化のはげしい青少年期を通過して来ています。しかもぼく自身、弟の顔も姿もはっきりしなくなっています。第一、弟は死んだと思っているのです。いくら弟が目の前に立っても何の連想も浮かばなかったのがあたりまえでした。

「しかしそれでいま思い出すのですが、妙見義典は理科系の学問が志望だったという話を聞いたことがあります。また山蔵から飛び出して、大学で勉強したいと、苗場鏡子君に漏らしていたという話も聞きました。このあたりは血は争えないというのか……けっきょく二人は同じ建築関係の、同じ大学の教授ということになったのですから、皮肉なものです。

「黒岩教授は世田谷で母親と二人暮しだそうですが、おそらくはその母親というのは、あとから山蔵を脱け出して行方不明になったという、妙見の大奥さんだと思います。

「黒岩先生は、マスコミのさまざまの方面で活躍しています。だがテレビにだけは出ません。それをぼくは一線を画したりっぱな所があると感心していました。だが、どうやらほんとうの意味は別にあったようです。真相は、昔の自分を知っている者に……つまり山蔵の妙見義典だと知っている者に、顔を見られたくなかったからです。山蔵からにせ自殺という手段で姿を消してからは、十年と少ししかたっていません。しかも青年期をすぎて成人に達し始めた人間は、顔や肉体にそれ以前のような大きな変化はなくなりますからね。小学生時代から二十年以上もたったあととは話がちがうのです。

「だがもうこのへんで、こんな長話は打ち切りましょう。まだ話していない部分があったら、秀二自身の口から聞きたいからです。麻川さん、ぼくは秀二がすでにここに来て、今は隣のキッチンで耳を傾けていることも知っているのです。ぼくは車のことにはあまり知識はありませんがね、それでも黒岩先生のひどく目につくアルファ・ロメオぐらいは知っていますよ。さっきこのマンションに入る前に、その車がずっと先の道に駐車しているのを探して来たのです。銀座のバーからこの御殿山まではいくらゆっくりでも、タクシーで三、四十分というところです。それなのにぼくが一時間半も時間を置いたのは、秀二をここに呼び寄せるためだったのです。黒岩先生、いや、呼びにくいがこれからは秀二といいましょう、秀二、出て来てくれ」

数秒の意味深い沈黙を置いて、ドアがこちらにむかって押し開けられた。ノーネクタイに、ラフな感じの焦げ茶のコートをはおる黒岩教授の姿があった。

落着いた微笑を浮かべている。

「仲城先生……。いや、しばらくは呼びにくいが、ぼくもこれから兄貴と呼びましょう。兄貴はどちらかといえば、空想力のない、事実主義一点張りの人だと思っていたが、そうでもなかったんですね。それとも佐川君の影響ですか？　ともかく推理小説ふうにいえば、おみごとの推理というところですよ……」

秀二は部屋の一角の小ぶりのソファーに坐った。部屋に馴れたようすである。

マキ子は数秒の間、二人の姿に交互に忙がしく視線を往復させた。だがすぐに、なすことを知らないというようすで、二人の間の中空を、呆然と見つめ始める。

「……兄貴の話を補足するために、何から話していいかちょっと迷うのですが……」秀二は口を開く。いつものようによどみはないようである。だが、さすがにきょうは、どこかに虚勢を張った感じがないでもない。「……まずは兄貴のみごとな推理をおだてるために、ぼくがマキ子君と再会したきっかけあたりから、話しましょう。再会は二年前です。つまり二十一年後ということになるのですから、兄貴の推理するとおり、もはやお互いに顔や姿で認め合うというわけにはいかなくなっていました。ぼくがマキ子さんが元気でいるのを知ったのは、ある雑誌のカットの画家の名前に、偶然、彼女とまったく同じ姓名を発見したことからなんです。ぼくはひょっとしたら同一人ではと考えて、その出版社に電話し、それとなく彼女のようすや住所をたずね、これは小学校時代の同級生の麻川マキ子さんと同一人物らしいと知ったのです。

「しかし仲城秀二だといって、訪ねて行くわけにはいきません。そんな人間は死んでいるのだし、ぼくの履歴の上での秘密でもあるんですからね。ぼくは適当な姓名を使い、出版社の編集部員という形で、マキ子さんを訪問することにしたんです。これはなかなかスリルあるおもしろい冒険で、ぼくのような変わった身の上の者でなければ味わえないものでしてね。実をいうとこういう方法で、もっとずっと以前に、ぼくは本庄明君の店も訪問しているんです。ポンプの施工を頼むという口実でね。彼は親爺のあとをついで、ずっと同じ所で商売をしているので、ああ、ここで元気にやっているなと前から思っていたんです……。

「二人とも、訪ねた者が、昔の仲城秀二とはまったく気づきませんでした。さっき陰《かげ》で聞いていた時、兄貴は二十年以上の歳月の冷酷さといっていましたね。まったくそのとおりかも知れません。だがあるいはそういった歳月のうちに、ぼくは特別姿かたちをすっかり変えていたのかも知れません。環境がどれほどまでに人間を外形的にも変えるかは、おもしろい研究材料だと思いますよ。その上ぼくは自分自身からも、意識的に仲城秀二を捨てて、妙見義典になったのです。いつの間にか、ほんとうに新しい妙見義典という存在ができていたのかも知れません。ともかくそういう別の人間になって、本庄明君や麻川マキ子君に、知らん顔で会うというのは、スリルあるおもしろいことでした……」

「おまえらしいことだ。よその家の玄関のベルを押したいたずらに似ている。抜け目ない悪質ないたずらというのか……」

智一の声はにがにがしい。だが、秀二の声は変わらない。甘くソフトでさえある。

「本庄君のばあいは、そのままで帰って来ても、別にどうということはなかったのです。しかし、マキ子君のばあいは、そうはいきませんでした。仕事上の訪問というそれだけで終らせることは、とてもできなくなったのです。そしてそのためには……つまりマキ子君としたしくなるためには、自分の秘密を打ち明けることが、もっとも手短かで効果的だったのです……」

「しかし適当に手加減しての、身勝手な打ち明け話だったことだろう」

智一のつっかかる調子に、秀二の気取った自意識ポーズが崩れた。感情がむき出された。

「どういう意味です!?」

「例えば自分のにせ自殺事件などはまるでいわずに、前のにせ溺死事件だけ話したというようなことだ」智一は鋭くマキ子の方を見た。「麻川さん、秀二はどのようにして、山蔵を出て来たと、あなたにいったのです?」

マキ子の目が、二人の間をまたすばやく往復した。自分の立場にたち迷って、悲しげであった。

「ただ……山蔵での生活に意味を見いだせなくなったので出て来たとだけ……」

「にせ自殺事件という狂言をうったとか、そのために人殺しをしたとか、そういうことは……」

マキ子は黙って首を横に振り、秀二は声をあげた。

「よしてくれ！　そいつはあんたの勝手な想像だ！」

「推理的想像だ」

「兄貴の自慢する推理的想像も、しょせんは付焼刃《つけやきば》だ。ぼくの心理や行動になると、それこそそちらの方が身勝手な独断にみちあふれている。ほんとうの推理的想像の持ち主なら、母に妙見の養子になってくれといわれた時の、ぼくのきもちの理解から始まるはずだ」

智一に瞬間の沈黙があった。

「母は……せっぱつまってのことだったのだ」

「そのくらいのことは、子供ながらわかっているつもりだった。といっても、具体的にはよくわかっていなかった。感覚的というか……直感的というか、ともかくそうしなければならないと理解した。しかも子供だから、何かそのことに、冒険的なスリルも感じていた。それでも母が、『そのうち必ず迎えにくるよ』と約束してくれなかったら、ぼくはいいとはいわなかったろう。そのうちにはきっとぼくは仲城の家に帰れるのだ、これは大人の儀式めいた何かの遊びなのだ。それがぼくの認識だったのだ。

ところが母はいつまで待っても、迎えにこなかったのだ。戦争が終り、小学校を卒業し、中学校に入っても、まるでその気配はない。子供というのはすばらしい順応力のあるもので、しだいにぼくは妙見義典としての生活に馴れ、そのうちに妙見義典自身になっていった。仲城秀二であったことも、日常の生活では忘れかけて来た。妙見の義母を、自分の実母のように思い始めていた。とはいえ、時に突然ふと酔いがさめたようなシラけたきもちで、自分はほんとうは仲城秀二なのだ、いつかは母が迎えに来るのだと考えたりもした。

「だが、中学生ともなって、ようやく大人の分別が生まれると、ぼくはしだいにことの現実を理解するようになった。けっきょく母はぼくが邪魔者だったのさ。嫌いだったのさ。それでなければ、なぜようやく乳離れしたばかりのぼくを、里の田舎にやってしまったんだ？　ともかく一度は自分の手もとにひきとった。だが、それからまたすぐ、アカの他人の家などに養子にやったのはなぜなんだ？　いくら経済事情や食糧事情が詰まっていたとはいえ、ぼくを他人の養子にするほどすべてが深刻に逼迫《ひっぱく》していたとはとても思われない。第一、当時ぼくは鶴舞に疎開していたのだから、それが続く限りは、何の負担にもならないはずじゃないか？

「中学二年の夏だ。ほんとうに母はもう迎えにはこないのか、母と兄はいったい何をしているのかと、ぼくはもうじっとしておられないきもちになって、高崎からひそかに東京に出て来たことがある。前の家は戦災で焼けてあとかたもなかったが、引っ越し先はすぐ近くの今の所だったので、うす暗くなる頃には、たずねあてて門の前にたどりついていた。

「今はどうなっているか知らないが、あの頃は家のまわりはそまつな板塀だった。決心のつかないままに、ぼくは家のまわりを二度、三度まわった。そして家と家の間の人通りのない露地にむかった塀の隙間から、中を覗けることを知った。目をあててみると、ほぼ正面に茶の間があった。夏なので、窓が開け放たれていた。やや暗めのオレンジ色めいた電灯の光が、ぼんやりと部屋の中をみたしている。その中で兄貴と母とが卓袱台《ちゃぶだい》を挟んで食事をしていた。兄貴は飯を食べながら卓袱台に開いた本を、いっしんに読んでいた。母が何かをいった。食事をしながらの読書を叱っているようすだ。距離が離れているので何も聞こえない。兄貴は顔をあげて何かいった。母も何かいう。どうやら口争いをしているようだ。すると、兄貴はパタンと本を閉じ、母の顔を見てにやりと笑った。そしてこんどはどうやら食事だけを始めた。

「このシーンはあまりにも平凡に家庭的だっただけに、ぼくにはこたえた。ささやかだが、がっちりと地に根ざした城のようなものがそこにはあって、もう今さらぼくは絶対入り込めないことが、ひしひしと身に感じられた。この時から、ぼくはもう自分の立場をはっきりとわりきったのだ。ぼくは妙見義典だ。仲城秀二なんていう存在はどこにもないのだ。

その存在は母にも、兄にも拒否されたのだ……」

「おい、待ってくれ!! ぼくはおまえが死んだと固く信じていたのだ。そして母には……ほんとうは、そうしなくてはならない、もっともっと重大な理由があったのだ。おまえを養子にやって、いちおうその存在を消滅して、人の目から隠してしまおうという……」

秀二の顔にあるのは嘲笑だけだった。

「さっきから話は聞いていたが、母には重大な理由があっただの何のといいながら、兄貴は具体的には何ひとつ説明してはいないじゃないか? ひとりで母を独占して、いい子いい子で育てられて来たあんたが、母を弁解しようとするきもちはわからないではない。だが母のぼくへの愛情のなさは……」

「ちがう! それならなぜ、母は死にぎわの最後のことばに、おまえを気遣うようなことばを残したのだ!? また、おまえが山蔵で自殺して死んだと聞いたあと、二度もそこを訪れたというのだ!?」

言うべきことではない……というより言うことができるはずもない真の理由に、智一はいらだつ。

「やめてくれ!!」秀二は叫ぶ。顔にひきつりがある。「兄貴の自分本位のいい気な弁解など、聞きたくもない。あなたはさっきから御自慢の推理的空想というやつで、ぼくのこれまでの人生に誤った勝手な解釈をしているんだ。例えばぼくが兄貴と同じような理科関係の、その上非常に近い学科の、しかも同じ大学の教授になったことを、血の繋《つな》がりと解釈している。まったくお笑いぐさだ。兄貴と同じ世界に生き、しかも兄貴を凌駕《りょうが》しようとするために、ぼくがどんなに努力し、また苦労したか、兄貴にほんとうのところはわかるまい。ぼくは意図して、同じ世界の同じ職業を選び、兄貴に近づくようにしたのだ。兄貴と母の夕食のシーンを見て、除《の》け者の重い意識を背負ってそこを立ち去った時から、ぼくはそうすることを誓ったのだ。同じ両親の間から生まれながら、なぜぼくだけが疎外されなければならなかったか？　このくやしさを、何かの形で返さずにはいられなかったのだ。これは復讐だ。だが普通の復讐とはちがって、はたして終るというものではないのだ。一生、兄貴と母に影の形でついてまわるという復讐だ……」

「やはりそうか！　そのしつっこさは生まれついての血だ！」

智一は思わず口をすべらして叫ぶ。しかし興奮する秀二の耳には、意味を失った、感情の叫びとしか聞こえなかったようである。

「……兄貴は山蔵の事件で、ぼくが殺してもよかったのに殺さなかったことを、何か肉親としての特殊の感情に帰しているようだ。だが、これもまたとんでもない誤解だ。正解は殺しては困るから殺さなかったのさ。ぼくは影の形でいつも兄貴に密着し、兄貴の人生に立ちはだかって、復讐を続けねばならなかった。そのためには、殺したのでは意味がなくなるじゃないか？　一生の間のゆっくりとした復讐なのだ。だからぼくはあせらなかった。のんびりとかまえていた。そのうち、兄貴の方からぼくの方に、急に飛び込んで来た。もちろんC＝16調合法欠陥の研究だ……。

「そしてこのめぐって来た初めてのチャンスは、一挙両得の結果をあげられることがしだいにわかって来た。兄貴に打撃を与えるとともに、ぼくやぼくの関係している大泉組にも大きな利益を与えることだった。それもなみなみならぬ金額だ。ぼくはこっちから、大泉組に話を持ちかけた。もちろん具体的なことは話さなかった。ともかく結果として、馬山建設に決定的打撃を与えることを交換に、かなりの報酬をもらう約束をとりつけたのだ。いってみれば復讐と実益をかねていた……」

秀二の微笑に、智一は激した。半ばどなるような声だった。

「実際のところ、おれの研究結果はどうなったのだ!?　なぜおまえは最後の四日の追加念認テストのために、これほどまでに危険をおかしたのだ!?」

秀二の声はソフトだった。だがその奥には底知れぬ悪意をひめていた。じりじりといじめにかかるという調子だった。

「兄貴はC＝16調合法の欠陥の理論については、自信を持っていたはずだ」

「もちろんだ」

「だったらクラック予定期日に、何事も起こらなかったことに、もっと別の考えを持つべきだった。だが、そこで、すっかり弱気になってしまっていた。子供の頃と少しも変わらないともいえる。おかしな話だが、その点ではぼくのほうがC＝16の欠陥に自信を持っていたのさ。兄貴から研究の助力を求められ、その理論を読まされた時、おかしないいかただが、正直のところ、さすがにぼくの兄貴だと感心したよ。これは絶対まちがいないと信じた。そのあとで供試体によるモデル実験のプログラムが提出された。これもりっぱなものだった。だがただひとつ供試体内部の温度伝導率と変化の計算で、極《ご》く簡単な誤りから、実際より温度をかなり低く見積もっていることにぼくは気づいたのだ。こういうめんどうくさい数式の所は、専門家であればあるほど不精をきめこんで、相手を信頼していますという口実のもとに、飛ばし読みをする悪弊がある。だがぼくはそれをしなかった。なあにほかの論文《レポート》なら、いつもそんなことはしないのだが、兄貴のものだからそうしたまでだ。つまり何か揚げ足とりはできないかとねらっていたからさ。

「ぼくはさっそく計算しなおした。供試体内部の温度を低く見積もっているのだから、当然クラックのくるカタストロフィーは、兄貴の計算した予定日より遅れて、九月五日から九日の間と出た。追加念認テストの期間と重なる。その点では、兄貴の計画には、まちがいなかった。この期間にクラックが観察できれば、兄貴は失った自信をとりもどすだろう。もう一度計算をやりなおして、誤りを見つけ出すだろう。

「ぼくは実験の進行を黙って見まもった。決してあせらなかった。こういうことはあせってはいけないのだ。もし何のチャンスもつかめなかったら、この話はこのまま見送ろうと考えていた。夏休みの間、兄貴の実験はじりじりと進んで行った。そしてこの間に、ひとつとんでもないことが起こった。母の急死だ。実の息子でありながら、ぼくはいまひとりの息子の友人として、母親の葬儀に参列したというわけだ。写真の前で手を合わせたぼくが何をいったか。それは兄貴の想像にまかせるよ。ともかくどんな悪罵を叫んだところで、神はぼくを罰しはしまい」

「おい、持てっ！　さっきもいったように、それにはちゃんとした理由が……」

智一の声は、それを上まわる秀二の声にふっ切られた。

「ぼくをこんなふうに放置しておいた母に、理由などなりたつはずがない！」

「もう一度きく。じゃあなぜ最後のことばに、おまえのことを心配したのだ!?」

「罪の重荷にたえかねた、母の最後の贖罪のことばさ。皮肉にもこれはある意味で、確かにぼくに恵みを与えてくれた。ぼくの計算したほんとうのクラック予定日に、兄貴は実験室を留守にするといい出したからだ。ぼくはただちに計画を練り、実行にかかった……」

「秀二、結果は？　おまえが何をしたかはもういい！　それより供試体はあの日以後いつまで実験にかかっていたのだ？　そしてその結果は？」

「知りたいか？」

低く、こそぐるような声である。

「知りたい。どうなった？」

「別館に行ってみるがいいさ。すりかえた本物の供試体も、実は南隅の壁際の方に置いたままなのだ。上から屑の板や材木をかぶせて隠してあるだけだ。にせの供試体ととりかえたり、加力装置にかけたり、計測機をとりつけたりにおそろしく手間がかかってね。本物を遠くに持って遺棄《いき》するのを、あとまわしにしているうちに、今になってしまったのだ」

「本物をとりはずすまでにクラックはどうだった？　もし入っていたというなら、三沢ダムを初めとして、いくつかのダムに緊急に連絡しなければならない。これには人の命がかかっているのだ！」

「そんなことを心配する兄貴じゃないはずだ。もしそうなら、弟のことをもっと心配していたはずだ」

「だからぼくはおまえは死んでいるとしか思わなかったから……」溜息とともに吐き始めたことばを、智一は途中で切った。それからぶっつけるようにいった。「おまえは狂っているんだ！　狂った犯罪者だ！　それも天性の……。子供の頃からのおまえのいたずらも、今はぼくはまったく別の意味に受け取れる。おまえは集団疎開中も、ずいぶん悪賢こく立ちまわったらしい。本庄というおまえの友だちは、あのままだったら自分たちはひとかどの犯罪者になっただろうと述懐していた。だがすでにその時おまえの方は犯罪者だったのだ。

「それでいま思い出したことがある。ほんのちょっと……それも小さい頃聞いたことだったのですっかり忘れていた。だが、おまえが小学一年生の終りに、里のおばあさんたちの所からもどされて来たのは、教育上の問題だということだったが……その教育上というのは、おまえが他人の物を盗む癖があるということだった。母は信じていなかった。何かのまちがいにちがいないといっていたし、ぼくもそう信じていた。だからすぐに忘れてしまっていた。

「だがこれで、今までたったひとつ残していた疑問も、はっきりした。偽装自殺の時におこなわれた、すりかえのための殺人だ。ぼくは実際にその殺人をおこなったのは誰かきめかねていた。妙見家に犬のような忠実な吉爺さんが、溺死事件と同じように執行者かも知れないとも考えた。だが今はぼくは断言できる。その時の殺人者もおまえだ！」

「そのとおりだ。発案者であるぼくが主要なことはすべてやったのさ。高校生となって山蔵に帰省する頃までは、ぼくは自分がすりかえで養子になったとはまったく知らなかった。妙見家には、子供がいないようなふうに、何となく聞かされていた。急に妙見の家に大きな子供ができたといっても、村の人は信じないだろう。だからともかく高崎に行って、そこで暮らし、その間に山蔵の人たちに、ぼくの存在を意識づける。そんなふうに大人たちから聞かされていた。よく考えてみれば、おかしなことだらけだが、子供のぼくは少しも疑わなかった。

だが高校生になって、山蔵に帰省するようになってから、ぼくは村の人たちの話や噂から、ことの真相に気づくようになった。ある日、そのことを妙見の母に詰問した。母はすべてを打ち明けた。涙声だった。妙見の息子としてとどまってくれというのだ。だが、そんなことをいわれなくても、ぼくは妙見義典でいるほかはないじゃないか？　実の母に仲城にもどることを、冷たく拒否されているのだ。ぼくが妙見家の財産をひそかに処分して、山蔵を出ることを計画した動機には、そういう母や兄貴に対する働きかけの、第一段階という意味も大きかったのだ。もちろん妙見の母はそのほうは知らなかった。山蔵での妙見家としての生活に見切りをつけ、都会に出て気楽にやって行こうということのみのためだと信じていた。妙見の母も山蔵で妙見の権勢を張っていくことに疲れていたし、またむなしくも感じ始めていたのだ。

「ぼくと妙見の母とが、山蔵を脱け出る計画の上で、ぼくが小さい時におこなわれた、兄貴の指摘する〝人間のすりかえ〟という方法は、たいへんいいヒントになった。ぼくはもう一度、それを利用することにした。吉爺さんを殺した時のすりかえは、いってみればむこうから転がりこんで来たようなものだ。だが、ぼくでなかったら、そんなうまい利用法は考えつかなかったろう。利用法といえば忍者刀の件だ。これはおそれいった。実のところあのトリックを考えた時、ぼくはそのことは思い浮かべていなかった。だが忍者刀のことも、秘伝書に書かれたいろいろの利用法のことも読んでいた。だから無意識のうちに、どうやらそれを役立てていたらしいと、いまわかってきたよ」

「おそろしいやつだ！　けっきょくおまえは三人の人間を殺している！」

「兄貴のことだ。天性の殺人者といいたいのだろう？　じゃあきくが、その天性の血はいったい誰から受けついだのだ!?　母さ!?　母にきまっている!!　息子を欺《だま》し、捨てて、かえりみなかった冷血を、おれも受けついだのさ！」

「ちがう！　血がちがう！」

「何だ、血がちがうというのは!?」

智一は息をつめた。どなることで話をそらせた。

「血の問題など、どうでもいい!!」

「いや、よくない！　おれは自分の中に殺人者の血があることを認める。こうやっていても、それが体の中をどくどくと流れているのを感じる、たまらなく嬉しいくらいだ。これを見てくれ、いまキッチンで話を聞かせてもらっているうちにとりあげておいた……」

秀二はポケットの中からとり出したものを、ティー・テーブルの上に転がした。ナイフだった。先端がとがった料理用のものである。

「……これが殺人者の血を証明する証拠だ。隣のキッチンで兄貴の話を聞いているうちに、おれはしだいにはげしい殺意を抱き始めたのだ。第一におれの立場をまるで無視した、兄貴の身勝手で一方的な非難は許せない。第二にここまで自分の犯罪を知られた以上は、もう生きていてもらっては困る。第三にここまでC＝16の調合法の欠陥研究の結果をもって来た以上、今さらあとには引けない。だからおれは、殺意を持って、このナイフをポケットに入れたのだ」

「なぜそんな理由をながながと述べたてるのだ!?　殺したいのなら、問答無用で殺せばいい……」

「肉親ということに、おれがこだわっているとでも思うのか!?」

秀二はナイフを取りあげて、立ちあがる。決してすばやい動作ではなかった。

にもかかわらず、マキ子がはじきかえるように反応したのは、女性の過剰な鋭敏さからだったかも知れない。あるいは状況の解釈が、男たちとはまったく違っていたからかも知れない。

「やめて!!」

マキ子は叫びながら、立ちあがると、秀二にむかって手を長く伸ばした。だが、一、二歩前進しなければ届かない距離だった。

秀二はナイフを持った手を、うしろに引いた。あるいはふりあげたのか……。ともかく智一はふりあげたと見た。愛する者を保護しようとするきもちが、そう見させたのにちがいない。

智一から叫びが最初に飛び出した。行動はあとだった。

「何をするっ!?」

智一と秀二の距離は、ティー・テーブルを挟んではるかに離れていた。

智一はテーブルの角に脚をうちつけながら、秀二にむかって跳んだ。

ナイフを持った腕を下からねじあげる。

三人の体がもつれた。

マキ子の行動は、多分に盲目的だった。秀二をどうしようという、はっきりした手段を持っていたわけではなさそうだった。ただもう秀二の体にとりついていれば、何とかなるというようすだった。そういう彼女の頭の上でナイフを持つ手と、持たない手とが争い、ナイフを持つ手がじりじりと下におりた。

だが、智一のはげしい意志力が、腕に力を盛り返した。再びねじりあげて、相手の腕を思うように動かし始めた。

鼻先に、まっかになってりきむ秀二の顔を見る。その瞬間に、智一は嫌悪すべきものを見た。その顔に、きのう会った許せない老人の顔を見つけたのだ。

とたんに智一は頭に血が逆上するのをおぼえた。わけがわからなくなった。ただもう憎悪の力に体は包まれ……刺した！　秀二のナイフを持つ手が、智一の力の下に屈伏して、秀二の体を刺した。偶発的にか、意図的にかはわからない。ともかく刺した。しかも、心臓部を……。

「血だわ！　いけないわ！　血だわ！」

マキ子の狂ったように叫ぶ声を、智一はぼんやりとした意識で聞いた。

秀二は智一とマキ子に体を挟まれるようにして、テーブルとソファーの間の狭い隙間に静かに崩れて行った。上半身をなかばソファーにあずけるようにして、停まる。

紺の薄い霜ふりのポーラ地の服に、赤いしみが見る見る面積を大きくして動く。ナイフは胸に立ったままである。

智一の手がそのナイフの柄の方に、ちょっと動いてとまった。

「どうすれば……どうすればいいんです!?」

マキ子のわめき声も、二人の男のどちらの耳にも入らないようだった。

秀二は自分の胸に立っているナイフの柄を、奇異なものを見るように、見つめていた。

すぐに目をあげる。ふしぎに光り輝やく目であった。

「兄貴、母には理由があったといったが……どんな……どんな理由で……」

咽《のど》がむせてことばが切れた。

「理由なんかあるはずがないと、おまえはいったじゃないか?」

「あれは嘘だ……やっぱり……理由が……」

智一は大きく息をのみ、ことばを出そうとしてやめた。秀二の頭が前にたれたからだ。

次にその体はソファーの縁を横すべりして、狭い隙間の床に倒れた。

智一は膝をついて脈をとる。閉ざされた目を見る。そのようなことに経験はまったくない。だがそれでも秀二が死んでいることは確実にわかった。

智一はマキ子を見上げて首を横に振った。

「事故ですわ! 私、確かに見ていたのですから」

マキ子の叫ぶ声を、智一は強く固い声でおさえた。

「いや、ぼくが殺したのです」

「嘘です。秀二さんのナイフをとろうとしてもみあって、まちがって……」

「あなたにそう見えても……ほんとうはそうでなくて……。ともかくぼくにはわかっているんだ！」

智一の論理は切れたり、もつれたりしている。だがその中で、必死に自分を立て直そうとしている。

だがマキ子のほうは、完全に混乱していた。

「……それでも……まちがいです！　殺したなんて……」

狂ったように狼狽するマキ子をしずめるためにも、智一はますます落着きをとりもどさなければならないようだった。

「麻川さん、しかし今は……それよりもあなたに迷惑はかけられません。あなたもまた弟に巻き込まれた被害者なのです……」智一ははっとしたように、そこでことばを休めた。それからまた口を開く。「それにぼくにもどうしてもやらなければならないことがひとつ残っています。麻川さん、あなたは車の運転はできますか?」

「ええ」

「ではおねがいします。ぜひとも協力をしてほしいのです。どうやらそれだけがひとつの道です……」

窓の外はすっかり夜が明けていた。

マキ子はぺったりと、コンクリートの床に坐った。腰にあがってくる冷たさも、もうかまうことではなかった。このままそこで横になって眠ってしまったら、どんなに心地よかろうと思う。

手も足も、泥と汗と油にまみれている。このぶんだと、顔もどんなにみじめな状態になっているか、鏡を見なくてもわかるというものだ。

何しろこの五時間あまり、この殺風景な倉庫のようなものの中で、働き続けて来たのだ。そしてそのほとんどが、女の力にあまる仕事ばかりだったのだ。

手巻きのベビー・ウインチをまわす、太く重たいワイヤー・ロープをフックにひっかける、プレス・カーを押す……。

初めこそ智一もマキ子をいたわるように、力のいる仕事をさせようとしなかった。しかし時間がたつにつれて、智一がしだいにあせり、いらだち始めるのが、目に見えてわかって来た。まだ数多くの仕事が残っていたからにちがいない。

遠慮しがちに、智一はマキ子に手伝いを求めるようになった。そして次には、どなるように仕事を命じ始めた。

「そのテーブルリフターをもっとさげて！」「送信端子は、その赤印の所につけて！」

「モニタ表示を見るんだ！」

そんなことをいわれても、わかるわけがないではないか!?

もはや智一には、女としてのマキ子は見えなくなっていたようだ。研究室の助手としての存在でしかなくなったようだ。

男というのはこうなのだ。何事かに夢中になると別人になる。

だがこんなふうに鬼までになってしまう男は、ついこの前まで知らなかった。

そう、ついこの前……秀二がその鬼に豹変するこの前までは……。秀二が鬼になったのは、仲城智一が突然、彼女の家を訪れて来たと報告して来た時からである。

「兄貴にデートを申し込んで、何を調べて来たかさぐってこい」

「兄貴に母の死の際のことばは、妄想だと信じさせろ」

秀二はマキ子を道具としか思わなくなったようだ。さまざまの命令を始めた。

その時からマキ子の心は秀二を離れた。そして智一についた。

だがこの智一も、また違った形で、鬼になっている。やはり兄弟だからだろうか……。

泣きたくなる。秀二、そしてこんどはまた智一に、裏切られた悲しさからもある。だがそれよりも、二人の兄弟の生き方の流れの中に、つぎからつぎへと巻き込まれた、自分自身の運命に対しての悲しみのほうが大きい。

智一がしようとしていることが何かをようやく理解したのは、もう窓の外が薄明かるくなり始めた頃だった。

智一の目的は、建物の隅に隠された本物の供試体のコンクリートを運び出し、再び計測機にかけることだったのだ。

すべてにかたをつける前に、ひとつだけしておきたいことがあると、智一はいった。それはこれだったのだ。本物の供試体のコンクリートにクラックは発生したかを知ることだったのだ。

だが、それはもはやクラックによるダムの事故をおそれるためというのではなかった。自分の学問的功名を追うというものでもなかった。

ただ取り憑かれたように結果を追うだけだった。手槍一本を手に、夜も日もねらった一頭の獲物をひたすらに追い続ける、原始の狩人の本能だった。

女のマキ子には、それはもうわからない。智一の目にある狂った光が、ただおそろしいだけだった。

今、智一はその目で、計測機をにらみつけ、ダイアルをまわし、スイッチを入れている。マキ子は立ちあがって、壁の片隅にとりつけてある洗面台に歩み寄った。体じゅうから力が脱けて、足がふらつく。それが妙に滑稽で、おかしくさえなる。

蛇口をひねった時、突然、たかだかと電話が鳴り出した。天井の高い建物の中に、耳ざわりにかん高く響く。

見まわしたマキ子は、十メートル以上離れた遠くのテーブルで、電話が鳴っているのを見つけた。

智一やマキ子が、ここにいるのを知る者はいないはずである。まちがい電話か？

調整室で機械の操作に熱中している智一には、電話の音などは、まるで耳に入らない。

マキ子もほとんど出る気を持たないうちに、電話は鳴りやんだ。

マキ子は手を洗い、顔を洗う。ちびて、汚く溶けかかった石鹸が、洗面台の端にあった。

だがそんなもので、汚れは完全に落ちそうもなかった。

鏡もない。顔の汚れもどのくらい落ちたかわからない。髪の乱れももちろんよくはわからない。第一、櫛もない。バッグは車の中に置いたままである。その車は実験室から五十メートルばかり離れた所にとめてある。

車にバッグをとりに行くことを告げようと、マキ子は調整室の智一のうしろに歩み寄った。

青いスクリーンに、電波のパルスが波を描いている。智一がそれをにらみながら、低く、鋭く、うわごとのようにいっているのが聞こえた。

「入っている！　入っている！　クラックだ！　中に……クラックだ！」

外に出る金属製のドアが、がさつな音をたてて開き、数人の足音が入って来るのが聞こえた。

マキ子は心臓をとびあがらせて、ふりかえった。

四人の男と一人の女性。男の一人は警官であり、いま一人は制服の大学守衛、そして女性は佐川美緒であった。

「あなたが、ここに……！」

マキ子を見て、美緒は驚きの声をあげた。それからおびえた視線であたりを見まわすと、智一を見つけて走り出した。走りながらもう叫んでいた。

「仲城さん、こんなつもりじゃなかったのよ！　あなたはろくに説明もせず飛び出して行ってしまったし、黒岩先生のゆくえはわからないし……」

智一はふりかえった。だがその動作はひどく緩慢であった。目だけがぎらついていた。

美緒はしゃべり続ける。

「……それでもうこの上は、警察に頼んで黒岩先生を探してもらおうと、ひどく目につく赤塗りのアルファ・ロメオを目印にしての捜索を頼んだの。そして私の方も、心あたりをあちこち探して、学校の守衛室にも電話したら、黒岩先生の車が真夜中の一時半頃に構内に入って行ったと……。でも、私、知らなかったのよ！　守衛さんの話はあいまいだったし、運転している人もきかなかったから、黒岩先生が運転しているとばかり……まさか、先生のほうは死んで……トランクに……」美緒はしゃべりながら、それでことの真相に気づいたようだった。はっとしたように、麻川マキ子の顔を見た。「それじゃ、車の運転はあなたが……？」

マキ子はこわばった表情のままうなずき、それからようやくわずかのことばを吐いた。

「それじゃあ……トランクの中のことも……」

「ええ、私、何も知らないから、守衛さんに車や人のけはいのある建物をさがして、黒岩先生を見つけてくれと……。それで守衛さんが車のトランクのふたの隙間から服がはさまれてはみ出ているのや、下の地面に血らしいものがたれているのを見つけてしまったの。すぐに守衛さんは警察に連絡してしまったので……」

「でも、事故なんです！」マキ子は叫び始めた。「秀一さんは事故で死んだんです！　私、見ていたのですから！」

「秀二さん!?」

美緒の驚きの数拍の休止に割り込むようにして、背広服の体格のいい男が、前に踏み出て来た。

「仲城君、これはいったいどうしたことなんだ!?」そこまでいってから、男はふと口を停めた。相手の目が狂気に輝やきながら、遠いむこうを見つめているのに気づいたからだ。

「仲城、おれだよ。高峰だよ。きょう……いや、正確にいえば昨日の夕方、江東区の豊洲運河で大熊弘三の溺死体が発見されたのだ。ところが彼が行方不明になる寸前に君が訪ねている。また、ぼく自身も君に元特高としての大熊のことをたずねられている。そこで、君の行方をさがしているうちに、佐川美緒さんがやはり君や黒岩という教授をさがしているという話が、何か関係ありげに浮かびあがって来た……。君、まさかとは思うが、大熊弘三の死に何か関係が……」

智一はふりかえって測定機のスイッチを切った。スクリーンの画面が暗くなる。

再びふりかえった智一の目は、さっきとは一変したように澄んでいた。爽やかでさえあった。

彼はその目を麻川マキ子に投げた。

「秀二の死んだこと……君の目には事故に映ったかも知れない。だがそうではないのだ。

それは今の話の運河の死体でもわかるはずだ。秀二のいうように、宿命の血は母にあったのかも知れない。ぼくと秀二がともにそれを受けついで……」

あるいは智一のことばを、その場の誰も理解しなかったかも知れない。

「……高峰、行こう。話せるだけのことは話すよ」

智一は立ちあがった。静かな落ちついた身ぶりだった。

電話が鳴った。

美緒が歩み寄って、受話器をとりあげた。

「もしもし……えっ、三沢ダム？　ああ、相原さん、えっ、クラックが……!?」

その声は、がさつな音をたて開く金属ドアの音におおいかぶされて、智一の耳には聞こえなかったかも知れない。

あるいは聞こえたが、もはや智一は興味を持たなくなったのかも知れない。

彼は警官たちとともに、外に歩み出て行ってしまった。


（終）

解　説

三津田信三

梶龍雄との出会いは、第二十三回「江戸川乱歩賞」を受賞した『透明な季節』（一九七七）が最初だった。『別冊宝石』（五二）でデビューした彼は、すでにミステリ短篇や児童書、他に翻訳書も手掛けていたが、ミステリ作家として本格的に活動をはじめたのは、まさに本作からと言える。

戦時下の旧制中学校に配属された将校が、学校近くの神社の境内で射殺体となって発見される。「ポケゴリ」と渾名《あだな》をつけられた被害者は、生徒たちから莫迦《ばか》にされながらも恐れられていた。高志は身近で起きた殺人事件に興奮しつつも、その一方で想いを寄せる年上の薫の身を案じる。なぜなら彼女はポケゴリの妻だったからだ。

この作品にリアルタイムで接した僕は、相当のめり込んで読んだ覚えがある。当時の自分が本格ミステリ好きの高校生のため、という理由が大きかったと思う。ただし僕が反応したのは本作のミステリ要素よりも、高志の中学生活の過酷な実情とその淡い恋情の行方に対してだった。本格ミステリ至上主義者の高校生の心を、著者は肝心の謎解きではなく社会風俗＋青春小説で見事に摑《つか》んだことになる。ほとんど再読をしなかった僕が、本作は何回か読み返したのだから間違いない。

高志は『海を見ないで陸を見よう』（七八）で成長した姿を見せる。また『ぼくの好色天使たち』（七九）では敗戦後の闇市が舞台になった。これで著者は「戦争青春ミステリ」とでも呼べる三部作を書き上げる。この作風は「旧制高校シリーズ」と謳《うた》われた『リア王密室に死す』（八二）、『若きウェルテルの怪死』（八三）、『金沢逢魔殺人事件』（八四）、『青春迷路殺人事件』（八五）へ受け継がれていく。それぞれ「三高」「二高」「四高」「一高・三高」の学生が巻き込まれる事件を描いて、やはり社会風俗＋青春小説の要素が濃い作品になっており、そこに僕は得も言われぬ魅力を感じた。もちろん現代を舞台にした作品も著者には多くあったが、梶龍雄の真骨頂は、こちらにあると確信していた。

では梶作品の、肝心のミステリとしての出来映えはどうだったのか。この問題については著者自身が、奇しくも本書の単行本『龍神池の小さな死体』（七九）の「あとがき＊（に代えた架空対談）」で、「梶さんは風俗派の推理作家になっていますね」「ほんの一部の批評ですが、ぼくの作品には推理の要素がやや薄いといっていました」という表現をしている。梶作品の愛読者だった僕も、実は似た感想を持っていた。だからといって評価が下がらなかったのは、先述した理由からである。また言い訳めくが、著者は決してミステリ部分を蔑《ないがし》ろにしていたわけではない。ちゃんと一作ずつ工夫が凝らされていた。それでも「推理の要素がやや薄い」と指摘されれば、本格ミステリ至上主義者の高校生としては頷《うなず》かざるを得なかった。

この問題がほぼ完全に払拭された作品が、本書『龍神池の小さな死体』になる。すべての梶作品を読んでいないため、ここで断言することはできないが——いいや、多分こう言い切っても間違いではないだろう。

梶龍雄の本格ミステリの最高傑作は『龍神池の小さな死体』である。

仲城智一は大学の建築工学科で、コンクリートの亀裂に関するテストをしている。その結果を気にしながらも、彼には別の心配事があった。最近になって亡くなった母親が「おまえの弟は殺されたのだよ」と死の直前に言ったのだ。

智一の父親は戦時中、特高に睨《にら》まれたため何度も逮捕されて拷問を受け、そのせいで死んでしまう。母親は智一と彼の弟の秀二を抱えて苦労した。やがて学童疎開で秀二だけが千葉の田舎に行くのだが、そこの池で彼は溺死する。

母親とも兄である自分とも、ほとんど一緒に生活ができなかった秀二を今更ながら不憫《ふびん》に思った智一は、重要なテストの行方を案じつつも、弟の疎開先へ出掛けて当時のことを調べようとするのだが……。

現代の事件は半ばにならないと起きないが、本当に弟は殺されたのか――という謎に引っ張られてぐいぐい読める。ミステリに於ける「回想の殺人」が、読者の興味を引くテーマの一つでもあるからだろう。

四十三年振りの再読だったが、犯人設定もメイントリックも大胆なミスディレクションも巧妙な伏線も、ちゃんと僕は覚えていた。それでも楽しめたのは、失念している細かい伏線と誤認の仕掛けが存在したからだ。

本格ミステリの完成度を高める最大の要素は伏線で、その質と量が問われるべきだと僕は思っている。伏線とは基本、読者の推理を助ける手掛かりを指す。逆にその推理を誤導させるのがレッドへリングで、偽の手掛かりとなる。

この二つが本書では見事に機能しており、いくつもの謎解きを支え、かつ意外性を生み出している。ミステリで何よりも伏線を重視する僕が、かなり内容を覚えている――どちらかと言えば不利な状態での――再読にも拘らず面白く読めたのは、それが充実していたからに他ならない。

その伏線の上手さとは、「三マイナス一イコール二」という意外性のある有り得ない答えを導き出すために、別の場所に堂々と「マイナス一」を隠すことにある。「堂々と隠す」とは矛盾して聞こえるが、エドガー・アラン・ポー「盗まれた手紙」（一八四五）を思い出していただきたい。「堂々」の部分に必然性さえあれば、いくらでも読者の目は逸らせられる。とはいえミステリ作家のセンスが、ここに求められるのは言うまでもない。

また本書の大きな特徴として、その縦横に張り巡らされた伏線以上に、さらに評価のできる要素が一つ存在する。場合によってはアンフェアだと言われかねない、非常に思い切ったミスディレクションである。

初読のとき、これに僕は打ちのめされた。「狡《ずる》い」という言葉を口に出しかけて、いや「ちゃんとフェアだよなぁ」と思い直したことを覚えている。

なぜ狡いと感じたのか。どうしてフェアなのか。それを説明するとネタばらしになるため無理だが、きっと読者も同じジレンマに陥るのではないか。著者の「してやったり」という顔が目に浮かぶようで楽しい。

楽しいと言えば「第四章　殺意のとき」の最後で、登場人物の一人が「推理小説でいえば、ここで犯人を推理するデータはぜんぶ出つくしたというところなのよ」と口にするシーンがある。これほど本格ミステリ好き読者を喜ばせる台詞も、なかなかないのではないか。

この部分は登場人物の口を借りた、著者の堂々たる「読者への挑戦」である。実際「第五章　キ裂破局」の最初から、もう謎解きは開始される。全四百八十三頁のうち四百一頁から解決編に入るのは、ちょっと早過ぎる気もするだろうが、なんら心配する必要はない。一章丸ごと使った怒濤《どとう》の推理が展開される。「推理の要素がやや薄い」という批判に対する著者の返答が、ここには立派にある。

――と斯様《かよう》に本書を褒めてきたが、かなり大きな一つの問題を説明せぬまま放置している、という欠点が実はある。過去と現代の事件を解決するために、これは避けて通れない障害なのに、著者は少しも触れていない。決して簡単に片づく問題ではないため、「そこはどうしたんだ？」と疑問が残ってしまう。初読では気づかなかったけど、決して見過ごせない瑕疵《かし》である。

そして再読で――初読時の記憶は特にない――深く心に残ったのは、本書の小説としての終わり方だった。ミステリとしての決着がついたあとで、著者はお話をどう締め括ったのか。

この余韻《よいん》もまた梶作品なのである。それが個人的に好みのときと、そうではない場合に分かれるのだが、今回はどちらだったのか。敢えて書かないでおく。

こういう「解説」では異例かもしれないが、四十三年振りに再読の機会を与えてくれた徳間書店に、最後になるが御礼を申し上げたい。

復刊レーベル「トクマの特選！」の成功をお祈りしています。

二〇二二年二月

＊編集部注　「トク魔くん（トクマの特選！）」のｎｏｔｅにて特別公開中です。
(https://note.com/toku2_tokumakun/)

本書の編集に当たっては、１９７９年６月発行の講談社版を底本とし、１９８５年12月発行のケイブンシャ文庫を参照しました。

本作品はフィクションであり実在の個人・団体などとは一切関係がありません。

なお、本作品中に今日では使用を避ける表現ならびに現代の知見とは相容れない箇所がありますが、著者が故人であることと、および作品の時代背景を考慮し、そのままといたしました。なにとぞご理解のほど、お願い申し上げます。（編集部）

徳間文庫

梶龍雄 驚愕ミステリ大発掘コレクション1

龍神《りゅうじん》池《いけ》の小《ちい》さな死《し》体《たい》

2022年4月15日 初刷

著者 梶《かじ》龍《たつ》雄《お》

発行者 小宮英行

発行所 株式会社徳間書店

東京都品川区上大崎三−一−一 〒141−8202
目黒セントラルスクエア

電話 編集〇三(五四〇三)四三四九
販売〇四九(二九三)五五二一

振替 〇〇一四〇−〇−四四三九二

印刷
製本 大日本印刷株式会社

ISBN978-4-19-894733-0 (乱丁、落丁本はお取りかえいたします)